四季大雅
[イラスト] 一色
TAIGA SHIKI
Illust: ISSHIKI
ミリ
猫の
住ん
LI LIVES
IN THE
CAT'S EYES
JN075861

MILI LIVES

IN THE

CAT'S EYES

CONTENTS

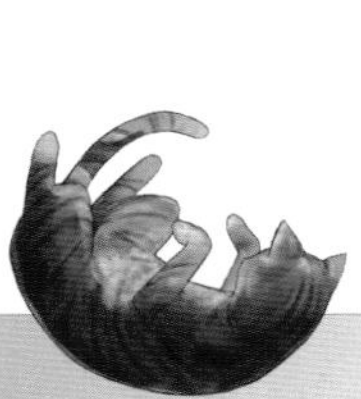

阿望志磨男
柚葉《ゆずのは》美里《みり》
紙透《かみすき》窈一《よういち》

「ミリが……好きなんだ。
本当に、心の底から……」
「会ったこともないのに？」

桜庭《さくらば》千都世《ちとせ》
須貝《すがい》健太郎《けんたろう》

「一緒に暮らしてたようなもんだよ」
「……そうかもね」
「ミリは……ミリはどうして、
自分が死のうとしてるの？」

院瀬見港人
蛭谷《ひるたに》美和子《みわこ》
佐村猛《たける》

「わたしも、よーくんが、好きだからだよ」
「えっ――?」
「よーくんが好き」

全世界が一つの舞台、そこでは男女を問わぬ、人間はすべて役者に過ぎない、それぞれ出がありり、引込みあり、しかも一人一人が生涯に色々な役を演じ分けるのだ——

ウィリアム・シェイクスピア『お気に召すまま』福田恆存 訳

序幕

四百年以上前に書かれた台詞《せりふ》なのに、とても新鮮に感じられた。

声にした途端に、さっと何かが吹き抜けたような気がした。まるで風を紡《つむ》いできちんと巻いてあった糸玉がほどけて、また新しく流れ出したみたいに。

「上手《うま》い上手《うま》い、すごくいい感じ！」

ミリはにっこりと嬉《うれ》しそうに笑い、ぱたぱたと拍手した。彼女は体が小さいことを気にしてか、動作を大きく、全身で表現する。

「そんなに大げさに褒められると、素人《しろうと》が勘違いしちゃうよ」

僕は頭の後ろをかきながら言った。

「ううん、本当に筋がいい。初めてだとはとても思えないよ。次はもっと丹田のあたりから声を出すといいかも」

「タンデン？」

「おへその下あたり」

僕はコピー用紙にプリントした台詞《せりふ》を確認する。『お気に召すまま』の登場人物、ジェイキスの長口上。彼の厭世《えんせい》家らしい表情や声音、身振りを意識しつつ、お腹《なか》の底から声を出す。

「全世界が一つの舞台――」ミリに教えてもらったように、強弱とリズムを意識して、音楽を奏《かな》でるように。けれどまだすこし恥ずかしくて、頬が火照《ほて》ってくる。トラ猫のサブローが、きょとんと首をかしげている。「――つまり、全き忘却、歯無し、目無し、味無し、何も無し」

ようやく言い終わると、サブローを抱きあげて、僕は訊《き》く。

「今のはどうだった、ミリ？」

しかし残念ながら、ミリはこちらに背を向け、一生懸命に背伸びをしている最中だった。踏み台のうえで、本棚から分厚い本を取り出そうとしている。白水社のシェイクスピア全集、全7巻中の4巻。カナリーイエローのフレアスカートをゆらゆらさせながら、指先でじりじりと引き出していく。手伝ってあげたいがそうすることもできず、そわそわしながら僕は待つ。

あっ、と僕は思わず声をあげた。

ぐらり、とミリが本の重みでバランスを崩したのだ。

僕は反射的に動く。けれど動いただけだ。何の意味もない。サブローが驚いて茶色の毛を逆立てる。ミリは自力で体勢を立て直し、胸に本を抱えて、ほっと息をついた。それから台を降りて机に向かうと、夢中になって読みはじめた。

ミリの正面の窓から、やわらかい光が差していた。まるっこい形の良《い》いボブカットに、天使の輪がゆれている。髪は色素がうすく、毛先が琥珀《こはく》みたいに透きとおって、白い頬にすうっと溶けていた。いつもふわふわして可愛《かわい》らしいミリだけれど、横顔にはなんだか神秘的なきれいさがあって、思わず見惚《みと》れてしまう。

——と、急に視界がぐいっと前に動いた。

しかし僕の体が動いたわけではないので、脳がエラーを起こし、幻の慣性を感じる。ふらっとしてくらっとしてちょっと気持ちわるい。そんな僕にはおかまいなしで、視界はすいーっと進んでいく。机のした、ミリの足元へ——。天板の裏側が見える。視線が下りると、ミリの足の指がピアノの鍵盤みたいに並んでいる。

「ひゃっ、ちょっと、くすぐったい！」

ぐるぐると視界が回って、いつの間にかミリの顔が目の前にある。バチンと視線がぶつかって、どきまぎする。ミリは口をあわあわさせて、みるみるうちに耳まで真っ赤になった。

「……い、いまの、見てた？」

僕はブンブンと首を横に振った。

「何も見てないよ！」

「わーっ、嘘《うそ》だーっ！　演技がヘタすぎるよ！」

「ひどい、さっきは上手だって言ってくれたのに！」

「ほんと？　下着とか見えてないよね？　嘘《うそ》だったら……嘘《うそ》だったら……ビ、ビンタするよ？」

「ビンタなんかできないでしょ」

ミリの優しい性格的にも――物理的にも。

ミリは悔しいような、怒ったような、ちょっぴり寂しいような微妙な表情をした。そして、自分の顔をぱたぱたと扇《あお》いで、

「もう、なんだか暑くなってきちゃったよ……」

立ち上がって、掃き出し窓をあけた。麻のカーテンがふわりとふくらむ。雲ひとつない青空から桜の花びらがひらひらと、宛名のない手紙のようなさり気なさで部屋に舞いこんでくる。

ミリの髪がやわらかくゆれる。

「こっちもだいぶ暑くなってきたから、窓を開けるよ」

僕はそう言うと、サブローを降ろして、一度、接続を切った。

額に浮いた汗をぬぐう。アパートの隣近所に声が響くのを恐れて閉め切っていたせいで、部屋はひどく蒸し暑い。いいかげんエアコンを直さないと生死にかかわる……。ベランダの手すりのむこうには、雲仙岳めいた入道雲がそびえていた。窓を開けると、夏の匂いのする風がゆるやかに吹き、うるさいほどの蟬《せみ》の声を伝えた。

振り返ると、青空の落ちたフローリングに、猫が一匹ちょこなんと座り、後ろ足で耳をかいている。ボロいワンルームには僕とサブローだけで、可愛《かわい》い女の子どころかその影すらない。

僕はサブローを抱きあげ、その瞳を覗《のぞ》き込み、眼球と眼球を接続する——

ミリがにっこりと笑っている。

僕はサブローの瞳を通して、その姿を視《み》ている。彼女はやわらかい声で言う。

「よーくんのジェイキス、良かったよ。さっきよりだいぶ発声が改善されてた」

「ありがとう」僕ははにかんだ。「さっき、どうしてシェイクスピア全集を読んでたの？」

「えっ？　ああ、小田島雄志先生はどう訳してたのかなって、気になっちゃって」

ミリの部屋には大きな本棚がある。シェイクスピアやら宮沢賢治やらサリンジャーやら寺山修司やら少女漫画やら、多種多様な本が挟まっていて、相当な読書好きなのだろうとわかる。きれいに整頓されて可愛《かわい》らしい置物が添えられていたりして、いかにもお洒落《しゃれ》な女の子の部屋という感じで、僕はなんとなく覗《のぞ》いているのが気恥ずかしくなる。

「訳者によってそんなに違うの？」

「全然違うよ！」

ミリはそう言って、男装した姫君ロザリンドのセリフを読み上げる。ミリの声は可愛《かわい》らしいけれども凛《りん》としていて、とても発音がきれいで、思わず聞《き》き惚《ほ》れてしまう。

可愛《かわい》らしい見物人もやってきた。すずめの子が一羽、掃《わ》き出し窓から舞い込んできて、春陽でふくらんだ毛をつくろい始めたのだった。すると、ミリの部屋にいるサブローがそわそわし出した。ミリとすずめを交互に見ると、次の瞬間、パッと飛びかかった。すずめは悠々と、春空へと飛び去っていった。窓ガラスに、きょとんとしたサブローの姿が映った。彼はまだくりくりと丸い目をした子猫で、すずめと毛糸玉の区別もついていなそうだ。

僕は、僕の部屋にいるサブローの頭を撫《な》でて、言う。

「ずいぶん大きくなったな」

もうすっかり大人になって、ちょっとした貫禄《かんろく》すら出ているサブローが、気持ちよさそうに喉を鳴らし、鼻を僕の手に押し付けてくる。

ちゅん、と鳥の声がする。見れば、開いた窓に、すずめが一羽《わ》とまっていた。一瞬、ミリの部屋にいたすずめかもと錯覚したけれど、そんなわけはない。

——僕とミリはお互いに別の場所・別の時間にいて、猫の瞳を通してやりとりしている。ミリの方にいるサブローは、まだ子猫で、僕と出会ってすらいない。

事態は複雑なようでいて、とてもシンプルだ。ルールが明らかにされれば、すべてが簡単に理解される。まるで混沌《こんとん》とした星々の動きが、地動説が導入されるやいなや、たちまち円運動の組み合わせに整理されるみたいに。

とりあえず現状は、こう考えておけば、当たらずも遠からず、といったところだろう。

ミリは猫の瞳のなかに住んでいる。

ミリは
猫の瞳のなかに
住んでいる

MILI LIVES
IN THE CAT'S EYES

四季大雅
［イラスト］一色

第一幕

1

　死んだ魚のような目をして足の爪を切っている。ぱちん、ぱちん、という音が、薄暗いボロアパートに虚《むな》しく響く。爪の欠片《かけら》が床に落ちても、拾う気にもなれない。

　ノートPCの画面では、ヨボヨボの教授が文学史の講義を垂れ流している。何を言っているのかイマイチ判然としない。死ぬほどつまらないので別窓でユーチューブをながら見している。どうせ講義は録画が残っているので、テスト前に倍速で見たほうが圧倒的にいい。極論を言えば、課題だけやっておいて授業は受けないのが最大効率だ。けれどそれだとあまりにも虚《むな》しいので、リアルタイムで出席だけはしている。

　ゴリゴリゴリゴリ……とエアコンが異音を立てる。ボロアパートはエアコンもボロいのだ。数時間に一回は、トンネルを掘削機で掘り進むような音が聞こえてくる。冷房の効きもすこぶる悪く、蒸し暑さにじっとりと汗が滲《にじ》んでくる。

　東京に行って大学生になれば、毎日が楽しく、彼女なんかもできると思っていた。とても自然に。半自動的に。ほどほどに勉強して、ほどほどにバイトして、やたらと酒を飲んで、デートして、喧嘩《けんか》して、仲直りして……そんな平凡ながらも幸せな青春を送れると思っていた。

けれど、そんなの一個もなかった。

川端康成《かわばたやすなり》の『雪国』に、こんな名文がある。

『国境の長いトンネルを抜けるとそこは雪国であった。夜の底が白くなった』

僕の大学生活も同じくらい端的に表現できる。

『高校の長い受験を抜けるとそこは自粛生活であった。何もないまま夏になった』

絶望である。

ポン、と軽い音が鳴って、チャットメッセージがPC画面に表示された。

『須貝《すがい》 健太郎《けんたろう》：恋愛なんか、今の時代、リスクでしかないよ』

僕はちらりとそれを見て、足の爪を整えてから、返信を打つ。

『紙透《かみすき》 窈一《よういち》：恋愛がリスク？』

『須貝《すがい》 健太郎《けんたろう》：だってそうだろ？　まず、感染リスクがあるじゃん。そのうえ結婚するとなれば金がかかる。奨学金借りながら大学通ってんのにさ、このままじゃ就職氷河期の再来だぜ。日本の賃金なんて元々低かったのに……』

最近の須貝《すがい》はネガティブすぎてこっちまで暗くなる。前はもっと明るいやつだったような気がする。大学のレクリエーションで出会って、すぐにリモート授業に入ってしまったので、本性を摑《つか》み損ねたのかもしれない。

ユーチューブのニュースが、新型コロナの感染状況を伝えている。山は越えて、小康状態といったところだった。僕の通う（実質的には通っていないけれど）国際仙庵《せんあん》大学も、そろそろ対面授業を再開する動きがあるとか無いとかいう話が出回っている。

やがて、男性警察官が拳銃を紛失したと報じられた。新宿駅のトイレに置き忘れたらしい。

僕はそれをぼーっと眺めた。早く大学が再開されないだろうか。あまりにも日々が虚《むな》しすぎて、もう永遠にどこにも行けないのではないかという気がしてくる。小松左京の『復活の日』みたいに、このまま人類は滅びへの道をたどるのではないか……。

『須貝《すがい》　健太郎《けんたろう》：あーあ、世界滅びないかな』

まるで心を読まれたみたいで、僕はちょっとドキッとした。

『紙透《かみすき》　窈一《よういち》：世界滅びてほしいの？』

『須貝《すがい》　健太郎《けんたろう》：そっちの方がまだ楽しいっしょ』

何を言ってるんだこいつ……いや、意外とそれが人間の本質なのかもしれない。一瞬の火で焼かれるよりも、伸び切った常温の時間を延々と過ごすほうが辛《つら》いのかも。

ゴリゴリゴリゴリ……掘削者が仕事を始めて終える。

文学史の講義もニュースもいつの間にか終わっている。

生ぬるい沈黙が、嚙《か》み終わったチューインガムみたいにどこまでも伸びていく……。

頭がぼーっとする。

息が苦しくなる。

PTPシートから精神安定剤を取り出して口に詰めこむ。

頭がぐちゃぐちゃしている。そのぐちゃぐちゃが段々とかたちを変えて新宿駅になる。僕はひとりさまよう。トイレに行くと、そこには警官が置き忘れた拳銃がある。

S&W社製5連発リボルバー――『M360J SAKURA』。

手に取るとずしりと重く冷たい。銃口がすーっとこめかみに吸いつく。撃鉄を起こす。あとはトリガーを引けば弾丸が発射されて幕切れ、つまらない人生とも永遠におさらば。

指先に力を込める。

――バン！

僕は椅子から転げ落ちた。心臓がバクバク鳴っている。夢と現実の境目がぐにゃぐにゃと揺れている。僕の頭がおかしくなったのか？

今のは――現実の音だったように聞こえた！

まどろみを裂くように女性の強烈な悲鳴が響いた。恐怖に満ちた叫びだった。

「助け――！」

バン！　とふたたび銃声が鳴った。

僕は凍りついた。

無限かとも思われる時間が過ぎた。辺りは奇妙なほど静まり返っている。自分の心臓だけがうるさい。膝をガクガクさせながら立ち上がり、チャットを打つ。

『紙透《かみすき》　窈一《よういち》：やばいやばいやばい、いま、銃声が聞こえた！』

『須貝《すがい》　健太郎《けんたろう》：はあっ？　銃声？　なんだそれ、ヤクザの抗争か？』

『紙透《かみすき》　窈一《よういち》：わからない、女の悲鳴も聞こえた』

『須貝《すがい》　健太郎《けんたろう》：やばくないか？　映画の音声とかじゃなくて？』

僕は打鍵する手を止めた。そうか、その可能性も無くはないのか。

……いや、スピーカーの音にしては、生々しすぎる。

『紙透《かみすき》　窈一《よういち》：本物だと思う。ちょっと確かめてくる』

『須貝《すがい》　健太郎《ろう》：おい、危ないからやめとけよ！』

掃き出し窓を開ける。むわりと熱い空気が流れこんでくる。ベランダに蛾《が》のミイラが転がっている。東隣の仕切り板に『非常時はここを破って隣戸に避難してください』という黄色いテープが貼ってあった。——破るか？　この期《ご》に及んでまだ、躊躇《ためら》っていた。

いったん引き返し、靴下を穿《は》いて戻った。そして、おっかなびっくり手すりを乗り越える。たかが二階とはいえ、結構高い。落ちたら打撲じゃすまなそうだ。慎重に横移動すると、白骨めいた風合いの手すりがギシギシと鳴り、乾き切った塗料と錆《さび》がパラパラと落ちる。

「痛っ……！」

赤錆《あかさび》まみれの右手のひらに赤い線が走り、血が流れ出していた。めくれあがった塗装で切ってしまったみたいだ。痛みに顔をしかめ、視線を戻す。

ハッとした。

トラ猫が忽然《こつぜん》と現れたのだった。

尻尾を立てて左右に振りながらバランスを取り、手すりをこちらに渡ってくる……。

僕はそいつを捕まえて、瞳を覗《のぞ》き込んだ。

僕の眼球と、猫の眼球とが、接続される——


——バン！


暗闇が裂け、光が目の奥に突き刺さる。ニャア！　と驚きに鳴き声をあげる。ベランダで昼寝していたのを銃声で叩《たた》き起《お》こされたのだ。

視界がぐるぐる回る。網戸のむこうに誰かが倒れている。何者かが玄関から去っていく後ろ姿がちらりと見えた。一瞬のことで男か女かもわからない。床に血溜《ちだ》まりが広がっていく……。

猫は踵《きびす》を返《かえ》し、手すりにジャンプした。

Tシャツ短パン姿の男——つまりは僕が、手すりにしがみついているのが見える……。

いま視《み》ているのは、猫の眼球に蓄えられた、過去の光景だ。

眼球は優れた記憶媒体だ。視覚情報のみならず、五感情報や心理情報までも、あの小さな球体にぎっしりとメモリーされている。僕はなぜか小さい頃から、目と目を接続することで、それを再生することができた。まるでパソコンがドライブからデータを読み出すみたいに。

早く救出に向かわないと……！

接続を切ろうとすると、ふいに、視界が切り替わった。

女の子の部屋だった。

大きな本棚と可愛《かわい》らしい小物がある、きれいな部屋——

砂嵐が止《や》んだような感じがした。眼球から読み出した光景には、ノイズが混じっているのが普通だ。しかし、いま目にしている部屋はとても——静かだった。なめらかな沈黙と、なめらかな光がそこにあった。まるで本当にその場にいるみたいに。

女の子が、こちらを見ていた。

マロンベージュの髪色をした、ボブカットの子だ。大きな目を不安げに、いっぱいに見開いている。ヘーゼル色というのだろうか、グリーンの混じったライトブラウンの、鉱石のような色合いの綺麗《きれい》な瞳――。僕はぽかんと口を開け、目を奪われた。

彼女は突然、さけんだ。

「危ない！　手すりが折れるよ！」

直後、バキッ！　と凄《すさ》まじい音を立て、手すりが崩落した。

隣家の煉瓦《れんが》塀を破壊し、盆栽を粉々にする。

僕は間一髪、ベランダにしがみついていた。

自粛生活ですっかり体がなまっていて、ぶら下がるだけでもやっとだった。じりじりと重力に引っ張られる……。歯を食いしばり、ありったけの力でどうにかよじ登った。四《よ》つん這《ば》いのままゼイゼイと息をする。女の子が警告してくれなかったら危ないところだった。

――と、ようやくおかしなことに気がついた。

眼球が再生するのは、過去の事象だ。

なぜ過去の女の子が、未来の僕に向けて警告を発することができる――？

猫は何事もなかったかのようにお腹《なか》をなめていた。心臓が猛烈に胸をたたいている。恐るおそる手を伸ばす……猫がサッと起き上がり、僕はビクッと手を引っ込めた。猫は一瞥《いちべつ》をくれるとそのまま仕切り板をくぐって、僕の部屋の方へと消えた。

「……とにかく」

喉がカラカラだった。とにかく、助けないと。

なんとか立ち上がり、掃き出し窓の網戸をギシギシ軋《きし》ませて開ける。まるで目の粗いストッキングを脱がせたように、不気味に白い素足から、影が取り去られる……。意味もなく足音を殺して部屋に入った。まだ新鮮な血の臭いが鼻をついた。

両手で顔を覆い、絞り出すように息を吐いた。

どう見ても、即死だ……。

玄関へ逃げようとしたのを、背後から頭部を撃たれ、前のめりに倒れたのだろう。

僕と同い年くらいの女の子だ。ブラウスと、長い脚を強調するようなショートパンツを穿《は》いている。顔は左横を向いている。美人だった。形のいい鼻と、とがった顎が、きれいなEラインを形成している。

「今ならまだ、間に合うかも……」

僕は震える体に鞭《むち》打って、死体の傍《そば》に立った。そして、身をかがめ、血溜《ちだ》まりを避けるようにして左頬をフローリングにつけ、目と目を合わせた。長いまつ毛に縁取られた大きな瞳が、いまは底無しの井戸だった。涙に濡《ぬ》れているが、その奥は涸れ果てている。脳天には弾丸の貫通した穴がぽっかりと穿《うが》たれていた。僕は吐き気をこらえた。

人間が死ぬと、眼球に蓄えられた記憶は急速に失われていく。まるで魂が抜け出してしまうみたいに。死亡直後の今ならまだ、犯人の手がかりが得られるかもしれなかった。

僕は瞳を覗《のぞ》き込み、眼球と眼球を接続する。

赤黒い死の感触とともに、記憶が流れ込んでくる。

記憶はもうだいぶ崩壊しつつある。映像が乱れ、音声が乱れ、時間が乱れる——

悲鳴。

ガラスの割れる音。

鏡に網目状に走るひびと、恐怖にゆがんだ顔。

振り向くと拳銃——『M360J SAKURA』。

銃口を死に物狂いで振り払い逃げ出す。

心臓がバクバクと鳴る。

長い髪が視界に絡《から》まる。

強烈な痛みと、極彩色の花が炸裂《さくれつ》する。弾丸が後頭部の視覚野を破壊して咲いたバグの花。

おしべとめしべの位置に真っ暗な穴が空き、その明滅する花びらを一瞬のうちに吸い込み、

まるで渦巻くブラックホールみたいに、やがて世界のすべてを呑《の》み込んでいく……。

僕までもその闇に消えていくように錯覚し、悲鳴をあげた。〝死の感触〟をおぞましいほどクリアに感じた。絶対零度の冷気が魂の奥の奥まで浸食してくる。まるで凶暴な波のように寄せては返しながら、刻一刻と壊死《えし》していく自分をバラバラに、どうしようもなく浚《さら》っていく。

僕は接続を切ろうとするが上手《うま》くいかない。まるで悪夢から上手《うま》く目覚められないみたいに。

歯を食いしばり、思い切りうなじに力を入れる——

僕はハッと我に返った。

目の前に、死者の顔があった。まるでその脳天に空いた穴から這《は》い出《だ》してきたような感じだった。異常な苦痛に胸をかきむしる。喉に詰まったピンポン玉を吐き出すみたいに咳《せ》き込み、ようやく息ができた。こんなにはっきりと〝死の瞬間〟を体験したのは初めてだった。全身が石棺のように冷たく、心臓だけ燃えている。えずいたが、胃は空だった。

よろよろと立ち上がる。

化粧台の鏡に銃弾が突き刺さり、ひび割れていた。

足元に口紅が転がっている。死体の唇は、下半分だけが赤く塗られていた。

僕はぼんやりと思考する。つまり、こういうことだろう。被害者は化粧中に背後から銃で襲われた。初撃は外れ、逃げ出した被害者を第二撃で殺害した……。

けれど、そんなことは現場を見れば誰にでもわかる。

結局、僕の能力は何の役にも立たなかったということだ。

——警察の事情聴取を終え、ようやく自分の部屋に帰ったときには、もう夜の七時だった。隣室にはまだ警官が出入りしている気配がある。ほとんど引きこもりのような生活から急にこんなことになって、クタクタに疲れていた。

抗不安薬を飲んで、ベッドに倒れ込む。額がひどく熱かった。目の奥に極彩色のバグの花がちらつく。死の冷たさが脳の奥深く、氷柱《つらら》のように押し込まれている。

大学に授業欠席の理由を報告しなければならない。が、どうにも体が動かない。もうこのまま眠ってしまおうか。ひょっとしたらグリム童話の『こびとの靴屋』みたいに、夜中に小人たちがやってきて、僕の体に栄養点滴を打っておいてくれるかもしれない。

生ぬるい微睡《まどろみ》が僕をひたし始めた、その矢先だった。

——にゃあん。

かすかに猫の鳴き声が聞こえた。

僕はベッドから跳ね起きた。

まだカーテンも閉めていなかった掃き出し窓のむこうに、トラ猫が一匹、部屋の明かりを受けてうずくまっていた。

僕はすこし考えると、皿を床に置いてミルクを注ぎ、窓をそっと開けた。

猫はまるで日課のような自然さで部屋に入り、食事を始めた。

「お前のこと、すっかり忘れてたよ……」

首のうしろを撫《な》でてやると、嬉《うれ》しそうに目を細めて尻尾を立てる。

皿が空になると、僕は猫を抱きあげた。野良《のら》にしては人馴《ひとな》れし過ぎている。かといって、現在進行形で飼われているわけでもなさそうだ。首輪もしていない。

猫の瞳のなかに視《み》た女の子のことを思った。彼女はなぜ、過去から僕にむかって話しかけられたのか。そしてなぜ、手すりがこれから折れることを警告できたのか？

――ひとつ、シンプルな回答が思い浮かんだ。しかしそれは、あまりにも常識からかけ離れている。おいそれとは信じられない。やはり、本人に確かめるしかないだろう。

僕は猫の瞳を覗《のぞ》き込む――

さっき視《み》た光景が、再び展開される。

銃声、網戸のむこうに倒れている誰か、床にひろがる血溜《ちだ》まり……。

僕の能力には、法則がある。瞳を覗《のぞ》き込んだとき、ふつう最初に視《み》えるのは、直近の〝強い感情〟に結びついた記憶だ。だから今回も、ついさっき〝驚いた〟ときの記憶が視《み》えたのだ。

それから、検索を始める。ネットで言葉を検索できるように、ある程度視たい時間を選ぶことができる。やはりこれも眼球の持ち主の感情などに左右され、しばしばコントロールを失う。

まるで海のなかを波に揉《も》まれるみたいに、記憶のなかをさまよう……。

やがて、グイと、これまでに感じたことのない謎の引力めいたものが僕をまねき寄せた。

気がつくと、あの女の子が目の前にいた。

大きな本棚と、可愛《かわい》らしい小物に囲まれた部屋。

彼女の目が一瞬、潤んだように見えた。その瞳に、その頬に、なにか悲しみに似た夕暮れ色の感情が満ち、ゆらめいたような気がした。しかし次の瞬間にはそれは蜃気楼《しんきろう》のようにかき消え、女の子はにっこりと笑った。

「よーくんにとっては初めましてだね。わたしは柚葉《ゆずのは》美里《みり》。字は、柚《ゆず》の葉っぱに、美しい里」

やっぱり、過去から未来へ向かって話しかけてくる……！　僕は震える声で訊《き》く。

「よーくん……？」

「未来の窈一《よういち》くんが、そう呼んでいいって許してくれたんだよ。わたしが、満開の桜のしたで、初めて窈一《よういち》くんと出会ったときに」

「未来の僕……。ああ、やっぱり、そうなんだ。きみは──」

猫の瞳のなかの女の子は、こくりとうなずいた。

「わたしには──未来が視《み》える」

2

背後で電車の扉が閉まった。ソーシャルディスタンスを保っていることを確認し、深呼吸する。コロナが落ち着いているとはいえ、やはり車内は息苦しかった。他人の咳《せき》が恐ろしく、ついつい息が浅くなる。両手には高田馬場《たかだのばば》のペットショップで買ってきたキャリーバッグやトイレ、キャットフードなどをいっぱいに提げていた。

手荷物の多さに改札で苦労しつつ駒込駅を出ると、マスクを下げる。初夏の爽やかな匂いがする。なんとなく、子供の頃のことを思い出した。匂いと記憶は強く結びついている。そのせいか、コロナ時代になってマスクをし始めてから、あまり記憶がない。

自宅アパートには徒歩十数分で着いた。風情《ふぜい》のある外階段をのぼり、薄汚れた廊下を通る。204号室を出入りする警察官に目礼し、奥から二番目の203号室へ。僕が〝青汁色〟と呼んでいる渋い色のドアを開ける。玄関で靴を脱いでいると、新しい同居人が迎えにきた。

「ただいま、サブロー」

にゃあん、との返事。前の飼い主だった瞳のなかの女の子がつけた名前だった。

トイレを準備するやいなや、サブローが用を足した。我慢していたのかもしれない。なかなか礼儀正しい猫である。キャットフードを皿に盛ってやると、目を糸みたいにして幸せそうに食べた。背中を撫《な》でると、嬉《うれ》しそうにしっぽを泳がせる。

食事が終わると、僕はサブローを抱きあげ、瞳を覗《のぞ》き込む――


クッションに座る女の子が、にこにこしながらぱたぱたと両手を振っていた。相変わらず、視界の解像度は不思議なくらい高い。ノイズが全然入らない。

「よーくん、こんにちは。昨日はよく眠れた？」

「僕のお腹《なか》にこびとが城を建てる夢を見たよ」

「お城？」

「朝起きたら、サブローがお腹《なか》のうえで寝てた」

女の子は花がほころぶように笑った。

「柚葉《ゆずのは》さんはよく眠れた？」

「ミリって呼んで。こっちでは、さっきよーくんと話してから十分くらいしか経《た》ってないよ」

「えっ――？」僕はぽかんとした。「……ああ、そうか、過去と未来の〝ある時点〟同士がつながって話しているから、同じ時間が流れているわけじゃないのか」

そういえば彼女は昨日と同じく、白いシャツとカナリア色のスカートを着ている。

あちらとこちらでは時間の流れが違う――たとえばいま接続を切り、再び接続したとすると、繋《つな》がる先は三秒後のミリかもしれないし、三日後のミリかもしれないのだろう。

僕は『こびとの靴屋』の第二部を思い出した。とある女中がこびとの名づけ親となり、その住処《すみか》で三日間だけ過ごす。しかし人里に戻ってくると、こちらでは七年も経過している……。

「そっちは何年前なんだろう?」

「三年くらい前だよ。こっちのサブローは、まだ子猫なの」

ミリはそう言って、サブローの頭を左手で優しくなでる。その感触の〝記憶〟を僕は感じる。まるで自分が子猫になってなでられたみたいで、どぎまぎしてしまう。ふかふかの毛につつまれたちいさな頭と、人間とは違う位置にある敏感なふたつの耳と、ミリの繊細な指……。

「指、どうしたの?」

「えっ? ああ、昨日アボカドを切ってるときに、包丁で」

ミリの左手の人差し指に、絆創膏《ばんそうこう》が巻かれていたのだった。

「わたし、ドジだから」彼女は恥ずかしそうに言った。「ちっちゃいのに、頭もあっちこっちぶつけるの。そのくせ痛いのはすごく苦手だから、そのたびに涙目になってる」

「そうなんだ」思わず笑って、緊張がほぐれた。「じゃあ、ピアス、大変だったでしょ?」

「ううん、これ、イヤリングなの」耳から外してみせた。「ピアスは怖くて。でも、イヤリングは種類が少ないから、なかなか気に入るのが見つからなくて困っちゃう」

ミリはそう言って、眉をなだらかな八の字にして笑った。可愛《かわい》い子だな、と僕は思った。

一通り雑談すると、短い間があった。

なんとなく、空気が緊張するのがわかった。サブローも耳を立てた。

「あのさ」僕は言った。「これって、どういう仕組みなのかな？　僕は眼球を通して、そこに蓄積された記憶を視《み》ることができる——けど、そんなに上手にコントロールできるわけじゃない。偶然に左右されたり、強い感情に結びついた記憶に引っ張られたり……。だからこんな風に、日常の一コマを狙って視《み》るみたいなことは難しいんだよ。なのに、まるで何かに引っ張られるみたいに、僕はまたミリと会話できた……」

するとミリは、こちらを真剣な目で見つめて、言った。

「よーくんは、運命って信じる？」

「運命——？」予想外の言葉に少し面食らった。「少なくとも朝の星座占いは信じてないな」

ミリは笑わなかった。

「信じると信じざるとにかかわらず、運命は存在する。わたしにはその姿——あるいはその影のようなものが視《み》える」

「……ミリが言うなら、信じるよ。運命は本当にあるんだろうと思う」

「ありがとう」そしてミリはすこし間をおいて「運命はどんなかたちをしていると思う？」

運命のかたち……？　僕は真面目に考えて、最終的にはすこし冗談っぽく答えた。

「コーヒーカップの底の染《し》み」

「なんだかすごく、好きな答え」ミリは嬉《うれ》しそうに言った。「もしかしたら、角度によってはそう視《み》えるのかも。壁掛け時計が横から見るとただの直線に見えるみたいに」

「ミリの角度からは、どう見えるの？」

「わたしからは――電車の窓を伝い落ちる雨粒みたいに見える」ミリの瞳が、深みを増した気がした。「わたしたちひとりひとりが水分子みたいに、時間の流れのなかで出会ったり別れたりしながら、それぞれの道を辿《たど》るの。他の分子だったり、水滴だったり、風だったり、電車だったり、地球だったり、より大きいものの影響をどうしようもなく受けながら……。わたしには、それが視《み》える。視《み》えるということは、干渉できるということでもある。電車を自由自在に操縦したりはできないけど、あるポイントで分岐器みたいに進路を切り替えることはできる」

「つまり、僕たちがこうして喋《しゃべ》れているのは、ミリの力だってこと？」

「わたしが、そういう未来を引き寄せてるの」

僕は思わず首を横に振った。途方もない話だ……。

「そして今、どうしようもなく走り出した電車がある――」ミリは低い声で言った。「さっきの銃殺事件――これから、連続殺人になる」

ぞくり、と悪寒《おかん》が走った。

「連続殺人……？」

「誰かが――ううん、よーくんが行き先を切り替えない限り」

一瞬、脳が理解を拒んだ。

「ちょっと待って……〝僕が〟って言った？」

「……うん」ミリは頷《うなず》いた。「この運命を変えられるのは、あなただけなの。よーくんが犯人を見つけなくちゃ、連続殺人は防げない」

「なんだよ、それ……」僕は思わず頭を抱えた。「いや、待った。ミリには未来が視《み》えるんだから、僕がこれからどういう選択をするのかもわかってるんじゃないの？　それどころか犯人の正体も、僕が犯人を見つけられるかどうかも全部……」

ミリは首を横に振った。

「限界があるの。未来視にも、運命への干渉にも。わたしには犯人が誰かわからないし、よーくんがそれを止められるかどうかもわからない」

僕はごくりと唾を飲んだ。脳裏に、頭を銃で撃ち抜かれたときの〝死の感覚〟が蘇《よみがえ》る。極彩色の光が明滅する。眩暈《めまい》がする。鼓動が速くなる。冷たい汗が出る。体が震えだす……。

怖い、と素直に思った。僕はそんなに勇敢な人間じゃない。僕は二回も死にたくない。

「僕にはムリだよ。事件を解決できるほど賢くないし、銃に勝てるほど強くもない。瞳から過去を視《み》るのだって、ちょっと変わったレコードプレーヤーくらいのもんだよ」

「そんなことないよ！」ミリは力強く言った。「よーくんはすごく賢いし、すごく強いよ」

「ミリに何がわかるんだよ」

「わたしには未来が視《み》えるから。さっきよーくんがわたしに訊《き》いたことで、これだけはわかってる。──よーくんは、犯人をちゃんと見つけようとするよ」

僕は首を横に振った。そして、接続を切った。

解放されたサブローは床のうえで体をのばした。やれやれ長い通話でしたね、とでも言うように。ミリと会話しているあいだ、サブローは不思議とずっとじっとしていてくれる。

いつの間にか外は雨が降り出していた。掃き出し窓のうえを、水滴が伝っている。僕はとあるひとつの水滴に目を留《と》めた。大きくて、いかにも真《ま》っ直《す》ぐに落ちていきそうだった。

しばらく、じっと眺めていた。

その水滴は、大きく横にそれながら、思いもかけない場所へと流れていった。

3

ドアチャイムに眠りを破られた。明け方まで目がかっぴらいていて、抗不安薬と睡眠薬を多めに飲んでようやく床《とこ》に就いたばかりだった。

つけっぱなしのテレビが、昨日の銃殺事件を報じている。見慣れたボロアパートと、深刻な顔のアナウンサー。スタジオでは、拳銃を紛失した警察への批判が展開される……。

二度目のチャイム。ようやく体がぎこちない輪郭を取り戻す。時計を見た。土曜日の午前十時。インターホンなんて洒落《しゃれ》たものはこのアパートにはない。姿見の前に立ち、いちおう寝癖を整えようとした。チャイムがまた鳴る。「はいはいはい……」玄関でサンダルを突っかけ、鍵とストッパーを外し、扉を開ける。

――悲しげな顔をした男女が、立っていた。

煙たい青墨混じりの灰色をした空気が、部屋のなかに侵入してきたような気がした。彼らはどちらも黒い服を着て、どことなくグズグズしていた。布が一箇所のほつれから糸に戻っていくみたいに、彼らもひげの剃《そ》り忘れや化粧の虫食いから崩れていきそうだった。

「どうも、朝早くにすみません……」五十代前半くらいの男性の方が言った。「私たちは、隣の部屋に住んでいた天ケ崎《あまがさき》華鈴《かりん》の、親です」

あっ、と思った。僕はこの時になって初めて、死者の名前を知った。

「どうも……」僕は戸惑いながら頭を下げた。

「銃声が鳴ってすぐ、駆けつけてくださったそうで、ありがとうございました」

どうやら彼らは礼を述べに来たようだった。頭がぼんやりしているせいか、いまひとつ話が入って来ない。どうやら天ケ崎華鈴《かりん》は僕の通う大学の一学年先輩らしかった。遺体は検死に回されて、いつ返ってくるかもわからないと言って、母親は泣いた。

違和感を覚えて、僕は視線を落とした。左手首に包帯が巻かれていた。日焼け具合から考えて、つい最近のものに違いなかった。それに気がついた途端に、彼女の細部が急にクローズアップされてくる。乱れた髪、青白い肌、腫れたまぶた、ささくれ立った雰囲気……。

父親が事件当時のことを尋ね、僕は詳しく話した。もちろん猫や過去視のことは除いて。

すると、母親がなにかに縋《すが》るように見つめてくる。目と目が合う。――何か、危険な雰囲気を僕は感じた。放っておいては駄目だ、と僕のなかの義務感めいたものが言った。

眼球と眼球を接続するには、ひとつ条件がある。

〝人間が相手の場合、相手が涙を流していなければならない〟――

人間以外の動物――たとえばサブローが相手の場合なら、ただ瞳を覗《のぞ》き込みさえすればいいが、人間相手だともうひとつステップを踏まなければならない。おそらく人間の持つ強い理性が、ある種のセキュリティとして接続を阻《はば》むのではないだろうか。涙を流しているときだけ、それがすこし緩むのだ。

幸い、目の前の母親はすでに涙を流している。


僕は、瞳を覗《のぞ》き込んだ――


その途端、シェイクしたコーラみたいに記憶がどっと溢《あふ》れ出《だ》し、こちらへ流れ込んできた。

あまりに記憶の〝圧力〟が高い――！　僕は一瞬のうちに記憶におぼれ、脳が泡立ち、海馬に取り返しのつかない染《し》みがつく。慌てて接続を切った。

僕の目から、涙があふれ出していた。

両親が困惑して顔を見合わせた。僕は何か言い訳をしようとして、嗚咽《おえつ》しか出て来なかった。母親のほうが僕に共鳴するようにして泣いた。

「すみませんでした」父親が言った。「紙透《かみすき》さんもショックを受けていらっしゃるのに、いきなり不躾《ぶしつけ》に訪ねてきたりして……」

違うんです、の一言すら、口にできなかった。

両親が帰ると、僕は力なく扉を閉めた。そのまましばらく玄関に突っ立って泣いていた。やがて思い出したように胃酸がこみ上げてきて、トイレに駆けこんで吐いた。記憶の炭酸が骨をすっかり溶かして、ぐにゃぐにゃになってしまったみたいだった。

4

くらやみのなかで、《目》がひらかれる……。

鮭《さけ》が飛んでいく。

鮭《さけ》の切り身。

きりもみしながら飛んでいって、床にぺしゃんと落ちた。

皿が割れた。

ふたりがひどい罵り合いをしていた。殺意すら滲《にじ》ませるような罵詈《ばり》雑言の嵐。どんどんエスカレートしていって、またテーブルの皿が犠牲に。二枚目の切り身が飛んでいく。

わたしは、はあ、とため息をついた。とても面倒だ。

そして、次の瞬間には顔をゆがめて泣き出した。そして、子供らしい哀れを誘う声で言う。

「お願い、パパ、ママ、ケンカしないで、なかよくいっしょにシャケ食べようよ」

そして床に落ちた鮭《さけ》を拾って割れた皿に載せ、テーブルに戻って食べ始める。パパとママはしゅんとなって、喧嘩《けんか》をやめる。ようやく自分たちの愚かさに気づいたみたいだった。

「ごめんね、新しい鮭《さけ》を焼くから、うがいをしてきて……」

ママが台所へ行き、わたしは洗面所へ行く。食べたフリをして舌の裏に押しこんでいた汚いシャケをティッシュに吐き出して捨てた。鏡に映った顔は全然悲しそうじゃなくて、涙を拭くと目が少し赤いくらいで、泣いた痕跡はぜんぜん残らない。

わたしはにっこりと笑う。

わたしはとても賢くて、とても可愛《かわい》い。

5

くらやみのなかで、《目》がひらかれる……。

次は四年生の発表です、とアナウンスが流れました。

「演目は『ロミオとジュリエット』」

体育館が静かになり、幕が上がりました。

『演劇発表会』と書かれた横断幕のしたに、手作りの背景と大道具。学年が上がるごとに舞台セットのクオリティも高くなり、私は上手《うま》いものだと感心しました。

ちびっこたちが舞台袖から現れて、物語を演じていきます。

私は主役の登場を今か今かと待ち続けていました。

そしてあの子が、スポットライトを浴びて現れました。

たちまち、舞台は花簪《はなかんざし》をさしたように艶《あで》やかになりました。私が手を傷だらけにして作ったドレスを纏《まと》って、ジュリエットはまるで、できたてのように美しかったのです。ため息が生みだす細波《さざなみ》が、ひとびとの凪《なぎ》のうえを渡ったほどでした。

「華鈴《かりん》だけ、断トツで上手《うま》いな」主人が耳打ちしました。「将来はきっと女優になれる」

私の娘が、女優に――

想像するだけで胸のうちに花がほころび、春陽のあたたかさで満たされました。

私の人生は、無地の雑巾のようなものでした。

小学一年生のとき、初めての掃除の時間、仲良しの友達四人で雑巾を広げたとき、他の子のには花やら動物やらアニメキャラやらが刺繍《ししゅう》してあったのに、私だけ無地でした。思えばそれが私の人生を象徴していたような気がします。決して純白の美しいものではなく、ただひたすらに地味で、人並みに薄汚れた人生。白く清らかなのは色白の肌くらいのもので、それが唯一の、ひそやかな自慢でした。

その肌を、私の半分を受け継いだ娘が、舞台のうえでスポットライトを浴びて、頬を輝かせている――。私は左手を胸に抱きしめ、鼓動を感じました。あの子が光を浴びれば浴びるほど、その遠い反映で、私は蛍のようにひかるのでした。

演劇が終わると、カーテンコールが行われます。子供たちが横一列にならび、繋《つな》いだ手をかかげます。子供たちがこちらの反応を見られるように、観客席側の照明も灯《とも》されました。あなたは私たち夫婦を見つけて、笑顔をはじけさせ、手を振ります。私は左手で夫の手を握り、一緒に両手を振り返しました。私たちが今も夫婦であり続けられているのは、華鈴《かりん》がくさびのように繋《つな》ぎ止《と》めてくれていたからに他なりません。

私たちの華鈴《かりん》――

あなたはとても賢くて、とても可愛《かわい》い。

6

くらやみのなかで、《目》がひらかれる……。

鏡に女の顔が映っている。四十代だろうか。しかし奇妙に老《ふ》けて、老婆のようにも見える。赤く腫れた目のしたに、ほうれい線が深い谷のように刻まれている。頬は垂れ下がり、唇の端からよだれが流れていた。うううう、と泣き声とも唸《うな》り声ともつかない獣じみた声をあげて、白髪混じりの髪を乱し、頭皮をバリバリとかきむしる。真っ赤になった指先で、剃刀《かみそり》を右手に取る。破裂寸前のように吼《ほ》える。

刃を左の手首に当て、——

7

僕はベッドから跳ね起きた。

全身が汗でぐっしょりと濡《ぬ》れ、氷のように冷たい。強烈な痛みに、左手首をぎゅっと握りしめる。真っ赤な血が指の隙間からあふれ出してくると思った。

——恐るおそる、右手をひらく。

手首にはなんの異状もなかった。

僕はほっと息をつき、顔の汗をぬぐった。

〝記憶の残像〟だ——と思った。

眼球から流れこんできた記憶の泡が、脳の奥に残り、眠りのなかで夢となって現れるのだ。DNA二重らせん構造の発見者であるフランシス・クリックは、夢とは脳の情報処理過程で出現するものだと言った。その説に則《のっと》れば、眼球を通して僕の脳に染《し》みついた記憶が、眠りのなかで僕自身の記憶とごっちゃに情報処理される結果、あのような他人視点の夢を見るのだ。

天ケ崎華鈴《かりん》とその母親、ふたりぶんの視点を、一夜にして経験したのである。

やっぱり、母親はリストカットしていた。とても危険な心理状態だと、僕には体感できていた。生と死の天秤《てんびん》がどちらに振れてもおかしくない。たとえそれが剃刀《かみそり》一枚の重さでも。

これは呼吸なんだよ、と高校のバレー部の部室でリストカットを繰り返していた女子はかつて僕に言った。わたしはある種のグッピーなんだ。グッピーが水のなかでしか呼吸できないのと同じように、わたしも暗闇のなかでしか呼吸できなくて、これはそのためのえらなんだよ——。彼女は誰にでも傷口を見せつけて問題となり退学になった。しかし彼女の言っていたことが本当なら、天ケ崎華鈴《かりん》の母親は生きようとして新しい呼吸をもがきながら試していることになる。

僕はシャワーを浴びると、掃き出し窓を開け、その場に座り込んだ。

夏の雲がゆっくりと空を渡っていった。サブローがやってきて、僕の膝のうえで背中を伸ばした。僕はそのふかふかのお腹《なか》をなでてやった。

ふう、と深く息をつき、僕は立ち上がった。

机につき、パソコンで文章を打つ。迷いながら――とても慎重に。サブローが甘えてきても集中を乱さない。二時間ほどかけて、ようやく完成した文章を、A４のコピー用紙にプリントする。そして、水色の封筒に閉じ、筆跡を隠すため定規を使って、表にこう書いた。


『シシャカラノテガミ』――

8

新宿駅から山梨県甲府市にむかう長距離バスに乗った。二時間とすこしの道程であるが、上京して以来一番の移動距離だ。サブローは家で留守番。昨夜は〝記憶の残像〟のせいで眠りが浅かったせいか、車内ではほとんど寝てすごした。

甲府駅で降りると、空気がむわりとしていた。日差しが強く、東京よりもだいぶ暑い。時刻は十四時だった。駅ビルのセレオ甲府に入り、適当に昼食を済ませ、六階屋上にあがった。御坂山地《みさかさんち》のむこう、入道雲の湧く空に、富士山《ふじさん》の頭が青く映えている。

僕はベンチに座り、紙をひらいた。天ケ崎夫婦が昨日の帰《かえ》り際《ぎわ》に、連絡用にと置いていったもので、電話番号と住所が記されている。僕はスマホの地図アプリで道のりを再度検索した。

それからバスに乗って甲府市内を移動し、閑静な住宅街をさらに十分ほど歩いた。

突然、強烈なデジャブが僕を襲った。

この先に——家がある、は、ず、だ。

導かれるように、僕は角を曲がった。

果たして、天ケ崎家はそこにあった。築五〜六十年の平家。眩暈《めまい》のような、時空間がぐにゃりと歪《ゆが》むような感覚……。僕はこの家を夢のなかで見た。天ケ崎華鈴《かりん》になり、その母親になり、この家で暮らしたのだ。言いようのない切なさが胸を打った。

僕は『死者からの手紙』をリュックから取り出し、玄関扉の前に置いた。

——そのとき、背後に気配を感じた。僕は反射的に、庭のほうへと逃げた。そちらなら隠れ場所がいっぱいあると、こ、の、家、で、隠れんぼをした経験から知っていた。

「うん？　なんだ、これは……」

水色の封筒を、犬の散歩から帰ってきた父親が拾い上げた。老眼鏡をずらして、いぶかしげに眺める。中身を取り出す。そしてすぐに、大慌てで家のなかへと駆けこんでいった。置き去りにされた柴犬は三度ほど回ると、自分から犬小屋におさまった。

――しまった。犬に逃げ道を塞がれた。足音が向かってくる。僕はとっさに、縁の下に身を潜めた。すぐに夫婦がやってきて腰掛け、僕の前に四つのふくらはぎを並べた。

「死者からの手紙……？　なにこれ、いたずら？」

「ただのいたずらとも思えないんだ。華鈴《かりん》しか知らないことが、華鈴《かりん》の言葉で書かれてる」

『死者からの手紙』は、完全な創作というわけではない。僕に染《し》みついた死者の記憶――思考回路を働かせ、書いたものだ。やっていることはある種、イタコに近いかもしれない。

「パパとママへ……」

母親が、手紙を朗読し始めた。

パパとママへ

わたしはいま、とても特殊な方法で、この手紙を代筆してもらっています。あまりにも突然のことで、心の整理がまだついていません。パパとママも同じだと思います。そのことを思うと、とても心苦しいです。

わたしが手紙を書いてもらっているのは、ひとえに、ママのことが心配だからです。わたしのせいでママが悲しみに沈んでいるのは、本当に辛《つら》いです。

家族三人、縁側に腰掛けて、入道雲を眺めながら、よくスイカを食べましたね。パパがタネを遠くまで飛ばして、庭に芽が出て、しまいには実が生《な》って、それをまた三人で笑いながら食べたのを、よく覚えています。わたしはスイカを食べるとなぜかいつもウトウトしてしまって、ママの膝をまくらにしましたね。わたしの耳にいたずらする左手をつかまえて、ほっぺをすりすりさせるのが好きでした。ママの肌はとてもすべすべで、台所のタイルみたいにひんやりしていて……とても気持ちよかったから。

天国にも夏があって、入道雲があって、スイカがあって、縁側があります。天国で自分の望むすがたになれます。わたしは、袖でみがいたリンゴみたいな、丸くて赤いほっぺをした、子供のすがたでふたりを待っています。井戸の清い水で、スイカを冷やしながら。どうか長生きをして、たくさん思い出話を持ってきてください。三人でスイカを食べて、わたしは膝枕で長い長い話を聞きながらうとうとして……ママの手にほっぺをすりすりさせてください。

愛しています。

華鈴《かりん》より

母親が嗚咽《おえつ》した。泣きながら娘の名前を呼ぶ。四つのふくらはぎが寄り添いあった。僕は暗闇のなかで、とても複雑な気持ちになっていた。

しかし、ひとまず、上手く泣かせることはできた。まるで、ペットボトルのキャップをすこしだけ開けて、しずかに炭酸を抜くみたいに。

僕は天秤《てんびん》を思い描いた。

剃刀《かみそり》の反対側に手紙が載せられ、そちらへと傾くところを……。

9

どうにか天ケ崎家を抜け出してから、思考とも呼べないような、取り留めのない思案を続けた。それはアパートに戻ってからも、布団《ふとん》に入ってからも続いた。

僕は、臆病者だ。誰かを助けたいという気持ちはあるけれど、それ以上に、危険な目に遭うのが、怖い。昔からそうだ。僕は、あのときだって、まったく動けなかった——

まぶたの暗闇に、ひとつの傘が舞い上がった。

真っ赤な傘だった。

背景は重苦しい黒雲。

傘はひらりと、ランドセルを背負った、黄色いレインコートの隣に落ちた。

赤いランドセル——女の子だった。

驚きに見開かれたようなふたつの目が、こちらをじっと見つめている。

恐ろしい速さで、その瞳から光が失われていく……。

睡眠薬が効いたのか、いつの間にか眠りに落ちていた。得体の知れない嵐のなかをさまよい、やがて、台風の目に出た。そこには穏やかな黄金色のひかりが満ちていた。

ミリの夢だった。

彼女はあの本棚のある部屋にいた。レースのカーテンを透きとおった光が、彼女のやわらかく細い髪をあたためていた。桜の花飾りをあしらったヘアピンが、耳のうえに光っている。どうしてか、それに見覚えがあるような気がした。けれど、どうしても思い出せない。

ミリはしずかに本を読み続けている。そのすがたが、僕はとても、綺麗《きれい》だと思った。

10

朝起きてすぐ、コップ一杯の水を飲んだ。それ以外は何も口にしなかった。

「おいで、サブロー」

布団《ふとん》で二度寝していたサブローが、耳をぴくりとさせ、「ご飯ですか?」という顔をしてやってきた。そのつもりではなかったのだけれど、可哀想《かわいそう》なのでキャットフードをあげた。

それから、その瞳を覗《のぞ》き込んだ——

すぐに引っ張られて、視界にミリが現れた。この前とは違う日らしかった。ライトグリーンの、オーバーサイズの春ニットを着ていて、「よーくん、こんにちは」と余った袖を振った。

「おはよう、ミリ。僕はさっき起きたばっかり」

「そうだと思った。だって寝癖ついてるもん」

僕は寝癖をおさえた。が、手を離すとびょんと復活した。ミリは八重歯を見せて笑った。

「ミリ、今日は聞いてほしいことがあるんだ……」

僕は、『死者からの手紙』の件について話した。

「今回だけじゃない。これまで何回も書いてきた。都市伝説みたいな形で騒がれたこともある。最初は失敗もあったけど、だんだん上手《うま》くなって、色々な人を救えるようになった……」

僕は言葉に詰まった。じっと黙って話を聞いてくれていたミリが、口を開く。

「でも、よーくんは、そんな自分の行いに疑問を持ってるんだね？」

どきりとした。心の奥を見透かされた気がした。

「……そうなんだ。そういうことだと思う。なんていうか、やっぱり、偽善なんじゃないかな。勝手に人の記憶を覗《のぞ》いて、勝手に人の言葉を代弁して……何様のつもりなんだろう。でも、何もせず最悪の結果になるのも怖くて……。結局はぜんぶ、ただの自己満足だ」

沈黙があった。けれど嫌な感じの沈黙ではなくて、何かを大切にするための沈黙だった。まるで、羽化したての柔らかい翅《はね》がかたまるのを待つみたいに。ミリはやがて、言った。

「本当の〝善〟って何かな？」

「本当の〝善〟――？」

「例えば、わたしが人を殺したら？」

ドキリとした。ミリが人を殺したら――？　人どころか虫も殺しそうにない。僕は言う。

「人を殺したら、それは〝悪〟だよ」

「わたしには未来が視《み》える。その人が将来、五万人を殺す殺人鬼だとしても？」

僕は答えに窮した。

「……それは〝善〟かもしれない」

「本当に？　その五万人が全員、五万人を殺す殺人鬼かもしれないよ？」

「後出しじゃないか」

「全てを知ることができない限り、後出しは永遠に続く。本質的に。どうしようもなく」

「……たしかに」

「結局、認知の限界が、倫理の限界なんだと思う。五万人の死者のことが見えなければ、ひとりの死者を生むことがすなわち悪になる。わたしには未来が視《み》えて、よーくんには過去が視《み》える。つまり認知が普通の人と違う。だから倫理も違って当たり前で、わたしたちはきっと、自分だけの倫理を見つけていかなくちゃいけない」

「その〝自分だけの倫理〟ってのが、自己満足なんじゃないかな」

「〝倫理〟そのものが、そもそも自己満足なんだよ。だって、神様じゃないから。神様の認知のなかではきっと、人間の善悪なんて瑣末《さまつ》な問題でしかない。人間にできるのは、迷いながら、ベストを尽くすことだけ」

神様の認知……。ぞくりと鳥肌が立った。恐ろしいことに気がついたのだ。

「ミリの認知のなかでは、昨日の『死者からの手紙』は、善だったのかな？　それとも悪だったのかな？　届けた場合と、届けなかった場合ではどう違うのか、知ってるんでしょ？」

ミリは僕を真《ま》っ直《す》ぐに見て、沈黙した。今度の沈黙は重たかった。羽化した翅《はね》がぐしゃぐしゃに潰れてしまうくらいに。やがて、ミリは表情を変えないまま、言った。

「──〝善〟だった。手紙を届けなかったら、まずお母さんの方が自殺して、お父さんの方が翌年に衰弱死してた」

ほっ、と息をついた。一気に肩が軽くなった。僕は確かに、ふたりの命を救ったのだ……。そう思うと、胸がじんわりと温かくなった。

「ミリ──」僕のなかで、決意が固まった。「僕は、やっぱり、銃殺事件の犯人を捕まえるよ。正直すごく怖いし、自信もないけど。僕にしか助けられないなら、やっぱり助けたい」

ミリは優しく微笑《ほほえ》んで、言う。

「そう言ってくれるって、知ってた。ううん、信じてたよ。これから一緒に頑張ろうね！」

ミリはサブローと握手した。

僕もまた、サブローと握手して、笑った。

第二幕

1

もしもこれがアクション映画だったら、真犯人との最終対決にむけて空手だとかカンフーだとかの修行を始めるところだけれど、僕が最初にやったのは読書だった。

「『お気に召すまま』、読んでおいてね。わたし、お昼ごはんの準備しなくちゃだから」

ミリはそう言って、にっこり笑って両手を振ったのだった。そんなふうに可愛《かわい》らしくお願いされたら、やらざるを得ない。

僕はなるべく外出したくない気持ちもあって、電子書籍で購入した。そうこうしているうちに月曜日のリモート授業が始まり、須貝《すがい》からチャットが飛んできた。このあいだの経過（もちろん、ミリや過去視のことは伏せて）を教えていると、矢のように時間が過ぎた。

午後の授業は休校だった。何やら大学も色々と会議することがあるらしい。

僕はサブローに餌をやり、冷凍食品を温めて食べ、シェイクスピアの『お気に召すまま』を読み始める。戯曲は初めてだったので、最初はなかなか集中できず、ミリのことをぼんやりと考えた。いま、歳《とし》はいくつなのだろう？　僕とそう離れてはいない気がする。一人暮らしだろうか？　ということは僕と同じ大学生——？

いつの間にか、本のほうに集中していて、サブローに邪魔されながらも一気に読んだ。

夕方ごろになってようやく読み終えると、サブローの瞳を覗《のぞ》き込む——

ミリは今朝と同じ服装で、昼間のひかりのなかにいた。

「どうだった、シェイクスピア？」

「すごく面白くてびっくりした。台詞《せりふ》まわしのセンスが良すぎる。とても四百年も前に書かれたものだとは思えないよ」

「そうでしょう、シェイクスピアは本当にすごいの！」

ミリは目を輝かせ、夢中になってシェイクスピアのあれやこれやを語った。表情がくるくる変わって可愛《かわい》らしい。完全に脱線していたが、楽しそうなので止めにくかった。

「……ん？　なんか煙たくない？」

サブローの敏感な嗅覚が臭いをキャッチした。よく見ると、ミリの周囲に薄く煙のようなものが漂っている。

「えっ——？」彼女はぐるりを見回して、目を丸くした。

そして、あっと叫んで、視界の外へバタバタと駆けていった。むこうのサブローが、それを追いかける。ミリの住んでいる家は、想像よりずっと大きかった。おそらくは都内の高級マンションだろう。レースのカーテン越しに、ビル群の頭がうっすらと見えた。百インチクラスのモニターやソファー、ガラステーブル、毛足の長いラグ、観葉植物……見るからに質のいい調度品がずらりと揃《そろ》っている。

「あ、わ、わ、わ、わ、わっ――！」

アイランド型のシステムキッチンで、フライパンがもうもうと煙を吐き出していた。

ミリは漫画みたいに両手をぱたぱたさせながら、おろおろしている。

「ミリ、とりあえず火を消して！」

僕は思わず叫ぶが、何の意味もない。ミリは自力でコンロの火を消すと、ハンドタオルを引《ひ》っ摑《つか》む。その拍子に包丁が落ちて床に突き刺さる。サブローがびっくりして飛びのいた。タオルを濡《ぬ》らし、フライパンにかける。じゅううっと音を立てながら、水蒸気があがる……。

なんとか事なきを得て、僕はほっと胸を撫《な》で下《お》ろした。ミリはがっくりと肩を落として、サブローを抱っこして、本棚のある部屋へと戻る。

「うう……」泣きそうな顔だった。「ちょっとだけよーくんとお喋《しゃべ》りするつもりが……」

「てっきりもうお昼は終わったのかと思ってたよ。火を使ってるのに離れちゃダメでしょ」

「ごめんなさい……」

「意外とドジなんだね。フライパンを焦がす未来は見えなかったの？」

「うう……ひどい……いじわるなこと言わないでよー！」

可哀想《かわいそう》だけれど、僕は思わず笑ってしまった。

一度、接続を切り、繋《つな》ぎ直す——と、むこうの時間は経過していて、キッチンの片付けもお昼ごはんも終わっていた。ミリはまるで何事もなかったかのように、仕切り直す。

「さて、なぜシェイクスピアを読んでもらったかというと——これから大学の演劇部に入る必要があるからです」

「演劇部——」僕は思わずさけぶ。「えっ、なんで演劇部なの⁉」

「うーん……」ミリは少し考えて、「迷路に入って、出口は右ですって看板があったら、そっちに行くよね？」

「うん」

「出口は演劇部です」

「そういうこと……？」

僕は思わずため息をついた。ミリは同情するような顔で、

「大変だと思うけど、頑張ろう。一週間後の入部オーディションに間に合うように」

「えっ、部活なのにオーディションがあるの⁉」

「そう、濃ゆーいカリスマ部長が仕切ってるから」

「マジか……これならカンフーの方がマシだった」

「かんふー？」ミリは首をかしげた。

「こっちの話。でも、演劇なんてやったことないよ。たった一週間でモノになるかな……？」

「大丈夫、わたしが教えるから」ミリは胸を張った。

「ミリ、演劇やったことあるの？」

「ちょっとだけ。大丈夫、しっかりやればちゃんと合格するから！　そういう未来が視《み》える」

「ほんとかなあ……」

不安な気持ちがモクモクと立ちこめてきた。まるでフライパンから上がる煙みたいに。

「それじゃあ、発声練習から始めようか――」

ミリはまた煙に気がつかないまま、楽しそうに言った。

2

一週間があっという間に過ぎた。びっくりするほどあっという間だった。リモート授業の合間にミリと他愛《たわい》のないお喋《しゃべ》りをして、放課後は演劇練習をする、その繰り返しがとてつもなく楽しかった。ずっとこんな生活が続けばいいのに――と思ったが、ミリの予言通り大学の対面授業が再開され、登校しなければならなくなった。

駒込駅から高田馬場《たかだのばば》まで電車に乗り、そこから大学まで二十分ほど歩く。

久しぶりのキャンパスに、懐《なつ》かしさすら覚えた。

物陰でキャリーケースからサブローを放す。ミリの指示だった。どうやらこの後、必要になるらしい。彼はちらりと一度だけ振り返って、ゆったりと歩き去った。

僕は一限の心理学の教室へとむかった。出入口には消毒液が設置され、私語厳禁の張り紙がしてあった。適当な席に座ると、早速、警告無視のお喋《しゃべ》りが聞こえてくる。

「最近、彼氏とリモート同棲《どうせい》してる」

「リモート同棲《どうせい》？」

「ビデオ通話をつけっぱなしにして、一日中おしゃべりしてるの」

なるほど、現代ではそういう概念があるのか……と、年寄りのように感心してしまった。

「掃除とか格好に気を使うようになったし、いい事だらけだよ」

僕もすっかり部屋が綺麗《きれい》になったし、なけなしの貯金をはたいてキャット・ウォークを手作りしたりした。朝起きてちゃんと顔も洗うし着替えもするようになった。

あれっ、ひょっとして僕とミリも〝リモート同棲《どうせい》〟しているようなものじゃないか……？

そう考えると急に恥ずかしくなって、マスクのしたで頬が火照《ほて》ってきた。

――と、そういえば、ミリと連絡先を交換していないことに思い至った。上手《うま》くはぐらかされ、教えてもらえなかったのだ。猫よりはスマホの方が便利なのに。一体なぜ――？

心理学の授業が始まる。

しっかり学べばミリの心理もわかるだろうか、と僕はアホなことを思った。

3

午後四時ごろにすべての授業を受け終えると、文化系サークルの部室棟へと向かった。演劇部の部室は二階の突き当たりにあるとすぐにわかった。張り紙がしてあったからだ。

『演劇部　大大絶賛部員募集中！　熱き血潮を舞台にぶちまけろ！　舞台で死ね！　荒武者よ来《きた》れ、オーディションという名の決闘場に！』

それはもう暑苦しい筆文字で、A４の紙にそう書かれていた。それが、二階の廊下に沿って、ずらーっと奥まで張られているのである。しかも恐ろしいことに、コピーじゃない。一枚一枚手書きなのである。もはや狂気すら感じられる。

「帰宅部になりたい……」

思わずつぶやいた。切実に。もちろん誰も聞いてはくれない。

そのときふいに、悲鳴が聞こえた。

ぎゃあああああ……

という、狂気じみた、断末魔の声めいた、どこか物悲しい悲鳴だった。

そして突如として、突き当たりの演劇部室の扉が開いた。

僕はあんぐりと口を開けて固まった。

血まみれの男がまろび出てきたのだった。

パックリ割れた額から真っ赤な血を垂れ流し、ゾンビのようにフラフラと、正気とは思えない足取りでこちらへやってくる。

「コロスコロスコロス絶対殺す……」

何やら剣呑《けんのん》なことをブツブツとつぶやいているし怖すぎる。僕はサッと壁と一体化した。血まみれ男は僕が目に入らない様子で、そのまま通り過ぎていった。

……どう考えてもヤバい。いったい部室で何が行われてるんだよ！〝熱き血潮をぶちまけろ〟って比喩表現じゃないの⁉ ここはいったん撤退して態勢を立て直そう……と自分に言い訳しつつ、踵《きびす》を返した、その時だった。

「きみは、入部希望者かね？」

呼び止められた。ぎくりとした。立ったまま死んだフリをするが、背後の人物は騙《だま》されてはくれないようだった。背中を冷たい汗が流れていった。

僕は恐るおそる……振り返った。

半裸の男が仁王立ちしていた。

下半身はジーンズで、鍛え上げられた上半身には何も着ていない。いや、着ていないという表現にはいささか誤謬《ごびゅう》がある。男にはへそのしたまで続く暑苦しい胸毛が生えており、もはや胸毛を着ているといっていいレベルにまで達していた。

「入部希望者だろう？　俺にはわかるぞ……」

エスパーから一番遠いところにいるビジュアルのくせに、エスパーみたいなことを言う。

「ほら、白目を剝《む》いてないで来い、オーディションをしてやろう」

いつの間にか僕は男にガッシリと捕まえられて、部室へと連行された。

そこはフットサルコートくらいの広さがあった。壁際《かべぎわ》の棚には舞台セットや衣装ケースらしきものが押しこまれており、スクリーンやプロジェクターもある。

――が、そんなディテールはもはやどうでもよかった。

床に血まみれの板切れが落ちていたのである。

床に血まみれの板切れが落ちていたら、もうそれ以外は目に入らなくなるのが当然である。何しろ血まみれの板切れだ。「さて、実力のほどを見せてもらおうか」と男が言って、感染防止アクリルパネルのむこうの椅子に腰掛け、あごヒゲを撫《な》でるみたいにして胸毛を撫《な》でる。こうなるともう視線は血まみれの板切れと胸毛のあいだを反復横跳びするしかない。

「そうだ、自己紹介が遅れたな。俺は阿望志磨男《あもうしまお》。演劇部の部長をやっている」

なるほど、ミリが『濃ゆーい』と形容していたカリスマ部長か。本当に色々と濃ゆい……。

「あの……なんで、血まみれの板切れが落ちてるんですか？　あとなんで半裸なんですか？」

「先に自己紹介するのが礼儀だとは思わんかね？」

「あ……紙透窈一《かみすきよういち》です」

「よし、紙透《かみすき》くん、きみはエントリーナンバー2番だ。オーディションを始めよう」

……質問に答える気はなさそうだった。

阿望《あもう》はポケットから折り畳んだ紙を出し、こちらに投げてよこしながら、

「ちなみに演劇経験はあるかね？」

「いや、素人《しろうと》です」

「じゃあ50阿望《あもう》ポイントからスタートだ」

阿望《あもう》ポイントがなんなのかわからないが、とりあえず僕は紙を開き——驚いた。

「それが何のセリフかわかるかね？」

「……シェイクスピアの『お気に召すまま』のジェイキスのセリフです」

「ほう！　よくわかったな、阿望《あもう》ポイント3プラスだ！　じゃあ、さっそく演《や》ってみてくれ」

僕は呼吸を整え、演技を始める。

「全世界が一つの舞台、そこでは男女を問わぬ、人間はすべて役者に過ぎない——」

阿望《あもう》の胸毛を撫《な》でる手がぴたりと止まった。僕は驚くほど上達していることに気づいた。ミリとの練習を思い出した。彼女のアドバイスは驚くほど的確だった。言葉がすっと体に沁《し》みて、次の瞬間にはもう上手《うま》くなっている。まるで飛び石のうえを軽快に渡っているみたいだった。ひょっとしたら、どうすれば僕が上手《うま》くなるのかその未来を知っていて、そちらに誘導

していたのかもしれなかった。なんとなく、ミリの言う『運命』みたいなものの存在を感じた。

「ふむ……」僕が演じ終えると、阿望《あもう》が感心したように言った。「本当に素人《しろうと》か？」

「一応、一週間くらいは練習してきました」

「一週間――！」阿望《あもう》は豪快に笑った。「なるほど一週間と来たか！　よし、阿望《あもう》ポイント20マイナスだ！」

「えっ、なぜマイナス⁉」

「阿望《あもう》ポイントがゼロになったら合格だ」

「ややこしいな！」

最初の3プラスは合格から遠ざかってたのかよ……。阿望《あもう》は心底楽しそうに言う。

「さあ、あと33ポイント、死ぬ気でもぎ取ってみせろ！」

まだまだ先は長いな……とすこし絶望的な気分になった時だった。部室の扉が開き、眼鏡の女学生が飛び込んできた。そして、予想だにしなかったことを叫んだ。

「大変です――放火されました！」

4

半裸のまま猛スピードで走っていく阿望《あもう》の背中を追った。風に乗って灰の一片が飛んできた。

焦げ臭いにおいが鼻をついた。部室棟の東側で勢いよく炎が上がり、白い壁面を黒く焦がしていた。すでに人だかりができ、異様な声が上がっている。

「放せッ！　放せよォッ！」

血まみれの男が羽交い締めにされ、猛《たけ》り狂《くる》っていた。炎を背負う姿に、僕はぞっとなった。

「あっ、窈一《よういち》！　窈一《よういち》じゃないか！」

血まみれ男を押さえている人物が、ふいに言った。体格の良《い》い、黒髪短髪のスポーツマンっぽい男である。よくよく見れば、須《す》貝健太郎《がいけんたろう》だった。四月に友達になり、すぐにリモート授業に移行して、ずっとチャットだけしている仲だったので、すぐにはピンと来なかったのだ。マスクをしているのもそれに拍車をかけていた。

「窈一《よういち》、手伝ってくれ！」

僕は反射的に動いた。須貝《すがい》と一緒に、血まみれ男を押さえる。阿望《あもう》がさけぶ。

「消火！　消火だッ！」

阿望《あもう》の指揮のもと、バケツリレーで次々と水がかけられる。消火器がふたつ、勢い良く噴霧され、それでようやく鎮火された。

白い煙を吐きだす燃え残りの前に、女の子が膝をつき、すすり泣いた。ポップな服装の子だ。ピンクの毛先カラーを入れた金髪にピンクのキャップを被《かぶ》り、酔っぱらったピカソ作のマンチカンみたいな柄のシャツを着ている。

「ううう……わたしが手塩にかけた大道具がーっ！」

話を聞くと、どうやらこういう次第らしい。自粛期間中、大道具・小道具班が自宅でせっせと製作してきたものを、レンタルトラックで集めてきた。それを部室搬入前にいったん降ろし、すこしばかり目を離したところ、炎が上がっていた。

「それで、こいつが放火犯というわけか……」

阿望《あもう》が腕を組み、血まみれ男を見て言った。

「はい、炎を見つめながら涙を流し、殺す殺すとつぶやいていました」

「間違いないな！」阿望《あもう》は力強くうなずいた。

「違う、オレじゃない――！」ふいに、血まみれ男がさけんだ。「オレは、朦朧《もうろう》としてただけで……放火なんかしてない！」

「誰がお前のような血まみれ男の言うことを信じるかァ！」

阿望《あもう》が怒鳴った。半裸の男も同じくらい信憑《しんぴょう》性に欠けるんじゃないかと僕は思った。

ふいに、足元にくすぐったい感触。見れば、サブローだった。僕は抱きあげると、こっそりと物陰の方に移動した。そして、その瞳を覗《のぞ》き込む――

ミリが、困ったような顔をしていた。

「大変なことになったね」

「展開が目まぐるしくてクラクラするよ。ミリはこうなるってわかってたんでしょ？」

「うん、でもやっぱり、阿望《あもう》さんは濃すぎて何回見ても笑っちゃう」

ミリはくすくすと可愛《かわい》らしく笑った。そして、目尻の涙を拭うと、言う。

「さて、これから、よーくんが放火の真犯人を見つけるんだよ」

「えっ、僕が？　一体どうやって？」

「大丈夫、簡単簡単、可愛《かわい》い目撃者がいるから」

「可愛《かわい》い目撃者……？　ああ、そういうことか」


僕は一度、接続を切った。サブローが首をかしげている。

僕はもう一度、瞳を覗《のぞ》き込む——


「頼もぉぉぉーうっ!!」

いきなり大きい声が聞こえた。びっくりしたサブローはベランダの手すりから落ちそうになった。開け放たれた窓から阿望《あもう》の返事が聞こえる。

「受けて立アァァーつ！」

バァン！　と扉が開いて、まだ血まみれじゃない血まみれ男が威勢よく部室に入ってきた。

「佐村猛《さむらたける》と申しますッ！　新一年生ですッ！　高一のとき、高三だった阿望《あもう》先輩の舞台を見てから、ずっと憧れてきましたッ！」

「その意気や良しッ！」まだTシャツを着ている阿望《あもう》が言った。阿望《あもう》はふたごの野ねずみ『ぐりとぐら』のTシャツを着ていた。世界観の乖離《かいり》がはなはだしい。

「さあ、オーディションを始めよう！」

阿望《あもう》がパイプ椅子に座り、佐村《さむら》がアクリルパネルの反対側に立った。両者ともマスクを外す。

「じゃあ、手始めに〝かめはめ波〟を撃ってくれ」

「かっ……〝かめはめ波〟ですか？　あのドラゴンボールの？」

その通りだと阿望《あもう》はうなずいた。かめはめ波……？　なんだそりゃ、と僕はずっこけそうになった。しかし佐村《さむら》は、「な、なるほど……かめはめ波か……さすが阿望《あもう》先輩だ……！」と何かを無理やり納得して、

「か～め～は～め～波ァアアー！」

撃った。大したものだった。その場にいたら思わず拍手していただろう。

しかし阿望《あもう》はさほど表情を変えず、

「出てない……」

「えっ？」

「かめはめ波がッ！　出てなぁぁぁあああいっ!!」

いや、かめはめ波は出ないだろう。基本的に。

「……！　すみません、もう一回やらせてください！」

「はァァ……ッ！」佐村《さむら》は今度は大気からなにやらエネルギー的なものを集め、「かぅぁぁめぇぇぇはぁぁめぅぇぇ波ぁぁぁぁぁあああッ！」

素晴らしかった。僕には発射されるエネルギーが見えた。

しかし阿望《あもう》は立ち上がってブチ切れる。

「出てないんだよォォォ！　アクリルパネルを破壊して感染拡大せんかァァァ！」

「す……すみませんッ……！」

そんな無茶な……。阿望《あもう》は不機嫌そうに椅子に腰掛けると、言った。

「阿望《あもう》ポイント10プラスだ」

「えっ……？　あっ……ありがとうございますっ……！」

喜んでいるがそれは罠《わな》だ。実はゴールから遠ざかっているんだ。かすかに表情が晴れた佐村《さむら》に、阿望《あもう》は折り畳んだ紙を投げ渡した。佐村《さむら》はそれを開いて読むと、目を見張った。

「こっ、これは、阿望《あもう》先輩の伝説の舞台、『わだちの亡霊』のワンシーン……！」

演じるように指示されると、佐村《さむら》はあたりを見回し、棚から板切れを引っ張り出してきた。

そして一度深呼吸をし、演技を始める。

「おお、人の運命とはかくなるものか。拠《よ》って立つにはあまりに脆《もろ》く、打って壊すにはあまりに剛《つよ》い……」

運命に翻弄された者の嘆きと悲哀が表現される。感情はセリフが進むにつれクレッシェンドされ、ついに極限まで高まったところで、板切れを自分の頭に打ちつけた。鈍い音がして、額から血が流れた。泣きながら何度も打ちつけ、佐村《さむら》は血まみれになっていった。

憑依《ひょうい》型の役者というやつだろうか。僕は圧倒されつつも、正直、ドン引きしてしまった。

「もういい、もういい——」阿望《あもう》は演技を中断させて、「きみは不合格だ」

「……えっ？」佐村《さむら》は半ば白目を剝《む》いてクラクラしながら立ち上がり、「不合格……？　な、なぜですか……？」

「きみの高校時代の演技を見たことがある……」阿望《あもう》は神妙な面持ちで言った。「きみは餓死しそうなほどガリガリに痩せて舞台に立っていたな。その凄《すご》みで審査員を圧倒して、全国を制覇した。やれやれ、すごい高校生がいるものだと、俺は驚いたよ」

「じゃあ、なぜ……なぜ不合格なんです……？」

「〝凄《すご》い〟のと〝上手《うま》い〟のとは違うからだ」阿望《あもう》はかっこいい顔になった。「喩《たと》えるならきみだけが棒高跳びをやっていたのだ。ガリガリに痩せたり、流血したり……きみだけが飛び道具を使って、一番高いところに到達したように見せかけていた。しかし道具なしではきみはそれほど高く跳べない。……結局のところ、きみの欲求は『他人から上手《うま》く見られたい』というところにあるのだ。それは『上手《うま》くなりたい』という切なる願いとは全く違う。それはある種の邪《よこしま》な欲望だ。観客の心を打つことではなく、舞台からライバルを蹴落とすことに夢中になっている。それは自己顕示欲であって、愛ではない。それっぽいだけで、それではない。そういう人間はある程度までは人より早く到達するが、そこから伸びていかない。一流にはなれるかもしれんが、超一流にはなれない。高校演劇の審査員程度なら騙《だま》せるかもしれんが、この俺の眼《め》は騙《だま》せんぞ」そして目線をそらし、ボソッと、「……かめはめ波も撃てないし」せっかく良《い》いことを言っていたのに、最後の一言が蛇足すぎる。佐村《さむら》はぶるぶると震えだした。そして——ブチ切れた。狂気のさけびをあげ、板切れで襲いかかろうとする。

「なんだ、俺とやる気かぁぁぁッ!?」

阿望《あもう》はそうさけぶと、なぜか自分のTシャツを胸元から真っ二つにした。哀れ『ぐりとぐら』のあいだが永遠に引き裂かれ、胸毛がはじけ出る。両腕をひろげ、孔雀《くじゃく》のように無駄に美しい立ち姿で、鍛えあげた肉体を見せつけるように威嚇する。

凄《すさ》まじい睨《にら》み合《あ》いがあった。僕はゴクリと唾を飲んだ。

——と、急にサブローがぷいっとそっぽを向いて歩き出した。僕は思わずガクッと脱力した。すごいタイミングで飽きるものだ。

サブローは気ままに、アゲハ蝶《ちょう》にちょっかいを出したりしつつ歩き回る。

やがて、積み重ねられた大道具類が視界に入った。まだ、炎は上がっていない。その上方で、窓から女性が顔を出し、美味《うま》そうに煙草《たばこ》を吸っているのが見えた。女は油断したのだろう、したを全く見ずに煙草《たばこ》をポイ捨てした。

油絵に着火し、やがて大道具は火に包まれた。サブローはそれをのんきに眺めている。

そして、血まみれ男がやってきた。心ここにあらずといった様子で、炎を見つめながらコロスコロスコロスと呪詛《じゅそ》のようにつぶやき、やがて目から大粒の涙を流しだした——

5

僕は接続を切り、ふうと息を吐いた。

さて、ではどうやって、この真実をみんなに証明しよう？

「来い、警察に突き出してやる！」

抵抗する佐村《さむら》を、須貝《すがい》が無理やり連れて行こうとする。僕は思わず言った。

「待って、その人は犯人じゃない！」

「何だって——？」須貝《すがい》は顔をしかめた。「どうしてそんなことがわかる？」

猫の瞳を通して視《み》たからだが、そう言うわけにもいかない。僕はとっさに、

「論理的に考えればわかることだよ」と言ってしまった。

「論理的にぃ〜？」

須貝《すがい》はわかりやすく『？』という顔をした。さすが演劇部、表情豊かだ……などと感心している場合ではない。困った。どうしよう。僕は必死に頭を回転させながら、言う。

「その人が犯人だとしたら、放火したあと、どうして逃げなかったのかな？」

「そんなの決まってますよ──」さらさらしたキューティクルばっちりの金髪に、マリンキャップを小粋にかぶった男が横から入ってきて言った。「頭がおかしいからです」

説得力がえげつない。みんなに注目されて冷や汗が出てくる。

しかし次の瞬間、奇跡的に、佐村《さむら》が犯人ではないと証明するロジックを思いついた。あとは説得するだけだ──。それが大事なのだ。論理が正しいか正しくないかは問題ではない。望む結末に観衆を導けるかどうかが全てなのだ。

つまり、僕がするべきことはひとつ。

──『名探偵』を、演じること。

僕は深く息を吸い、ミリとの練習を思い出す──

『ポイントは〝自分から離れる〟ことだよ』と、彼女は言った。そして、ワサビをたっぷりと口のなかに入れて、涼しい顔をして見せた。『心や感覚から自分自身を切り離すの。そして何よりも、〝視点〟を観客の方に移して、外側から自分を眺めるのが大事』そして、急にぽろぽろと涙を流し、べーっと緑色の舌を出した。僕は笑った。

──僕は不安を切り離し、顔の皮膚の奥に引っこめる。観衆を引きこむように、声を張る。

「──ではそれを、前提条件としましょう」

「前提条件……？」マリンキャップの男が首をひねった。「なぜそんなことを？」

「論理的に思考するとは、そういうことだからです。AであるからすなわちB、BであるからすなわちC……というふうに、前提と演繹《えんえき》を積み重ねることで、物事は証明されるのです」

自信満々に小難しい単語を使ったけれど正直、本当に使い方が合っているのかも怪しい。しかしマリンキャップはなんだか納得している様子なので、僕はゴリ押す。

「では、次のステップへ――」僕は名探偵っぽく無駄にちょっと歩く。ミリとの練習が効いている。僕は名探偵を演じられる。「この人が真犯人だとして、どうやって火をつけたのか？」

「それは、マッチだとか、ライターだとか……」

「つまり、道具を使ったということですね？」

「素手じゃ火はつけられないですからね」

「では、この人はその道具をいまも持っていますか？」

マリンキャップはハッとして、佐村《さむら》の全身を探った。

「持ってない……。始末したんだろう」

「それはあり得ません」

「なんだって――？」

「放火道具を始末するのは、自分が犯人だとばれないためにする行為です。それは前提条件と、そして現場から逃げなかったこととも矛盾します。つまり、この人は、犯人ではない――」

マリンキャップが息を呑《の》んだ。阿望《あもう》がカッと目を見開いて僕を見つめる。……こわい。心臓がドキドキしている。しかしそれは単なる恐怖ではなくて、演じることの快感が胸の奥からふつふつと沸きあがってきていた。佐村《さむら》は感涙しながらさけぶ。

「そっ、そうだ、オレは犯人じゃない！」

「じゃあ、一体、誰が犯人なんだ？」

須貝《すがい》はしぶしぶ佐村《さむら》を解放し、首をひねった。——僕はふと気配を感じて、上を見た。さっき煙草《たばこ》を吸っていた女学生が、ぽかんと口をあけてこちらを見ていた。

「あ」と女学生。

「あ」と僕。

みんなが見上げた。逃げる女学生。僕は校舎に飛びこみ、二段飛ばしで階段を駆けあがる。バタン！　と扉が閉まる音が聞こえた。僕はその音から目星をつけ、扉を開いた。

三人の女子がいた。ふたつある調理台のうち、手前側に調理器具が散らかっている。中央テーブルには料理の盛られた皿。どうやら料理部らしい。茶髪の女子が睨《にら》みつけてくる。

「ちょっと、何……？　勝手に入って来ないでよ。……ってか、なんで半裸？」

いつの間にか、横に阿望《あもう》がいた。他の部員たちもわらわらとやってくる。阿望《あもう》がさけぶ。

「そこの貴様！　さっきの『あ』はなんだ、『あ』は！　怪しい事この上ないぞ！」

「えっ、いや、別にあたしは……」

「怪しいッ！　その程度の演技で演劇部を騙《だま》せると思うなよ！」

女学生（真犯人）は明らかに挙動不審だった。あとはここに煙草《たばこ》があったことを証明できれば一発だろう。僕は鼻を利《き》かせる――が、火にかけられているボルシチのせいで、上手《うま》く嗅ぎ取れない。辺りをよく観察し、僕は言う。

「こんなに暑いのに、なぜ窓が閉め切られているんでしょう？」

僕は女子の横を通り過ぎ、窓辺に立った。人通りが多い区画に面している。

「こちらの台では調理をした形跡がない――にもかかわらず、換気扇が『強』でついている。阿望《あもう》さん、見てください――」僕は、台にわずかに残った灰を指先に取り、臭いを嗅いだ。「煙草《たばこ》の灰です。おそらくは、臭いや煙でバレないよう窓を閉め切り、換気扇をつけ、ここで喫煙したのでしょう」

僕は続いて、部員たちをかきわけて廊下に出る。そして、女学生が煙草《たばこ》を吸っていた窓の縁《へり》を、指先でなぞった。

「ここにも灰が落ちています。おそらく、部屋の暑さに耐えかねて、人通りのない区画に面しているこちらの窓を開け、喫煙したのでしょう」

「すごい観察力だな……。そうか、そして煙草《たばこ》のポイ捨てで火がついたわけか。学内は喫煙所以外、全面禁煙だぞ！」

阿望《あもう》は料理部女子たちを睨《にら》んだ。すると、女学生（真犯人）はさけぶ。

「ちょっと、勝手に決めつけんな！　タバコなんか誰も吸ってない！　灰は元からあったんだろ！　わたしたちの前にここを使ったやつの仕業だよ！」

「じゃあ煙草《たばこ》を持ってないか身体検査させろ！」

「触んなヘンタイ！」

パチーン！　阿望《あもう》の胸板に、真っ赤な手跡がついた。

「痛アーッ！　誰が変態だ！」

変態かどうかはわからないが変態的な絵面であることは間違いない。それはともかく、身体検査なんて拒否されたらやりようがない。僕は考えて、手前のシンクをよく調べた。

「何をやってるんだ……？」阿望《あもう》が訊《き》いた。

「換気扇下の灰の散らばり方から見て、灰皿があったはずです。隠し持てないくらいのサイズのものが。ここにある調理器具や皿を代わりに使って、洗ったのだとしたら、排水口の野菜屑《くず》に灰がつくはずです。ちなみに奥のシンクはまったく濡《ぬ》れていませんでした」

僕は周囲を見回し、ガラス製のオイルポットから、油を空のボウルに移す。

「ここにはありませんでしたね。ガラス製の灰皿だったら、油と屈折率が同じなので、光は境界面で反射せず通り抜けるため、見えなくなります。他の可能性としては――」

僕は、女学生（真犯人）の前の、ボルシチが取り分けられたスープ皿に目をつけた。他の女学生のスープ皿は空のままだ。

「ちょっと失礼――」

僕は箸を取り、ボルシチの具材に突き刺した。学生（真犯人）がさけぶ。

「ちょっ、何やってんだお前⁉」

「生煮えですね」

「だからなんだよ、料理評論家か⁉」

「まだ鍋が火にかけられているにもかかわらず、この皿にだけ取り分けられているから、おかしいと思ったんです。まだ出来上がっていないボルシチが、一体なぜ――？」

女学生（真犯人）の顔がサッと青くなったのを見逃さなかった。彼女は言う。

「味見を忘れただけだよ……」

「僕には、ボルシチに灰が入っているように見えますけどね」

「気のせいだろ」

「じゃあ、食べられますか、このボルシチ――？」

しん――と、空気が静《しず》まった。女学生（真犯人）は、ゆっくりとスプーンを摑《つか》んだ。そして、ガッとボルシチを掬《すく》い、口元へ――

「煙草《たばこ》の灰は猛毒ですよ」

僕は言った。女学生（真犯人）の手がぴたりと止まった。

彼女はゆっくりとスプーンを皿に戻した。

「どうしましたか？」

「……別に……食欲がないだけ……」

「わかりました――」凍りつく女子たちを見て、僕は言った。「じゃあ、僕が食べましょう」

一瞬の視線の交錯があった。僕はスプーンを握った――その手首を、女学生（真犯人）が握って、止めた。そして、彼女はついに言った。

「……ごめんなさい」

女学生たちは、がくりとうなだれた。

「……どうやらこれで、一件落着のようだな」阿望《あもう》が言った。須貝《すがい》とマリンキャップが女学生たちを連行していくのを見送る。「素晴らしかったぞ、紙透《かみすき》くん。まるで名探偵だったな」

「いえいえ、そんな……」僕は照れて頭をかいた。

「一個だけ間違いがあったがな。煙草《たばこ》の灰は、実は無害だ」

「知っていました」

僕がそう言うと、阿望《あもう》は目を輝かせた。

「そうか、やっぱり知っていたか――！」そして豪快に笑って、僕の背中をバンバンと叩《たた》いた。

「大した役者じゃあないか！　俺は血まみれ男が犯人だとばかり。そうでなければ〝やつ〟が火をつけたのかと思ったぞ」

〝やつ〟……？　首を傾《かし》げていると、先ほど泣いていたポップな服の子が横から言う。

「部長……一所懸命つくった道具類が燃えちゃったんだけど、これからどうしよう……？」

「燃えてしまったものは仕方がない。しかし不幸中の幸いというやつだ。俺はたったいま、新しい脚本を思いついた！　新時代の演劇の幕開けだ！」

そして、佐村《さむら》の肩に手をおいた。そして、どういう心境の変化かこう言った。

「さっきは疑って悪かったな。心から詫《わ》びよう。もしよかったら、演劇部に入ってくれ」

「本当ですか⁉」佐村《さむら》はあれほど酷《ひど》い目にあったのに目を輝かせ、「ありがとうございます！」

そして、阿望《あもう》は次に僕の肩に手をおく。僕は思わずびくりとした。

「もちろん、きみも入部オーディション合格だ」そしてくるりと振り返って、「諸君！　次の脚本はミステリ、名探偵が主役だ！」

嫌な予感がした。阿望《あもう》は言った。

「紙透《かみすき》くん、きみが次の舞台の主役だ――！」

6

「まさか、こんな展開になるとは」

僕がうなだれると、ミリはくすくすと笑った。

「わたしもこんなことになるなんて、予想外だった」

「予想外？　ミリには未来が視《み》えてるんじゃないの？」

「未来は常に振動しているの。必ず起こる事柄もあれば、ランダムに起こる事柄もある。そして無限に分岐していく。さらに、未来が視える私自身が干渉することによって分岐は爆発的に増える。その全容を把握することは、わたしにもできない」

「それなんだけど、ミリには本当に、銃殺犯の正体は視《み》えてないの？」

「残念だけど——」ミリは左耳のイヤリングに触れながら、首を横に振った。「視《み》えないの。あまりにも分岐が複雑すぎて、犯人の正体にまで辿《たど》り着《つ》けない。原理的には不可能ではないけれど、実質的には不可能なの。砂漠から、たった一本の針を探し出すみたいに」

「つまり、僕がちゃんと捜査しないといけないわけか……」

「そういうこと。ごめんね、わたしは視《み》ているばっかりで」

「それで、次は何をすればいいのかな？」

「まずは、地道な聞き込みだね。被害者の天ケ崎さんはどんな人だったのかとか、人間関係や恋人、誰かに恨まれてなかったか……そんなことをちょっとずつ調べていこう」

「やることは普通の探偵と一緒か」

「あとは、演劇部を楽しむといいんじゃないかな？」

「楽しむ——？」意外な言葉に、ぽかんとなった。

「だって、せっかくの大学生活だもん。友達を作ったり、彼女を作ったりして、たくさん青春しなきゃ損だよ」

〝彼女を作ったり〟か……。

思いがけず、チクリと胸が痛んだ。その痛みから自分自身を誤魔化すように、

「あはは、そうだね。好みの女の子がいるといいけど」

「どんな女の子が好みなの？」

「大人っぽくてナイスバディな子かな」

心にもないことを言ってしまった。好みのタイプとか本当は特にない。

「……へえ、わたしとは正反対のタイプだね」

妙に明るくミリは言った。

「……そうかもね」

「……」

なんだか気まずい空気になった。

「じゃあ、わたし、もう寝るね。演劇部がんばってね。よーくんの名探偵、格好よかったよ」

「あ、うん……おやすみ」

そして、接続は切れた。僕は思わず顔を覆って「あぁ……」と声を漏らした。

サブローが、僕の膝にポンと肉球をおいた。

7

演劇部室の扉に、変な張り紙がされていた。

『悪魔集団』――

やたらとおどろおどろしい筆文字だった。部室で黒ミサが行われていても不思議ではない。入部初日なのに、すでに帰りたい気持ちでいっぱいである。

しばらく硬直していたが、覚悟を決めて、というよりは何かを諦めて、引き戸を開けた。

――ゾンビがいた。

たまにゾンビめいた不摂生な大学生がいるが、目の前のは紛《まご》う方なきゾンビだった。皮膚は虫食い状にやぶれ、左目は腐り落ちてぶらぶらしている。

僕は無言で引き戸を閉じた。直後、ゾンビがバッと扉を開け、僕は思わず悲鳴をあげた。

「ぶはははは！　キャーって、女子かよ！」

ゾンビが腹を抱えてげらげら笑う。部室で爆笑が起こった。僕はしばしあぜんとして、

「あっ、お前、須貝《すがい》か！　なんだこれ、特殊メイク？」

「あはは、ごめんね～！」昨日泣いていたポップな服装の女子が、両手を合わせて言った。

「自信作ができたからいたずらしちゃった～！　ゾンビ可愛《かわい》いでしょー！」

そして背伸びして、楽しそうにゾンビのほっぺを引っ張る。

「あっ、檜山《ひやま》先輩、イタタタ……！」

そう言いつつも、どことなく嬉《うれ》しそうな須貝《すがい》である。ゾンビの皮膚が浮き上がって、マスクみたいな形状になっているのがわかった。

「へえええ、よくできてますね！」

僕が感心して言うと、檜山《ひやま》先輩は嬉《うれ》しそうにInstagramやTikTokを見せてくれた。メイク過程の写真や、須貝《すがい》がゾンビに早替わりしてマイケル・ジャクソンの『スリラー』を踊るショートムービー。僕は画面を指さして、

「アカウント名のUMEKOってひょっとして下の名前ですか？　梅干しの梅に子供の子？」

「ぎゃー！　もうばれた！　古臭くって恥ずかしいんだよねー！」

漫画だったら目がバッテンで描かれそうな顔をした。須貝《すがい》がすかさず言う。

「そんなことないっスよ、可愛《かわい》いっスよ梅子《うめこ》！」

「ええ、そうかなあ……？」

梅子《うめこ》先輩は眉をひそめるが、口元はゆるんでいた。かなりチョロい。

僕はいつの間にか、十人ほどの人々に取り囲まれていた。

「名前、紙透窈一《かみすきよういち》くんだっけ？」「推理すごかったねー！」「様になってたけど、普段からあんな名探偵みたいなことしてるの？」

質問責めに遭った。ソーシャルディスタンスに慣れすぎていたために、くらくらする。次々に自己紹介されるが、みんなマスクをしているので正直、うまく覚えられない。僕はちょっとずつ地道に回答しつつ、情報収集に努める。どうやら演劇部は二十三人いるらしい。

――と、部室のドアがノックされた。

「新入りその2が来た！」

ゾンビ須貝《すがい》がスタンバイ。ドアが開き、おでこに馬鹿でかい絆創膏《ばんそうこう》を貼った佐村《さむら》が現れた。

そして「ほんげぇ〜」と変な悲鳴をあげて腰を抜かし、大爆笑を起こした。

8

「なんだ、ずいぶんと楽しそうだな。だが感染対策は怠るなよ」

阿望《あもう》先輩が来て言った。佐村《さむら》は目を輝かせ、腰が抜けたまま立とうとして失敗した。部員たちは「はーい」と返事をして集合する。阿望《あもう》先輩は頭数を確かめたあと、

「今日は全員集合する予定だ。新入りもいるし、それまでワークショップみたいのをやろう」

部室の換気を確保し、散開して、ストレッチと発声練習が始まる。身体《からだ》をリラックスさせ、ミリから習ったように、丹田から声を出す。ふと横を見ると、梅子《うめこ》先輩も練習していた。役者以外も参加することになっているらしい。その後、全員が自己紹介を十五秒きっかりで行った。

次に、簡単なゲームをした。『美味《おい》しいカレー』ゲーム。全員が『食材カード』を渡され、質疑応答を限られた回数だけして他人の食材を推理——そして時間内にチームを作り、美味《おい》しいカレーを完成させるというもの。ただし、自分の食材と作りたいカレーの名前を言ってはならない。——要は、コミュニケーションの練習だ。

僕は『なまこ』のカードを引いた。ハズレ食材だ。ハズレ食材を引いた者は、上手《うま》いことグループに紛れこんで家庭崩壊ならぬカレー崩壊を目指す。僕は〝肉厚でジューシー〟と言い張って、見事ビーフカレーをなまこカレーに変貌させ、爆笑をさらった。

「よし、温まってきたところで次はエチュードをやろう」

阿望《あもう》先輩が言った。僕が疑問符を浮かべていると、須貝《すがい》が補足してくれる。

「即興劇のことだよ。グループを作って、テーマに沿って即興で演じるんだ」

「なるほど。——そういえば須貝《すがい》って、どういう流れで演劇部に入ったの？」

「高校のとき、演劇部だったんだよ。阿望《あもう》先輩とも知り合いで、入学式のあとすぐに」

「へえ、アクティブだな」

チャットでの須貝《すがい》のネガティブなイメージとはだいぶ隔たりがある気がした。彼も自粛生活で鬱々としていたのかもしれない。

くじで五人グループを作る。僕、須貝《すがい》、梅子《うめこ》先輩が合流した。残りの二人にも見覚えがあった。一人は、入部オーディションのときに部室に飛び込み、放火を伝えた女子だ。銀縁の丸メガネに三つ編みの、いかにも文学少女といった出立《いでた》ちである。猫背気味で声も小さく、あまり主張してこない。おそらく脚本担当か何かだろうと思った。名前を、蛭谷美和子《ひるたにみわこ》といった。

もう一人は、放火現場にいたマリンキャップの男子だ。さらさらの金髪に、ブランドのロゴの入ったポロシャツ、チノパン、そして室内でもマリンキャップを被《かぶ》っている。刈り上げたうなじがミルクみたいに白い。腕時計にレザーブレスレットを合わせたりと洒落《しゃれ》ていて、全体にフェミニンな感じが漂っていた。彼は院瀬見港人《いせみみなと》と名乗った。

テーマは『全員座ったままの会話劇』と設定された。僕らの前に二組のグループが演じた。一組目は『プールの授業をさぼった生徒たち』をやり、二組目は『どこかへ向かう車のなか』を演じた。前者はコメディタッチで楽しく、後者はミステリータッチで手に汗握った。とても即興とは思えないくらい上手《うま》かった。

ふいに院瀬見《いせみ》先輩が耳打ちしてきた。

「ねえ、実力もないのに主役に抜擢《ばってき》されるって、どんな気分なんですか？」

ものすごく嫌味な言いかただった。僕はいきなりの悪意にぜんぜん感情が追いつかず、

「えっ、そりゃ不安ですよ」

と、近所で起こった事件について突然インタビューされた地域住民みたいな答えをした。

「じゃあ、辞退すれば良いんじゃないですか？　面《つら》の皮が厚いんじゃないですか？」

口調は丁寧なのに恐ろしく無礼でびっくりした。ようやく僕はイラッとして、

「ひょっとして主役になりたかったんですか?」

院瀬見《いせみ》は舌打ちした。ちょうど僕らのグループの番になった。

立ち上がりざま、院瀬見《いせみ》がささやいた。

「ボコボコにしてやる――!」

僕らはテーブルをぐるりと囲むように座らされた。クロスがかけられて、こたつみたいに足元が見えなくなっている。この舞台装置を利用して、話を組み立てなくてはならない。

「ちょっといいですか――」院瀬見《いせみ》が手を挙げて言った。嫌な予感がした。「ボクと紙透《かみすき》くんで、ちょっとしたゲームを催すことにしました。〝次々と登場人物が死んでいく劇〟をやり、〝先に死んだ方が負け〟というルールで勝負。負けた方は、みんなにジュースを奢《おご》ります」

みんなの目線が僕に集中する。院瀬見《いせみ》はニヤニヤしている。ここで勝負を降りたら、思《おも》う壺《つぼ》だという気がした。じゃあ、あえてその逆を行ってやろうと、僕は思った。

「いいでしょう、受けて立ちますよ」

わっと盛り上がった。指笛が吹かれる。「ジュース! ジュース! ジュース!」と謎の大合唱。院瀬見《いせみ》は瞠目《どうもく》したのち、キッと睨《にら》みつけてくる。

阿望《あもう》先輩が意味もなくTシャツを脱ぎ捨て、暑苦しく宣言する。

「炎の演劇バトル、スタート!」

9

しん――と、緊迫した静寂があった。

意外な人物が最初に動いた。蛭谷《ひるたに》先輩である。荒く息をして、ガタガタと椅子を揺らす。

「動けない……ここはどこ⁉」

すると他もガタガタやり始めたので僕も真似《まね》する。そこからアドリブでセリフを積み重ねていった結果、全員が記憶喪失で両手足を拘束されていることになった。脱出のためにディスカッションを繰り広げる。どうやらコールド・スリープから目覚めたばかりで、全員が一過性の記憶喪失に陥っているらしい。僕は冷凍睡眠病で黄緑色のゲロを吐いた。

さて、ここから『次々と登場人物が死んでいく』展開にしなければならない。どうするか……と思っていたら、梅子《うめこ》先輩が動いた。

「待って……何かの気配がする！」

そして、ちらりと目配せをする。須貝《すがい》はそれを察し、すぐさま何かに襲われている演技を始め、断末魔のさけびをあげてテーブルのしたに引《ひ》き摺《ず》り込まれた。蛭谷《ひるたに》先輩がヒステリックな悲鳴をあげる。観衆がごくりと唾を飲む。

緊張感に満ちた間があった。

——ゾンビマスクをつけた須貝《すがい》が、テーブルのした、クロスをめくってちらりと顔を出した。

笑いと悲鳴が半々の割合で起こった。僕も思わず笑いそうになった。楽しい。今から須貝《すがい》がジャッジだ。死にそうな文脈にのまれたやつは、ゾンビに食われる。

——と、ふいに院瀬見《いせみ》が意味深なことを言う。

「うっ……頭が……。この光景、どこかで見たことがある……？」

うわ、色々な展開に繋《つな》げられそうなセリフだな、と思った。案の定、ここは『バイオ科学研究所』で、僕たちは超能力開発の被験者、実験失敗で生まれた未知のウイルスによってゾンビが発生したという設定になり、院瀬見《いせみ》は上手《うま》いこと未来予知能力者という立ち位置に収まった。

「未来が視《み》える……檜山《ひやま》さんは十秒後に死ぬ！」

院瀬見《いせみ》が言うと、本当に梅子《うめこ》先輩はゾンビに襲われて死んだ。次はお前だぞ、というふうに院瀬見《いせみ》は僕にニヤリとしてみせた。このままだと院瀬見《いせみ》が全てを決定する。

「また未来が視《み》えた……紙透《かみすき》が十秒後に内臓をぶちまけて死ぬ！」

やばい。脳内でカウントダウンが始まる。

10……9……8……7……

残り三秒で、僕は苦し紛れに言う。

「僕にも未来が視《み》える！　僕は死なない！」

カウントゼロ。

僕は死ななかった。ほっとする間もなく、僕は設定をねじこむ。

「僕も予知能力者だったんだ。未来は常に振動し、分岐している。運命が変わることもある」

おおっ、と歓声と拍手が飛んできた。なんとか院瀬見《いせみ》の支配権を剝奪できた。さらに、僕と院瀬見《いせみ》は小競《こぜ》り合《あ》いを続ける。その過程で蛭谷《ひるたに》先輩が死に、一対一になる。

「紙透《かみすき》……。ボクはきみに強い友情を感じている」院瀬見《いせみ》が心にもないことを言った。「もしもきみがそばにいたら、ボクは何を犠牲にしてでも助けるのに……」

いや、いま、そばにいたら――？　理解する間もなく、院瀬見《いせみ》はとんでもない設定をねじこむ。実は僕らはいままで一緒にいたわけではなくて、モニターの映像を通じてリモート会話をしていたのだ。

やばい、院瀬見《いせみ》のペースだ、何をするつもりかわからないが、止めないと――！

と思った次の瞬間には、院瀬見《いせみ》がセリフを発していた。

「いま、気づいたんだ。ボクのモニターには何も映っていない。ボクは未来を視《み》て、未来と会話していたんだ。紙透《かみすき》が視《み》ているのは、録画映像だ――」

僕にはその設定の意味が一瞬で理解できた。なぜならそれは、ミリと僕の関係と、ほぼ同じ状況だからだ。観衆が首を傾《かし》げているので、院瀬見《いせみ》が丁寧に状況を解説していく。

すごい一手だと驚きの声があがった。実際、これほど効果的な手はない。自分を過去の存在にすることで、僕の未来予知を無効化しつつ、僕を未来予知で一方的に攻撃することができるようになったのだ。院瀬見《いせみ》は得意げに設定を語る。

「全部思い出したよ。ここはシェルターなんだ。ボクら五人はゾンビはびこる世界から、ここに逃げ込んだ。三百年眠り、ボクだけみんなより百年早く目覚めた。外界を観察するためだ。しかし、コールド・スリープ酔いの混迷のなか、未来のみんなに話しかけた。当時はまだ生きていたAIがそれを自動録画していたせいで、奇跡的に会話が成立してしまったわけだ……」

悔しいが、院瀬見《いせみ》は頭の回転が早い。あっという間に観衆が雰囲気に呑《の》まれてしまった。

「ボクは悲しいよ、紙透《かみすき》、キミは三分後に死ぬ……」

くそっ！　心臓がばくばくと鳴った。このままじゃ僕の負けだ。何か考えろ、考えろ、考えろ……。観衆が合唱する。「ジュース！　ジュース！　ジュース！」うるさいな。そうだ、録画映像なら早送りすれば！　……いや、両手足を拘束されていて操作できない……そうだ、AIを音声認識で！　……いや、〝当時はまだ生きていた〟と院瀬見《いせみ》が言った……クソ、きっちり逃げ道を塞がれている！　残り二分――！　ふいに脳に電流が走った。

「ここはシェルターだと言ったね。僕ら五人以外、誰も入っては来られない？」

「そうとも。鉄壁のシェルターだ」

僕は内心でほくそ笑み、そして言う。

「だとしたら、須貝《すがい》は誰に襲われたんだろう？」

あっ――！　と誰かが驚きの声をあげた。院瀬見《いせみ》が目を見開く。僕は畳み掛ける。

「モニターによると、五台の冷凍睡眠装置のうち一台が故障している。きみの装置だよ。そして、シェルターの外はいまもゾンビだらけだとも表示されている。つまり、きみのいる百年前も、ゾンビだらけだったということだ。外にも出られず、冷凍睡眠もできず、そして百年後の未来の仲間たちは全滅……。きみは絶望してしまった。そして、自殺し――ゾンビになって、須貝《すがい》を襲ったんだ」

院瀬見《いせみ》は鬼の形相になった。みるみるうちに真っ赤になり、ぶるぶると震える。カウントダウン残り一分――。院瀬見《いせみ》は絞り出すように、言った。

「……そうだ、ボクはもう、死ぬしかない。冷凍睡眠後の安全装置が時限解除され、拘束が解けた。つまり、きみの拘束も――」そしてヤケクソでさけぶ。「キミは未来を変えろ！」

それから自分の頭を拳銃で撃ち抜き、テーブルのしたに消えた。そしてほどなくして、僕はゾンビに襲われた。僕はゾンビともみ合いながら、さけぶ。

「ゾンビの胸ポケットに拳銃が入っている！　ありがとう友よ！」

僕は脳天を撃ち抜いた。――ぐったりしたゾンビのマスクを剝ぐと、瞑目《めいもく》した院瀬見《いせみ》先輩の顔が現れた。テーブルのしたで素早く須貝《すがい》と入れ替わったのだ。僕は涙を流す演技をし、言う。

「僕はすべての友を、過去を失った！　けれどまだ未来は失っていない！　僕はまた千年の眠りにつこう。そして、復活した人類と、生まれ変わったきみたちとともに生きよう――」

観衆の顔を見渡した。みんな、口を半開きにして、心打たれていた。僕はぶるりと震えた。楽しいと思った。演劇は、とても楽しい――！

僕は、コールド・スリープについた。万雷の拍手が巻き起こった。

僕ら五人は横並びになって、その拍手に応えた。院瀬見《いせみ》先輩が耳打ちしてくる。

「好きなジュースはありますか？」

「いちごミルクが好きです」

院瀬見《いせみ》先輩はふっと笑って、三本買ってあげますよ、と言った。

10

エチュードが終わると部室棟を出て、構内の自販機でジュースを買ってみんなで飲んだ。もちろん院瀬見《いせみ》先輩の奢《おご》りだ。彼はだいぶ機嫌良く振る舞っていた。須貝《すがい》は自販機で一番高いエナジードリンクを飲みながら、

「まあ、院瀬見《いせみ》先輩はすげー金持ちだからな。これくらいは余裕よ」

なるほどたしかに金持ちそうだと僕は思った。

ふいに、無精髭《ぶしょうひげ》を生やした男が、ブラックコーヒー片手にやってきて言った。

「さっきのエチュード、めちゃくちゃ良かったよ」

遅れてきて、隅で観劇していた人物だった。須貝《すがい》が補足してくれる。

「四年の黒山忍《くろやましのぶ》先輩。阿望《あもう》先輩の先輩で舞台監督。他劇団《よそ》では演出も役者もやる凄腕《すごうで》だよ」

監督はスタッフを統率し、舞台を作り上げるための様々な管理を担《にな》う。演出は役者への演技指導などを通じて作品を作り上げる役割——映画監督やオーケストラの指揮者に該当する。

「そんな大それたもんじゃない。阿望《あもう》が素人《しろうと》をいきなり主役に据えたってんで、どんなもんかと心配してたんだが、なかなかどうして悪くない。思うに、きみは共感力が優れている」

「〝共感力〟ですか？」

「そう。それが大事なんだ。他者の感情や文脈を受け入れ自分自身と擦り合わせ、そしてそれをまた、舞台上の仲間と擦り合わせる……」

自分が高い共感力を持っているだなんて、考えたことが無かった。しかし、思い当たることはあった。他者の瞳を覗《のぞ》き込むとき、その記憶と感情を追体験し〝他人になる〟。その繰り返しが共感力を高めたのかもしれない。

黒山《くろやま》先輩はこれからよろしくと言って、去っていった。


——ふたたび部室に集合する。

いつの間にか『悪魔集団』の張り紙は消えていた。

「これから、昨年の夏に上演された『わだちの亡霊』のビデオを見るぞ」

阿望《あもう》がそう言うと、佐村《さむら》がにわかに興奮し始めた。

「伝説の舞台！　紙透《かみすき》、目をかっぽじってよく見ろ、舞台がなんたるか一発でわかるぞ！」

「目をかっぽじったら何も見えなくなるだろ……」

僕のツッコミも意に介さない。

「狂信者だ、狂信者！」と須貝《すがい》は面白がって言った。

窓を開けたまま遮光カーテンが引かれ、スクリーンに映像が投影される――

『わだちの亡霊』は、十八世紀フランスの外交官でありスパイでもあるシュヴァリエ・デオンをモチーフにした物語だ。ルイ十五世の私的スパイ機関『スクレ・ドゥ・ロワ』に属するデオンは、1775年7月、ロシアとの外交を復活させるため、サンクトペテルブルクに向けて出発した。その道中、馬車の轍《わだち》のうえに立つ亡霊と出会う。亡霊はデオンに取り憑《つ》き、その精神を病ませ始める。ロシアに到着したデオンは、あるときは美青年剣士として、またあるときは美しい朗読係の女官として女帝エリザヴェータに取り入り、見事に目的を遂げる。ふたりは深く愛し合ったが、謀略の末に決裂、互いの命を狙い始める。結局、毒杯はエリザヴェータが仰ぐ。デオンは深い悲しみのうちにフランスに帰国、やがて竜騎兵の隊長となり七年戦争で武勲をあげ、晩年は女性として過ごし、ドレスを着たまま決闘をして金を稼ぐ。その波乱万丈な人生をテンポ良くミステリ的なプロットで見せ、亡霊は万華鏡《まんげきょう》さながら、物語に哲学的・幾何学的な彩《いろど》りをもたらしていた。

ヒロインの女帝エリザヴェータが画面に映ると、場の雰囲気が変わるのを肌で感じた。僕は線香のにおいを錯覚した。誰かが小さな声で泣いた。――天ケ崎華鈴《かりん》だった。彼女は女帝の衣装を纏《まと》って、孔雀《くじゃく》のように美しかった。それでいて目には少女的な無邪気さや移り気を宿らせ、権力者の二面性を実にうまく表現していた。僕のなかで彼女の〝母親〟が蘇《よみがえ》り、強烈なノスタルジーめいた切なさが、胸のうちでぬるい海のようにさざめいた。同じ浅瀬に、他の部員たちも身を浸しているのがわかった。これまで努めて明るく振る舞っていたのだと、ようやく気がついた。確かにこの部から、人間がひとり、失われたのだ……。

僕はどんどん劇に惹《ひ》き込まれていった。

ルイ十五世は阿望《あもう》先輩が演じていた。どうやら演出と役者のどちらもやるらしい。想像していたのとは違って、舞台上ではかなり技巧派だった。どこか子供めいたところがあり多くの愛人を持って〝最愛王〟と呼ばれたフランス国王を、癖を抑えて巧みに演じていた。ルイ十六世は院瀬見《いせみ》先輩で、決して下手ではないがやはり阿望《あもう》先輩と比べると格段に落ちた。マリー・アントワネットを演じる綺麗《きれい》な女性は誰かと思ったら、蛭谷《ひるたに》先輩でびっくりした。舞台上ではまるっきり別人だった。まるで別の魂が憑依《ひょうい》したみたいに。わがまま放題でデオンにドレスを着せて遊んだりしていた彼女が、フランス革命でギロチン処刑される段にいたっては、幽鬼のような凄《すさ》まじい表情を見せた。

そして僕は終始——主役のシュヴァリエ・デオンを演じている女性に、目を奪われていた。信じられないくらい美しかった。それ以上に、役者として恐ろしく魅力的だった。

デオンは男なのか女なのかわからない難しい役柄なのだが、彼女はそのなめらかな黒髪を結ったり解いたりしながら、巧みに演じ分けていた。男装のときは凜々《りり》しく、女装のときは愛らしく——衣装のうえにさらに謎をまとって、蠱惑《こわく》的といってもいいくらいの魅力を醸《かも》し出《だ》していた。ミステリアスさと同時に、どうしてあれほどの実在感が出せるのかわからなかった。デオンは確かに、舞台上に生きていた。

物語は史実とのずれを大きくしながら進行していった。デオンは運命に翻弄され、決闘で受けた傷がもとで高熱にうなされる。現実と空想がごちゃまぜになる。亡霊がその存在感を増す。佐村《さむら》がオーディションのときに演じたシーンがやってくる。契約を結んだがついぞ出版されなかった自叙伝を頭に打ちつけ、言う。

「おお、人の運命とはかくなるものか。拠《よ》って立つにはあまりに脆《もろ》く、打って壊すにはあまりに剛《つよ》い……」

こんなにも違うものか、と僕は震えた。胸をしめつけるような切なさに、目に涙が浮かんだ。佐村《さむら》は本当に、ただただ頭を打っただけだ。本物の役者は心を打つのだ。

亡霊の意外な正体が明かされ、ミステリ的な盛り上がりが最高潮に達する。デオンは熱病で死の淵《ふち》に立つ。一羽《わ》の鳥となり、最も麗《うるわ》しかった時へと還《かえ》る。女帝エリザヴェータに本を朗読しているシーン、その窓辺へと。窓からはやわらかい陽の光が差し、時間がまどろみ、永遠が横たわる。デオンが読んでいるのは、出版されなかった自叙伝だ。最後のページを読み終え、本を閉じると、エリザヴェータが訊《き》く。

「それで、結局、その人は、何者だったの？」

「何者だったのでしょうね。ほんとうに……何者だったのでしょうね……」

まだ少女のあどけなさを残す双眸《そうぼう》から、ぽろぽろと涙がこぼれた。

エリザヴェータはしかし、言う。

「でも、わたしは、その人が好きよ」

そして、鳥は窓辺から飛び立っていった。


僕は自分でも信じられないくらいボロボロ泣いていた。幕が下り、カーテンコールの段になると、いよいよ感動が強くなった。天ケ崎華鈴《かりん》も、マリー・アントワネットも、デオンも、笑顔で手を繋《つな》いで挨拶している。ここまで含めてひとつの作品だという気がした。僕はシェイクスピアのセリフを思い出した。『全世界が一つの舞台、そこでは男女を問わぬ、人間はすべて役者に過ぎない』――。僕だけではなくて、本当にみんな泣いていた。僕は打ちのめされていた。ノックアウトされていた。佐村《さむら》の言ったように演劇のなんたるかを一発で叩《たた》きこまれ、その力を思い知らされた。

解散となり、外に出ると、そこは夏の夜だった。

夏の匂いがした。

血に夏が混じった。

僕らは興奮して変なテンションだった。突然、佐村《さむら》が「ぎゃあああ！」とさけんで全力疾走でどっかに行って戻らなかった。なんだあいつとみんなで爆笑するとくらくらした。自分の使命を忘れたわけじゃなかったが、純粋に演劇をやりたいと思った。早く稽古がしたかった。

そのとき、街灯のしたのベンチに誰かが座っていることに気がついた。ハイヒールのかかとの細い影が、石畳のうえにジグザグに伸びている。

彼女は立ち上がり、こちらに向かってきた。美しい歩き方だった。

僕は息をのんだ。シュヴァリエ・デオンが、物語から抜け出して、そこに立っていた。

「こんばんは」

彼女はきれいな声でそう言って、マスクを少しさげてリップを塗った口元を見せ、微笑《ほほえ》んだ。ぞくっとするくらい美人だった。かたちのいいハンサムショートの髪が、顔のちいささを引き立てている。モノトーンのすらっとしたパンツスタイルで、肩にジャケットをかけているのがクールだった。右耳に2つ、左耳に3つのピアスが光っていた。

僕はみっともなくあたふたした。マスクをさげることもせず、表情を決められないまま「こんばんは」と頭をさげた。

「今日は練習に参加できなくて、ごめんなさい。挨拶だけでもしておきたくて……。わたしは桜庭《さくらば》千都世《ちとせ》といいます。これからよろしくね」

僕も自己紹介すると、桜庭《さくらば》先輩は右手を差し出してきた。僕は右手をぬぐってから握手し

た。思っていたよりもずっと小さな手だった。舞台では大きく見えたのだ。桜庭《さくらば》先輩は手を握ったまま、少し首をかたむけて、

「泣いてたの？」

「え？　ああ――」僕は慌てて袖で涙をぬぐった。「『わだちの亡霊』の映像を見てて……。めちゃくちゃ感動しました。桜庭《さくらば》先輩の演技、本当に良かったです」

「ふふ……」桜庭《さくらば》先輩は微笑《ほほえ》み、やや目を潤ませた。「どうもありがとう。さっき、阿望《あもう》さんからエチュードの映像が送られてきて、見たよ。SFゾンビもの」

「えっ、録画されてたんですか？　恥ずかしいな……」

「そんなことないよ。すごくよかった、本当に。びっくりするくらい才能あると思う。放火事件のときも、かっこよかったよ」

「ありがとうございます。あの場にいたんですね」

顔が真っ赤になるのを感じた。それが暗闇とマスクのおかげでばれないことを僕は祈った。

「これからよろしくね、探偵さん」

桜庭《さくらば》先輩は魅惑的な表情でそう言って、女子たちのほうへ去っていった。

僕はようやく、自分の心臓のうるささに気がついた。

11

「そろそろ、入部から一週間だね」

練習が終わると、ミリが言った。

「えっ、もうそんなに経《た》ったっけ？」

僕は驚いた。体感ではまだ三日も経《た》っていないような気がした。リモート授業が始まってから遅々として進まなかった時間を思うと、とんでもなく早く感じられた。授業を受け、演劇部で練習し、帰ってからミリと練習する――。練習漬けだが、全く苦に感じなかった。どんどん上達していくのが楽しくて仕方なかった。

「よーくんも演劇を好きになってくれて、嬉《うれ》しいな」ミリはほくほくした笑顔で言った。

「今のところは楽しいけど、これから阿望《あもう》先輩のハードルが高くなって、どんどんきつくなっていくのかも。夏休みには〝地獄合宿〟があるらしいし……」

「ああ、徳島まで行く行事だね。主演陣は、阿望《あもう》さんの実家が所有してる島までボートで行って、〝天女館〟っていう建物に泊まりこみで連日ひたすら血の滲《にじ》むような練習をするの」

「島って……そんなにお金持ちだったんだ」

「桓武《かんむ》天皇《てんのう》の血を引いてるだかなんだかで、由緒《ゆいしょ》正しい家柄みたい。島は何代も前から所有してて、有名な演劇家だったお祖父《じい》さんが、そこに天女館を建てたみたいだね」

「〝地獄〟って言われると、なんだか怖いな……」

「大丈夫だよ。今年は中止になるから」

「えっ、中止――？」

「その日に台風が来て、島に渡れなくなっちゃうの。港まで行ってギリギリまで悩んだけどね。阿望《あもう》さんの実家でお料理をご馳走《ちそう》になって、なごやかに終了」

「……ほっとしたけど、なんだかちょっと残念でもあるな」

「急に強気になっちゃって」ミリはおかしそうに笑った。「調査の方は進んでる？」

「それはもちろん。今のところわかっていることを報告するね」

僕はノートＰＣでデータを開く。二十三人の部員たちの人間関係がマインド・マップにまとめられている。

「当たり前だけど、部のなかでも幾つかの特に仲の良《い》いグループに分かれてるね。特に女子」

「たしかに、女の子はグループを固定化する傾向があるかも」ミリはうなずいた。「天ケ崎さんはどこに属してたの？」

「それが、彼女はどこにも属してなかったみたいなんだ。一番仲良くしてたのが、照明の石川さんって人みたいなんだけど、まだ会ったことがない」

「天ケ崎さんは孤立してたの？」

「孤立っていうか、〝孤高〟だったみたい。カースト的には一番高い位置にいたようだね。美人だし、主演女優だし。女子といるよりは、男子といる方が気楽ってタイプだったみたいだ」

「恋愛関係はどうだったのかな？」

「モテモテだったみたいだね。たびたび告白されてたらしい。けど、恋人がいたって話は今のところ聞かないな」

「天ケ崎さんを恨んでいた人はいる？」

「恨んでいた、とまではいかないかもしれないけれど、蛭谷美和子《ひるたにみわこ》先輩とは確執があったみたいだ。蛭谷《ひるたに》先輩はああ見えて、演劇に対する執着がもの凄《すご》くて、エリザヴェート役を奪われたことを相当悔しがっていたらしい。しょっちゅうトイレに籠って泣いていたみたいだ」

「色々な人から嫉妬は買っていたんだろうね。それが動機になるかは怪しいけれど」

結局、有力な手がかりは未《いま》だなし、というわけだった。

——調査報告が済むと、映画を観《み》ることになった。

ミリは『杭《くい》』という題のブルーレイを棚から出した。

「これ、すっごくオススメ！　ゾンビ映画なんだけど、文学的なの！　役者さんの演技も抜群だから、きっとよーくんの参考になると思う！」

「じゃあ、それを見よっか」

ミリは照明を消して、ソファーに腰掛ける。むこうのサブローはその横に寝そべった。

映画は、とある家族がホテルにチェックインするところから始まった。家族は問題を抱えてギクシャクしている。主人公は小説家で、精神系の薬を飲みながら、時間を忘れて執筆に励む――が、ふと気がつくと、様子がおかしい。ホテルがなぜかすっかり荒れ果てている。懐中電灯を手に、恐るおそる探索すると、ゾンビに出くわす――

サブローがおもむろに起き上がり、何をするかと思えば、ミリの膝に乗った。僕は思わず「うわっ！」と声をあげた。ミリのやわらかさと体温がモフモフの毛皮ごしに伝わってくる。ミリは無意識っぽい手つきでサブローの首のうしろを撫《な》でる。死ぬほどくすぐったい！

「ちょっ、ミリ、ストップ！　ストップ！」

しかし残念ながらミリには声が届かない。ミリはいま映画に夢中で、未来へは意識を向けていないのだ。僕は恥ずかしさに真っ赤になりながら、映画に集中しようと努める――

やがて主人公は統合失調症であることが判明する。主人公の作中作と現実が入り混じり、真実と虚構の境目がわからなくなる。自分は何者なのか？　妻と娘は存在するのか？　ゾンビは本当にゾンビなのか――？

やがて主人公は妻と合流し、一緒に脱出を目指す。その過程で美しい過去を回想する……がしかし、夫婦の記憶が食い違う。妻は、娘など存在しないと言い張ったのだ。

極限の恐怖のなかで幻覚はまた強度を増していく。クライマックス――ゾンビと化し襲いかかる妻の顔に杭《くい》を打ち込み、何度も何度も岩で叩《たた》き込む。しかし妻が本当にゾンビなのかはわ

からない。あまりの壮絶さに僕は鳥肌が立った。俳優の演技もすごい。妻役の女優の目が本当に死んでいるように見える。どうやったらあんなふうに、瞳から光を消せるんだろう？

——僕の心臓が跳ねた。突然、ミリがぎゅっとサブローを抱きしめたのだった。

「ミリ……？」

もちろん、声は届かない。ミリの体温と鼓動が伝わってくる。そして、か弱い震えも……。苦手なんだな、ホラー映画——とようやく気がついて、僕は苦笑した。ゾンビSFもののエチュードをやったのもあって、僕の参考になりそうなものを無理して選んだのだろう。

「自分の観《み》たい映画を観《み》ればいいのに……」

主人公はゾンビに追い詰められ、ドアを背で押さえながら、痛みで幻覚を消そうと、自分の脚に杭《くい》を打ち込む。消えろ、消えろ、消えろ——！

気がつくと、あたりはシンとなっている。ホテルは空っぽだ。妻の死体を確認しにいくと、そこには杭《くい》で貫かれた鴉《からす》の死骸があった。

主人公は建物から出る。そこには夢幻のような風景がひろがっている。白薔薇《ばら》の咲きほこる死屍《しし》累々の庭園——無数の蝶《ちょう》がひらひらと、昼中のひかりのなかを舞っている。そこに、まるで不思議の国のアリスのように、青いドレスの幼い女の子が、背を向けて立っている……。

僕はごくりと唾を飲む。

主人公はかすれた声で娘の名前を呼ぶ。

短い——けれど、おそろしく長い——間があって、女の子はくるりと振り向く。

そして、父親の胸へと飛び込んだ。

娘の顔は全く映らず、父親の顔だけがアップで映される。圧巻の、めくるめく変化がその顔に表れる。疑念と淡い期待——喜び——涙——気づき——苦しみ——切なさ——諦め——そして最後には、ただ愛だけが残り、映画は終わる。その表情が網膜に焼きついて、エンドロールの暗闇にぼんやりと浮かび続けた。物悲しい音楽のなかで、ミリが泣いているのがわかった。切ない呼吸と震えが、身体《からだ》を通して伝わってくる。僕はミリの心を聴いたような気がした。まるで、巻き貝に耳をつけて、まぼろしの海を聴くみたいに。

エンドロールが終わると、ミリはサブローをそっと膝からおろし、部屋の明かりをつけた。

そして、「どうだった？」と訊《き》いた。僕は目が赤いことには触れずに、力強く言う。

「サイコーだった！　感動した！」

そして、ふたりで夢中になって感想を語りあった。

あっという間に数時間が経《た》った。

ふいに、サブローがあくびをした。猫もあくびするんだなあ、と思っているうちに、つられて僕もあくびしてしまう。すると、ミリがつられて可愛《かわい》いあくびをして、さらには向こうのサブローがあくびした。僕らはお腹《なか》をかかえて笑った。笑いすぎて涙が出た。

「ああ、おかしい——」ミリは指先で涙をぬぐいながら言った。「そっちもこっちも、もう遅い時間だもんね。そろそろ寝なきゃ」

そして、サブローの頭を優しく撫《な》でた。僕はまたすこし赤くなった。

「おやすみ、ミリ」

「おやすみ、よーくん」

接続が切れる。

部屋が一人と一匹になる。

オルゴールの飾り箱をとじたみたいに、音楽と色彩が急速に遠ざかる。

胸が切なくなった。ミリがずっと傍《そば》にいてくれたら、どれほどいいだろう……。

僕は抗不安薬を飲まずに、ベッドに入った。早く明日に行って、ミリに会いたいと思った。

だんだんとおぼろになっていく意識のなかで、考える。

ひょっとしたら僕は、ミリが好きになったのかもしれない——

12

部室のドアに、今日も張り紙がしてあった。

『神は汝《なんじ》を視《み》ている』——

なんだか禍々《まがまが》しい筆文字で、目の絵がおまけに描かれていた。いたずらにしてはちょっと気持ちが悪い。思わず周囲を見回す——が、誰もいない。肩をすくめ、そのまま部室に入った。

いつものようにみんなで基礎練習を終えると、またエチュードをすることになった。メンバーは阿望《あもう》先輩、黒山《くろやま》先輩、桜庭《さくらば》先輩——と濃いメンツが揃《そろ》っていて、気後れする。

——と、ひとり、見覚えのない女子が交じっていることに気がついた。

「照明の石川若菜さんだよ」

僕の視線に気がついたのか、桜庭《さくらば》先輩が補足してくれた。

「今日、初めて見ました」

「スタッフ担当の子は、役者の練習への参加は自由だからね。梅子《うめこ》ちゃんみたいに毎回参加してるほうがむしろ珍しいよ。石川さんは大人しいし、今日は本当にレアケースだね」

「未《いま》だに顔を見たことのないメンバーは、音響とか美術とかのスタッフ担当なんですね」

「あと幽霊部員も、もちろんいるけどね」桜庭《さくらば》先輩はとてもチャーミングに言って、くすりと笑った。「阿望《あもう》先輩が次回作の脚本を完成させるまでは、こんな感じでスタッフとキャストが入り交じって楽しく練習するの」

「その阿望《あもう》先輩なんですけど、何やってるんですか、アレ……」

僕は部屋の隅に視線をやった。阿望《あもう》先輩が『ショーシャンクの空に』のパッケージみたいに、空にむかって両手を広げている。

「宇宙から脚本をダウンロードしているらしいよ」

「何《なに》回線なんですか……」

「ああなるとしばらくは使い物にならないから、覚悟しておいたほうがいいよ」

エチュードのテーマは『施設』だった。僕らの番の直前になって、黒山《くろやま》先輩が帰ってきた。

「煙草《たばこ》を吸わないと頭が回らないんだ」

ニコチンの効果かわからないが、実際、黒山《くろやま》先輩の頭のキレは素晴らしかった。ごく自然に印象的なシーンを生み出しながら、物語に大きなうねりを作り、結末へと導いていく。どことなくキリストっぽい風貌も相まって、カリスマを感じた。対照的に、阿望《あもう》先輩は本当に使い物にならなかった。ポヤーンとして腰掛けたまま、『ああ……』とか『うう……』とかしか言わない。仕方がないので老人ホームのおじいちゃんという設定になった。

桜庭《さくらば》先輩は老人ホームを訪れた女性。ハイヒールを履いた立ち姿が美しかった。黒山《くろやま》先輩が演じる施設長に出迎えられ、紅茶とマドレーヌを出される。

「して、今日はどのようなご用件で？」

施設長が聞いた。そのときだった。僕は人が〝謎を着る〟瞬間を、生まれて初めて見た。桜《さくら》庭《ば》先輩が存在しないマドレーヌを存在しない紅茶にひたし、ミステリアスな微笑《ほほえ》みを口《くち》の端《は》に浮かべた瞬間、たしかに、肩掛けのように謎をまとった。まるでクリムトの絵画のような、官能的な黄金の肩掛けだった。幻のマドレーヌを微妙な感情のニュアンスを滲《にじ》ませながら食べるあいだ、僕らはその絵様のゆらめく陰翳《いんえい》にくぎづけになった。

桜庭《さくらば》先輩が口を開くと同時に、物語が、謎が動き出した。

1995年の阪神淡路大震災を源とする黒い水脈のようなストーリーが、墓暴きさながらの冒瀆《ぼうとく》的な手つきで展開されていく。僕と石川さんはついていくのがやっとで、端役《はやく》に終始していた。物語も終盤になると、急に阿望《あもう》先輩が覚醒して、認知症の霧から這《は》い出《だ》してきた。それから演劇力のぶつけ合いのような激しいやりとりと二回のどんでん返し、無意味な阿望《あもう》先輩の半裸を経て、最後は感動的かつ抒情《じょじょう》的なエンディングに至った。

拍手喝采のなか、倒れ伏していた阿望《あもう》先輩がバッと起きあがりさけんだ。

「俺は！　ひらめいたぞぉぉおおお!!」

そして部室を猛スピードで出て行った。おそらく脚本の続きを書きにいったのだろう。部員はもうすでに奇行に慣れ切っていて、淡々と次のグループが発表の準備を始める。

「マドレーヌを食べるところ——」僕は桜庭《さくらば》先輩にこっそり聞いた。「どうやったらあんな風に、〝謎を着る〟ことができるんですか？」

「〝謎を着る〟か、素敵な表現をするね」ちょっと驚いた顔をして、それから面白そうに笑った。「山口小夜子《やまぐちさよこ》って知ってる？」

「山口小夜子《やまぐちさよこ》？」

「伝説的なスーパーモデルで、〝着る人〟を自称してたの。いわく、〝何だって着られる〟。音楽でも、映像でも、空でも、飛行機雲でも、コーラの空き缶でも。ひょっとしたら心だって、体を着ているのかもしれない。――ねえ、観客の顔に意識を向けたことがある？」

僕は首を横に振った。僕は演じるだけで精一杯だった。

「本当に良《い》い演技をするとね、観《み》てる人の心が、瞳から抜けていってるのがわかる。粘土細工みたいな体と、ガラス玉みたいな目を、席に残してね。その時、心がどこに行っているかというと、ここにある」桜庭《さくらば》先輩は自分のうなじを、人差し指でトントンと叩《たた》いた。「観客の心が乗っかって、重たい。重たくてしんどくて、さっさと次に押しつけたくなる。セリフが早くなって、所作が雑になる。そこをぐっと堪《こら》えるんだ。そうすると、観客の心を着られるようになる。すると物語も着られるし、謎も着られる」

桜庭《さくらば》先輩は微笑《ほほえ》みを浮かべて言った。吸い込まれそうな真っ黒な瞳だった。

次のグループの発表が始まった。ごく短い時間に心を持っていかれた僕は、さっきの言葉を反芻《はんすう》しながら、なかば上の空でエチュードを眺めた。

練習が終わると、僕はさりげなく石川先輩に話しかけた。

「さっきのエチュード、面白かったですね」

「えっ？　……あ……うん……そうですね」

石川先輩は恥ずかしそうに言った。どうやら人見知りするたちらしい。

「僕なんか、ついていくのがやっとで。なんだか練習すればするほど、実力の差が……」

「まあ……あの三人は……特に……すごく上手《うま》いし……」

「そうですよね。あと、あの人もすごく上手でしたよね。エリザヴェート役の……」

するると、石川先輩の顔がさっと青ざめた。しまったと思ったが、もう遅かった。なにか恐怖に近い表情を浮かべ、「ごめん、わたし、お手洗い行くね」と立ち去ってしまった。

僕はあちゃーと左手で顔を撫《な》でた。背後からしのび笑いが聞こえた。

「フラれちゃったね」

桜庭《さくらば》先輩が、悪戯《いたずら》っぽい笑みを浮かべていた。

「そんなんじゃないですよ」

「ふふふ……そうだね。きみは、もうこの世にいない女の子に恋をしているみたいだし」

「えっ――？」

僕が目を見開くと、桜庭《さくらば》先輩はすっと身を寄せて、耳打ちした。

「天ケ崎華鈴《かりん》さんについて、調べてるでしょ？」

そして身を引いて、僕の目を覗《のぞ》き込んだ。真っ黒い瞳は、ごくわずかな感情の機微さえ余さず吸い込もうとしているみたいだった。僕の目はどうしようもなく、かすかに揺れた。

桜庭《さくらば》先輩はまた身を寄せて、

「明日、待ち合わせしようか」

そして、さっと離れていった。ドキドキと心臓が鳴っていた。

マスク越しに、桜の香水の匂いがした。

13

翌日の土曜日、午前十時、僕は新宿駅に着いた。

西口の改札を出たところで、ふと足を止めた。大きな瞳に見つめられていた。『新宿の目』と呼ばれるオブジェだった。張り紙の文言が脳裏をよぎる。

『神は汝《なんじ》を視《み》ている』――

首を横に振り、また歩きだした。


喫茶店DEGAS――アンティークレンガの外壁にバフビューティーが花を咲かす、美しい建物だった。オープンテラスにはダークグリーンのテーブル、からりと晴れた空に白いパラソルがよく映え、南仏を思わせた。その陰で、桜庭《さくらば》先輩はアイスコーヒーを飲みながら待っていた。いつものモノトーンのパンツスタイルではなく、ブルーのカットソーに白のプリーツスカートを着ている。座っているだけでも絵になるな、と思った。

「遅いよ」爽やかに笑って、手を振った。「二十分も待った」

「すみません、道に迷っちゃって……」

席につき、軽く雑談をかわす。五分ほどすると、女性店員がやってきて丁寧に頭をさげ、アイスコーヒーを置いていった。見比べた感じ、先輩のものは氷があまり融《と》けていない。

「僕のぶんも注文してくれたんですか？」

「そんなところ」何か妙な言いかただった。「――ところで本題なんだけれど、どうして天ケ崎さんのことを調べまわっているの？」

　喉がからからに渇いていた。ゴクゴクとアイスコーヒーを流し込み、

「実は――僕は、天ケ崎先輩の遺体の第一発見者なんです」

　僕はあの日の出来事を話した。もちろん、僕の特殊能力やミリの件はうまく避けて。ついでに犯人捜しの動機になるようなエピソードと心情描写も創作して付け加えておいた。

「なるほどね……。素人《しろうと》がヘタに動くのはどうかなとも思うけど、気持ちはよくわかる」

　先輩は水の層ができたコーヒーをストローでまわした。氷がからりと音を立てた。僕はチャンスかもしれないと思った。

「桜庭《さくらば》先輩――調査に協力してもらうことって、できませんか？」

「協力？」

「演劇部に精通していて、女子の話も聞きやすいだろうし、すごく捗《はかど》ると思うんです」

　先輩はしばらく、コンクリートの濡《ぬ》れ跡を眺めていた。金のフープピアスがゆらゆらと夏の光を反射した。やがて、目線を上げると、またあの吸い込まれそうな瞳をして、言った。

「――いいよ」

「本当ですか⁉」

「ただし、ふたつ、条件がある」先輩は指を立て、「ひとつは、いまこの場できみの推理力を証明すること。わたし、時間の無駄って嫌いだから。見込みないことはやりたくないの」

「証明って、具体的にどうすれば……？」

するとと彼女は、伏せられたクリップボードに右手を置いた。

「ルールは簡単。このレシートのお会計を当てるだけ」

「えっ、そんな簡単でいいんですか——？」

立ちあがろうとした僕の足を、桜庭《さくらば》先輩が踏んだ。

「ただし、この場から動かないこと。質問や会話も禁止」

「なるほど……」僕はうなずいた。

とりあえず、周囲を観察する。ガラス越しに店内を見ると、ドガの『踊り子』のレプリカが飾られていた。メニューはない。——と、店外のブラックボードに『アイスコーヒー五百円(税抜)』とあるのを見つけた。すなわち、二杯で税込千百円ということになる。

……簡単すぎる。桜庭《さくらば》先輩がそんな単純なクイズを出すだろうか？

僕はどうにも動けなくなった。こんなときお手軽に瞳から記憶が覗《のぞ》けたらいいのに、と思う。人間が対象の場合、相手が涙を流していなければならない。その制限さえなければ、どんな事件も立ちどころに解決できるのに……。

「なかなか慎重だね」

先輩は頬杖《ほおづえ》をつき悪戯《いたずら》っぽく言った。ドキッとするような表情だった。すごいな、と僕は思った。どうしてこんなふうに、ファッション感覚で〝謎を着る〟ことができるんだろう？

——ファッションといえば、どうして今日はいつもと違う服装なんだろう？　そこに何か、謎を解く鍵があるような気がする。ガラスに反射した姿を盗み見た。黒いハイヒールがメトロノームのようにじりじりと時を刻んでいる。……黒いハイヒール？　いまの服装には不釣り合いに思えた。足元に、近場の洋服店の紙袋が置いてある。これはどういうことだろう？

ふいに、桜庭《さくらば》先輩が「ふわ……」とちいさくあくびをした。あまりにもあどけなく可愛《かわい》らしいあくびだった。普段のクールな姿からのギャップがすごい。桜庭《さくらば》先輩の切れ長の目に、すこしだけ涙が溜《た》まっている。この程度の涙では、記憶は覗《のぞ》けないか……？

「ちょっと……」桜庭《さくらば》先輩は目を細め、わずかに頬を染めた。

「あっ、すみません」

僕は慌てて目を逸《そ》らした。——と、その視線の先の地面に、重要な手がかりを見つけた。

「さて、そろそろ答えがわかったかな？」

僕は急いで脳内で論理を構築し——うなずいた。

「わかりました。会計は——五百五十円ですね」

桜庭《さくらば》先輩はかすかに目を見開いた。「……その根拠は？」

「先輩の椅子の脇に、黒いバッグの他に、洋服店の紙袋がありますね。紙袋は新品ですが、なかの黒い服はそうではないようです。そして、先輩がいま履いている靴は、どうも服と合っていない――」僕はガラスに反射した黒いハイヒールを指した。「加えて、地面に濡《ぬ》れた跡がある。そして、僕が到着した時、二十分も待った割には、アイスコーヒーの氷があまり溶けていなかった。……これらから推察するに、おそらく店員がコーヒーをこぼし、先輩の服を汚してしまったんでしょう。先輩は着替えを買うために洋服店へ向かい、その間に僕が到着してもいいよう伝言を頼んだ。適当に服を買い、着ていた服を紙袋に入れ、ここへ戻ってくる。すると、店員がお詫《わ》びに新しいコーヒーを持ってきた。そして僕が到着すると、気を利《き》かせた店員が、僕のぶんも持ってきてくれたわけです。つまり、そのレシートは最初のアイスコーヒーひとつぶんで、五百五十円。まあ、それもタダになりそうですが……」

桜庭《さくらば》先輩はにこりと笑い、クリップボードを裏返した。コーヒーのしみのついたレシートに、五百五十円と記載されていた。

「さすがだね、名探偵さん」

「簡単な論理ですよ」僕はついつい格好をつけた。「ふたつ目の条件はなんですか？」

「ふたつ目は――」桜庭《さくらば》先輩は僕の目を見た。「デート三回」

「えっ？」

「わたしと三回デートしてくれるなら、協力してあげる」

「そ……それって、どういう意味ですか？」

「どうって、言葉通りの意味だよ。気づいてなかった？　わたし、キミのこと、すごく気に入ってるんだよ？」

僕は顔が真っ赤になるのを感じた。先輩は余裕たっぷりに微笑《ほほえ》み、可愛《かわい》いね、と言った。

14

「それで、デートして帰ってきたんだ」

心なしか、ミリはちょっと硬い声で言った。

「まあ、ちょろっと美術館とか行ってきただけだよ」

なぜか僕は言い訳めいたことを言った。

「イチャイチャして楽しそうだったね。ソフトクリームのくだりとか……」

思い出したら恥ずかしくなり、頬が熱くなった。

「あれは、先輩の押しが強いから……。まあ、これも全ては調査のためだよ」

「ふうん」気のせいか、ミリの目がこわい。「桜庭千都世《さくらばちとせ》さん、綺麗《きれい》な人だよね」

「……そうだね。綺麗《きれい》だね」

「よーくんの好きなタイプだよね。大人っぽくて、ナイスバディで」

「……」

あれっ、ひょっとして根に持ってた？

「好きなタイプと好きな人は違うっていうか……好きな食べ物は肉だけど毎日食べるのはお米だしみたいな……」何を言っているのか自分でもわからなくなってきた。

「桜庭《さくらば》さんと付き合わないの？」

「今のところ、そのつもりはないけど……」

人間の気持ちなんて、どうなるかわからない。中学のとき、とある恋する乙女の瞳を覗《のぞ》いたことがある。まるで永遠のような、純粋な、恋する気持ちにつつまれていたのに、三日後には別の男子を好きになっていた。僕は愕然《がくぜん》として、恐怖に近い感覚に襲われた。あの気持ちはどこに行っちゃったんだろう？　三日前の魂は死んで、別の魂が入っているんじゃないか？

いまの僕は、はっきり、ミリが好きだと自覚していた。ミリを思うと、胸が切なくなる。この気持ちを失うことが、僕は怖かった。

「ミリ、僕たち、会えないかな？」

「えっ――？」ミリは目を見開いた。

「ミリと実際に会って、話がしたい。実際に会って、一緒に演劇の練習がしたいし、一緒に美術館とかにも行きたい。その方が、調査も進むと思うし……」

ミリは返事をしなかった。表情が強張《こわば》っているように見えた。唇の端がさがっている。怒っているのだろうか、と僕は思った。しかしやがて、すこしずつ悲しみが表れてきた。まるで青い水彩絵具《えのぐ》が、画用紙の裏から滲《し》みだすみたいに。

「……ごめん、よーくんとは会えない」

胸がズキリと痛んだ。唇の端が、笑顔と泣き顔のどちらを作るのかわからず、痙攣《けいれん》した。

「……僕とは、会いたくない？」

「ううん、そういうわけじゃなくて――！」

ミリは身を乗り出し、また戻り……ぽつりと言った。

「会えないの」

「……どうして？」

ミリはうつむいてしまった。こちらは夜で、むこうは黄昏時《たそがれ》だった。やがて、ミリは顔をあげた。その瞳はひと足先に夜が来たみたいに暗かった。僕はすこし震えた。

「本当は、そのつもりじゃなかったんだけど、言うね。わたしは、もう……」

ミリはひとつ呼吸をした。

「死んでるの」

「えっ……？」

一瞬、頭のなかが真っ白になった。言葉が音のままで、意味を結ばない。——ドクン、と心臓が鳴った。それから早鐘のように打ち始めた。僕はしびれる舌で訊《き》く。

「ちょっと待って、意味わかんない。死んでる？　死んでるってどういうこと？」

「……ごめんね」

嵐のような衝撃が遅れてやってきた。何もかも吹き飛ばす嵐だ。頭のなかがぐちゃぐちゃになる。息が苦しい。眩暈《めまい》でグラグラする。座っているのも辛《つら》いくらいだ。

「よーくんが生きている時間に、わたしはもういない。だから、会いたくても会えないの」

「え……なんで……？」脳がしびれている。「どうして……？」

「今日はもう、寝たほうがいいよ。おやすみ、よーくん……」

「待って、ミリ——！」

接続が切れた。驚いたサブローが僕の手から飛び出して、開けっ放しのベランダから飛び出して行った。そして僕は、まばたきすらもできない魂の抜けた人形になった。

15

「どうしたの、ぼーっとして？」

桜庭《さくらば》先輩が、横から顔をのぞきこみながら、言った。

『――はい、天ケ崎です』

僕はほっと息をついた。父親だった。挨拶を交わし、演劇部に入った旨《むね》を伝え、天ケ崎先輩に大事なものを貸した演劇部員がそれを取り戻そうとしている、と嘘《うそ》をついた。

「六月の頭から二週間ばかり、そちらに帰られたそうですが――」

「え？　華鈴《かりん》は、帰ってきませんでしたよ？」そして、意外なことを言った。「その頃ちょうど、コロナにかかって入院してましたから」

「――えっ、コロナですか？」

「ええ。大事にならず、喜んでいたんですがね……」

鏡に映った僕が、目を見開いていた。

16

部活の時間になった。部室の扉にはまた張り紙がしてあった。

『雷《いかずち》は罪人《つみびと》の頭《こうべ》を撰《えら》びて落ちぬ』――

「気持ち悪《わる》……」桜庭《さくらば》先輩は張り紙をぐしゃぐしゃに丸めた。

「これ、ときどき張ってありますけど、何なんですか？」

「よく分からないイタズラ。わたしはすぐ剝がすけど、みんな図太くて放置するんだよね」

「そうだったんですね。部員募集の張り紙と似てるから、阿望《あもう》先輩が犯人かと思ってました」

部室にはすでに十人ほどが集まっていた。桜庭《さくらば》先輩が耳打ちする。

「石川さんが今日も来てるね。わたし、話しかけてくるね」

入れ替わるように、須貝《すがい》が寄ってきた。

「ちょーっと、紙透《かみすき》くん！　最近、桜庭《さくらば》先輩と仲良くない⁉」

「目ざといな……。別に、普通だよ」

「いやいやいや！　桜庭《さくらば》先輩ってめっちゃクールで、ほとんど男子とは絡《から》まないんだから」

「いや、意外とお茶目なところも多いよ」

「『わたしだけが知ってる彼の意外な一面♡』ってやつじゃん。自慢かよチクショウ」

「そういうつもりじゃ……」

むこうで桜庭《さくらば》先輩が石川さんと楽しそうに喋《しゃべ》っている。実際、先輩が彼女だったら、自慢したくなるだろうな、とは思った。——そのとき、ふいに扉が開き、阿望《あもう》先輩が現れた。

「やあ、諸君、今日も絶好の演劇日和だな！」

やたら晴れやかだが、その頬はこけて無精髭《ぶしょうひげ》が生え、目元にはすさまじい隈《くま》ができている。

「どうしたんですか、落武者《おちむしゃ》みたいになってますけど⁉」

「ハーッハッハッハ！　落武者《おちむしゃ》とはこれは一本取られたな！」

「いや取ってないです！　テンションもおかしいですよ！」

「フフフ……いま俺は〝カッコー！　カッコー！　カッコー！〟という気分だからな」

「なんですかそれ？」

「シェイクスピアの『春』」と、桜庭《さくらば》先輩が石川さんの隣から言った。

「ついに——新作が！　完成したのだ！」

阿望《あもう》先輩が海を割るモーセのごとく両手をひろげると、時が止まったみたいに部室がしずまり返った。そして次の瞬間、ワッと部員たちが声をあげて殺到した。

僕らは脚本データを共有し、部室に散開して思い思いに読み始めた。

タイトルは『三界流転《さんがいるてん》』——。『吉祥天女《きつしようてんによ》』・『火樹銀花《かじゆぎんか》』・『光明遍照《こうみようへんじよう》』の三部作になる予定で、今作はその『吉祥天女《きつしようてんによ》』編だった。

冒頭からいきなり引きこまれ、スマホの小さい画面で食い入るように読む。目をこすりながら、タブレット端末で読んでいる人が羨ましいと思った。何人かは印刷をしに部室の外へと走った。僕は読書を中断したくない欲求のほうが勝った。

17

主人公は鉄門海上人《てつもんかいしようにん》——宝暦九年に生まれ、二十一歳のときに注連寺《ちゆうれんじ》に入門して修行し、七十一歳で即身仏となった男僧をモチーフとしていた。

後の鉄門海上人《てつもんかいしようにん》である砂田鉄《すなだてつ》は、山形県は鶴岡市、青竜川にて川人足《かわにんそく》を生業《なりわい》としていた。ある日、謎の女と出会う。恐ろしいほど美しい女で、鉄はたちまち惚《ほ》れ込んだ。何者かに追われる女を舟に乗せ、嵐に狂う青竜川を命からがら下る。事情を聞くと、女はとある豪商家に仕える侍女で、名を雀《すずめ》といい、家長殺しを疑われ逃げてきたのだという。ふたりは灯台もと暗しと、あえて豪商家の近辺に潜み、調査を開始——やがて狂おしい恋に落ちる。学のない鉄であったが、意外にも頭脳明晰《めいせき》、名探偵の資質を発揮し、事件の真相を見事にあばく。

——が、真犯人の計略により、再び追い詰められ、ふたりは心中しようとする。

しかし、鉄だけが生き残ってしまった——

一度、息継ぎをするかのように、脚本から離れた。周囲では、みんな魅入られたように読んでいる。恐ろしいほど無駄のない研ぎ澄まされた物語で、まだ全体の四分の一ほどなのに濃密な映画を見終わったかのような満足感があった。しかし、まだまだ物語は加速していく——

鉄《てつ》は注蓮寺《ちゆうれんじ》に入門し、鉄門海《てつもんかい》と名を改め、過酷な修行の日々に入る。雀《すずめ》の血が入った左目は次第に視力を失い、その闇にぼんやりと女の顔が浮かぶようになっていく。ある日、女人禁制の寺にひとりの女が迷い込む。その顔を見た直後、鉄《てつ》は寺を飛び出し流浪《るろう》の旅へ。己の邪念と業とが、幻魔を引き寄せたと感じたのである。女は、雀《すずめ》に瓜二《うりふた》つだったのだ……。

旅の途中、鉄門海《てつもんかい》は加茂港と鶴岡城下をむすぶ加茂坂峠にトンネルを掘ることを決意する。商業の要所であるにもかかわらず、難道であり、人々を苦しめていたためだ。最初の数年、孤独に掘削を続けていると、左目の女がはっきりした形をとり、なんと鉄門海《てつもんかい》に語りかけてきた。女は、天女であった。その昔、六歌仙のひとりである絶世の美女、小野小町《おののこまち》が現代の山形県寒河江市《さがえし》にやってきた際、ふいに空から天女が現れ、十一面観音菩薩《ぼさつ》の刺繍《ししゅう》された羽衣を落としていった。小野小町《おののこまち》は念持仏を本尊とし、羽衣と七宝の念珠もあわせて奉納し、落裳《らくしょう》観音とした。この時の天女こそ、いままさに鉄門海《てつもんかい》に語りかける眼中の女である。天女は地上を散策している折、名も無き盗賊に無惨《むざん》に殺され、その肉を食われる。男はそれによって不老不死の力を得ると信じていたのである。しかし、得たものは永遠の命ではなく、永劫《えいごう》の地獄であった。男と天女とは呪いによって結ばれ、輪廻《りんね》転生を繰り返し、そのたび必ず出会い恋に落ち、どちらかがどちらかを殺す運命となったのだった。そして、鉄門海《てつもんかい》こそはこの男の生まれ変わりであり、雀《すずめ》もまた天女の生まれ変わりであった。

己の業を知り、戦慄《せんりつ》する鉄門海《てつもんかい》であったが、次第に眼中に住む天女に心奪われていく。それを振り払うべく憑《つ》かれたように掘削を続けていると、ついに傍観していた村民たちが力を貸し始めた。怒濤《どとう》の勢いで進む工事だったが、なんと岩中から生温かい死体が出てくる。不可能犯罪であった。苦悩する鉄門海《てつもんかい》であったが、再び頭脳を駆使して謎を解き、その過程で色即是空の境地に至る。隧道《ずいどう》が完成し喜ぶ村民たちであったが、すでに鉄門海《てつもんかい》の姿はなかった。

さて、ところで雀《すずめ》には弟があった。名を薊《あざみ》といい、雀《すずめ》の死後、命の危険を感じて豪商家を脱けだした。そして恋慕う姉の命を奪った鉄門海《てつもんかい》を深く憎み、ただ復讐《ふくしゅう》だけを魂の糧《かて》として、眼光炯々《けいけい》、あらゆる罪を犯しながら野犬のように生き延びていた。

全国を行脚《あんぎゃ》していた鉄門海《てつもんかい》が江戸に辿《たど》り着《つ》いた折、ひとりの女が肩をぶつけてきた。鉄門海《てつもんかい》は驚愕《きょうがく》した。いつか注蓮寺《ちゅうれん》に迷い込んできた雀《すずめ》の生き写しであり、さらにはその双眸《そうぼう》から膿《うみ》を垂れ流していたためである。鉄門海《てつもんかい》は戦慄《せんりつ》しながらも、視力を失いかけていた女——雲雀《ひばり》の生活を助け始める。同時に、江戸にはびこる眼疾の調査を始める。そしてまた、狂おしい恋に身を焦がし始める。

ここに、薊《あざみ》が出くわす。鉄門海《てつもんかい》を切り捨てようとした矢先、最愛の姉に瓜二《うりふた》つの雲雀《ひばり》のすがたを見て気勢を削《そ》がれる。そのうち彼もまた雲雀《ひばり》に恋をし世話を焼くうち、鉄門海《てつもんかい》を手伝うことになっていく。

ナイチンゲールがクリミア戦争の時分に確立した統計による分析手法を、鉄門海《てつもんかい》も知らず駆使して、原因が下水道の不備であることを見抜いた。しかし人々はそれを理解しなかった。手をこまねいている間にも眼疾は広まり、雲雀《ひばり》と天女への恋慕は強まるばかり。熱病のような苦しみのなか、ついに両国橋に立って天女の住む自らの左目を抉《えぐ》り取《と》って隅田川に投げ、龍神に捧《ささ》げた。人々はあっと驚き、感動して言うことを聞き始め、ついには江戸から眼疾がすっかり無くなって、鉄門海《てつもんかい》は恵眼院《けいがんいん》と呼ばれ尊敬された。

これには薊《あざみ》も心動かされたが、ただ復讐《ふくしゅう》の一念で生き延びた過去を裏切れず、苦悩に唇を噛《か》みしめ、夜闇にまぎれて襲いかかった。鉄門海《てつもんかい》は闇のなかでひとつ悟りを得て戦慄《せんりつ》した。すなわち、薊《あざみ》は自分の前世であると。輪廻《りんね》転生に時間は関係ない。前世と来世が同じ時に生きることもあり得るのだ。

気がつけば、地面に死者がひとり。

死んだのは、薊《あざみ》のほうであった。闇に慣れた盲目の雲雀《ひばり》が、薊《あざみ》を背中から刺したのであった。鉄門海《てつもんかい》は自らの業のあまりの深さに、空っぽの眼窩《がんか》から血の涙を流して慟哭《どうこく》した。

鉄門海《てつもんかい》は殺人者となってしまった雲雀《ひばり》を連れて、注蓮寺《ちゅうれん》を目指す。奥州街道《おうしゅうかいどう》から桑折《こおり》、桑折《こおり》から羽州街道へと順調に足を進める。しかし七ヶ宿での夜、ふたりはついに男女の一線を越えてしまった。猛烈な愛と後悔とが鉄門海《てつもんかい》を襲った。彼は一頻《ひとしき》り泣くと、旅籠《はたご》の主人に小刀を借りた。そして、小包ひとつを雲雀《ひばり》に残して去った。翌朝、小包を開けた雲雀《ひばり》は泣き叫んだ。なかには、鉄門海《てつもんかい》の男根が入っていたのである……。

注蓮寺《ちゅうれん》に戻った鉄門海《てつもんかい》は、狂気のごとく修行に打ち込んだ。荒行に熱中し、天女のことも雲雀《ひばり》のことも忘れた。そしてついには、即身仏となるべく、木喰行《もくじき》を始めた。十穀を断ち、身体《からだ》をミイラ化させていく修行である。それを千日続け、土中入定した。地中の小さな石室に埋められて、鈴を鳴らし続ける。地上につながる竹筒からそれが聞こえなくなったとき、即身仏が成ったとわかる。

さて、七ヶ宿に取り残された雲雀《ひばり》であるが、凄絶な人生を送って弱り果て、それでもまだ鉄《てつ》門海《もんかい》を愛していた。ずっと居所がわからずにいたのを、注蓮寺《ちゅうれんじ》にて今まさに即身仏になろうとしていることを風の噂《うわさ》で知り、一路、湯殿山へと駆けた。病身の盲目者にはあまりにも険しい道のりである。ただ鉄門海《てつもんかい》に再び見《まみ》えたい一心であった。

鉄門海《てつもんかい》は闇中で、釈迦《しゃか》の説いた〝解脱《げだつ》〟のことを思った。輪廻《りんね》転生とは生死の迷いであり、修行を完成させ滅度の境地に至った者は、もう再びこの世に生まれることはない。鉄門海《てつもんかい》は天女との呪われた輪廻《りんね》を断ち切ろうとしていた。菩提樹《ぼだいじゅ》の陰で悟りを開く修行をしていた釈迦《しゃか》のもとには、邪魔をしようと悪魔《マーラ》が繰り返し訪れたという。だから、右眼《みぎめ》に天女が再び姿を現したとき、悪魔《マーラ》だと思った。天女はあまりにも美しかった。乾涸《ひから》びた鉄門海《てつもんかい》とは対照的に瑞々《みずみず》しく光っている。天女が愛を囁《ささや》くと、遠い前世の記憶が蘇《よみがえ》った。盗賊が天女を殺そうとしたとき、天女は——嗤《わら》っていたのである。わたしたちは呪いで結ばれて未来永劫《えいごう》、愛し合い殺し合う、わたしはそれが嬉《うれ》しいのだと。盗賊はその意味を理解できなかったのだ……。鉄門海《てつもんかい》は光り輝く一本の縄を見た。それは二人の男女が永劫《えいごう》にあざない続ける輪廻《りんね》の縄だった。鉄門海《てつもんかい》は震える指先でその縄を撫《な》でた。強烈な郷愁と愛執とが胸のうちに燃えた。しかし鉄門海《てつもんかい》は人間離れした意志力でそこから離れた。

りん……りん……りん……鈴は鳴り続けている。その間隔が次第に延びていく。誘惑に打ち勝った鉄門海《てつもんかい》の命がまさに尽きようとしたそのとき——「鉄門海《てつもんかい》さま！」雲雀《ひばり》が名を呼んだ。

彼女は制止する弟子たちを最後の力を絞って振り切り、竹筒にすがりついて呼び続けた。

遠く聞こえる雲雀《ひばり》の声に、鉄門海《てつもんかい》は枯れ果てたはずの身体《からだ》から、涙を流した。雲雀《ひばり》の美しいすがたが眼中に浮かんだ。瞑目《めいもく》するその優しいおもてが淡く光り、弥勒菩薩《みろくぼさつ》となった。

鈴の音は絶えた。雲雀《ひばり》はもう二度と動かなかった。

二羽《わ》の小鳥が、空高く舞いあがっていった。

18

読み終えたとき、外はもう暗くなり始めていた。時間のゆがみを感じた。ほんの一瞬しか経《た》っていないような、数十年も経《た》ったような妙な感覚だった。周りを見回すと、誰もが口を閉じていた。読み終わった者は余韻を噛《か》みしめ、まだ読んでいる者は夢中になっている。僕はあまりの感動に、放心状態だった。凄《すさ》まじい傑作だ。僕が演じたエチュードが作品に影響を与えたのは明白だった。そのエチュードもミリと出会っていなかったら成立していないわけで、その連鎖に僕は〝運命の感触〟のようなものを覚えた気がした。

僕はふと、桜庭《さくらば》先輩の横顔を見た。

残照の色を映しながら、涙がその頰を流れ落ちていった。

19

翌日から稽古に入っていった。キャストとスタッフに分かれ、演技・音楽・照明など様々な要素から『三界流転《さんがいるてん》』を構築していく。熱狂的な空気が部全体に充溢《じゅういつ》していた。

僕は、なにか猛烈な勢いの列車のようなものに乗せられて、否応《いやおう》なく未来へと運ばれていくような心地がした。まだ、あれからミリと話せていなかった。心がなかなか追いつかず、演技に集中するのに苦労した。

「天才、天才だよ、阿望《あもう》先輩は」佐村《さむら》が興奮して何度も同じことを口走った。「『わだちの亡霊』を観《み》たとき、自分の人生でこれ以上はないかもって思ったんだ。でもそれ以上が来た！　阿望《あもう》伝説はまだまだ序章なんだ！」

「やれやれ、狂信者が極まっちまったな……」須貝《すがい》が首を横に振った。

「まあ、あれを読まされたら仕方がないですよ」院瀬見《いせみ》は苦笑いを浮かべて言った。「すごいすごいと思っていたら実は日本一だった、ってことになるかもしれません。ボクみたいな凡人じゃ、そのうち振り落とされるんだろうなあ……」

院瀬見《いせみ》先輩はいつものキザ感がなくなって、しゅんとして見えた。

「いいじゃないですか、金はあるんだから」

須貝《すがい》が変なフォローを入れた。

院瀬見《いせみ》先輩は腕時計の盤面を指先でコツコツと叩《たた》くと、何も言わずに去った。

「ああ、怒っちゃった」須貝《すがい》は鼻をかいて言った。「〝何者か〟になりたい人だからな。一方その頃、その〝何者か〟は家で爆睡しているという」

阿望《あもう》先輩はここ最近ほとんど寝ずに三界流転《さんがいるてん》を書いていたらしく、その反動で今日は大学にも来ずにひたすら寝ているらしかった。後光効果というやつか、それすらも天才的に思えてくるから不思議なものである。

僕は台詞《せりふ》を読みあげながら、これまでにない難しさを覚えた。最初の鉄門海《てつもんかい》は無粋武骨、血の臭いのするような無頼漢である。部屋に籠って青白い顔をしているひょろっとした僕とは正反対だ。粗暴な言葉にみなぎる力やリズムをどうしても表現し切れないように思われた。

対照的に、桜庭《さくらば》先輩は一発だった。すっと目つきが変わって、次の瞬間には雀《すずめ》になっていた。雀《すずめ》・天女・雲雀《ひばり》の三役を演じる難役だったが、この調子だと難なくこなしそうだった。

再び休憩時間になると、桜庭《さくらば》先輩がこっそり手招きした。

僕らは人目につかない場所に移動する。

「照明の石川さんの話を聞けたよ」桜庭《さくらば》先輩は声を潜めて言った。「結論から言うと、黒山《くろやま》さんが怪しいんじゃないかと思う」

「黒山《くろやま》先輩――？」意外な名前に僕は驚いた。「一体、どういうことなんですか？」

桜庭《さくらば》先輩はカレンダーの印刷された紙を開く。

「天ケ崎さんの空白の二週間は、実はコロナに感染していたって判明したじゃない？　あの時期に、実はもうひとり、部活を休んでいた人が部内にいたの」

「それが黒山《くろやま》先輩ってことですか？」

桜庭《さくらば》先輩はうなずいた。

「普段から欠席の多い人ではあるけど、あの時期は確かにいなかった。そして、天ケ崎さんには実は、部内に恋人がいたみたいなの。石川さんでも、それが誰かまでは分からないみたい」

「……つまり、その恋人の正体が黒山《くろやま》先輩で、自粛期間中に会っていてコロナに感染した？」

「そういうこと。だとしたら、黒山《くろやま》先輩は恋人を失ったのに平然としていることになる」

「なるほど……。調査する価値はありますね」

どうにか黒山《くろやま》先輩の瞳を覗《のぞ》き込めないだろうかと思った。殺人のような強烈な記憶ならば、一発で視《み》ることも不可能ではない。

「どうもありがとうございます、桜庭《さくらば》先輩」

「……千都世《ちとせ》」

「え？」

「千都世《ちとせ》って、名前で呼んで」

少し恥ずかしそうに言った。僕がどぎまぎすると、千都世《ちとせ》先輩はチャーミングに笑って、

「あと二回のデート、忘れないでね」

そしてくるりと踵《きびす》を返《かえ》し、ハイヒールの音を響かせて去っていった。僕は頭のうしろをかき、落ち着いてから部室へと戻る。

——ドキリとした。

部室棟の廊下を黒山《くろやま》先輩が歩いていたのだ。僕は早速、近づいていく……。

「みんな、聞いてくれ！」黒山《くろやま》先輩は部室に入るなり、大声で言った。「神田川《かんだがわ》さんに『三界《さんがい》流転《るてん》』を読んでもらったんだ！」

神田川《かんだがわ》——？　知らない名前だった。みんなはワッと集まってきた。とても調査できるような状況ではない。いつもはクールな黒山《くろやま》先輩が、珍しく興奮して原稿の束をパシンと鳴らし、

「傑作だ！　神田川《かんだがわ》さんが全面協力してくれることになった！　でかい舞台でやれるぞ！」

みんな、感染症のことなど忘れて、歓声をあげ抱き合って喜んだ。僕は黒山《くろやま》先輩の背中を見つめながら、運命の強烈な流れを肌に感じ、戦慄《せんりつ》していた。

20

その日、演劇部とは関係のない学生の新型コロナウイルス感染が判明し、翌日からまた自粛生活、そのまま夏期休暇となった。

21

「とにかく今は、俺たちができることをやろう」

阿望《あもう》先輩がノートPCの画面で言い、今日の部活は終わった。体温を測ると三十八度あった。昨日ワクチン接種の一回目を受けて、今朝からだるかったが、無理して参加したのだった。

ロキソプロフェンを飲み、ベッドに横になる。エアコンが相変わらずゴリゴリと掘削のような音を立てている……。阿望《あもう》先輩が『三界流転《さんがいるてん》』を書きあげてからもう十日も経《た》っていた。色々な歯車がずれてしまったような感覚があった。練習効率は明らかに落ち、熱量に比してなかなか進まない。銃殺事件の調査も全く進展していないし、千都世《ちとせ》先輩とのデートの約束も果たせていない。一番辛《つら》いのは、サブローが未《いま》だに帰らないことだった。今どこで何をしているのだろう？　事故に遭ったりしていないだろうか？　もしそうだとしたら、サブローにもミリにも、もう二度と永遠に会えないし、銃殺事件も防げない……。考えるだけで気が滅入《めい》った。

ぼーっとしているだけで夜になってしまった。明かりをつけ、〝ノーツ〟を読み始める。阿《あ》望《もう》先輩独自の形式の台本で、おそらくは〝原稿《ノート》〟や〝音符《ノート》〟、〝記号《ノート》〟あたりの言葉をかけてネーミングしたのだろう。一小節が四分の楽譜と台本とが上下分割のレイアウトで併記されており、独特の記号を用いて舞台上への出入りや台詞《せりふ》のタイミングが厳密に管理されている。

「こんな言葉を知っているか——？」阿望《あもう》先輩は十日前に言った。「〝すべて芸術は絶えず音楽の状態に憧れる〟——ヴィクトリア朝時代のイギリスの批評家、ウォルター・ペーターの言葉だ。俺が思うに、舞台は洗練されればされるほど、音楽へと近づいていく。すべての諸要素が楽器のように機能し、美しいひとつの曲を演奏する。——それが俺の理想なんだ」

聞けば、阿望《あもう》先輩にはヴァイオリンの素養もあり、好きな作曲家はバッハらしい。すべてが意外すぎる。どう見ても三味線とかワーグナーとかの方が好きそうなタイプなのに。——それはさておき、十日間の練習を通して、僕はノーツをある程度は読み解けるようになっていた。たしかに、記号を丹念に追っていくと、ある種のコード進行みたいなものが浮かびあがってくる。僕は指先でテンポを取りながら、自分の出番をイメージ・トレーニングした。

僕は明日に備え、不安な気持ちを抱えたまま、浅い眠りについた。

22

朝九時、部員全員がカメラをオンにして、それぞれの部屋と顔を映した。

「よし、揃《そろ》ったな」

阿望《あもう》先輩が言った。天狗《てんぐ》の面と、スター・ウォーズのポスターと、『克己心』とかかれた書画が同居するいかれたインテリアが大写しになった。何回見ても笑いそうになってしまう。背後の棚には『ツァラトゥストラ』やら『ドグラマグラ』やら『スッタニパータ』やら呪文めいたタイトルの本がぎっしり詰まっており、ちょっとした異界の雰囲気すら醸《かも》し出《だ》している。

「今日は予告していた通り、冒頭から全体の四分の一までを通しでやる」

『三界流転《さんがいるてん》』は三時間弱の尺であるから、四十五分ほどになる計算だ。砂田《すなだ》鉄《てつ》と雀《すずめ》が心中しようとするも、鉄だけが生き残ってしまうところまでに当たる。

黒山《くろやま》先輩が話を引き継いだ。背景にはスクリーンとオーディオ機器、観賞植物のモンステラの鉢が映っている。椅子はヘッドレストつきの高級品だ。僕は複雑な心境で彼を見る。ひょっとしたら、天ケ崎先輩を殺した犯人かもしれないのだ……。

「まだ完璧にやろうとしなくていい。ただ、テンポだけはしっかり守って、全体の流れの感覚をつかんでくれ。スタッフは今後の活動計画の参考にしてほしい。では、九時半から始める」

各々《おのおの》、担当パートの最終チェックに入る。僕も台本を開く——が、全く頭に入ってこない。抗不安薬を飲もうとしてやめ、目を閉じてじっと耐えた。

九時半になった。通し練習が始まった。

「さァ、張った張った半か丁か！」

最初のシーンは賭場《とば》から始まる。トントントンという小気味良いリズムで博打《ばくち》が進み、砂田《すなだ》鉄《てつ》は大勝ちする。すると胴元がいかさまを仕掛け、それを見破った鉄が大激怒、大暴れ——。

最初の台詞《せりふ》こそうわずったが、次第に慣れてきた。やられ役がひょうきんに、カメラに顔を近づけて「グエー」などとやって、爆笑と拍手が起こる。それで緊張が一気にほどけた。これは練習なのだ、真剣だけれど、でも楽しくやっていいのだ――。すると俄然《がぜん》、面白くなってきた。脚本が生み出す律動が気持ちいい。役に没頭して、他人の視線が気にならなくなった。

やがて、雀《すずめ》の登場シーンとなった。

モダンインテリアのお洒落《しゃれ》な部屋が大写しになる。そこに編笠《あみがさ》で顔を隠した千都世《ちとせ》先輩が、何かから逃げるようにフェードインしてくる。……上手《うま》い、と思った。ただこれだけで。やや誇張された、しかし決して大袈裟《おおげさ》ではない呼吸で緊迫感が伝わってくる。そしてやはりどうやってか〝謎を着て〟いて、目が吸い寄せられ次の展開を期待させられる。見惚《みと》れるあまり危うくテンポを崩しかけ、冷や汗をかいた。

粗末な舟で急流下りをするシーンになると、音響班の嵐の演出で臨場感抜群、自然と演技に力が入り声量も大きくなった。

豪商家に話が移り、時計を確認すると、十数分が経《た》っていて驚いた。体感時間が一瞬だったのと、これだけの内容を詰めこんでこれしか経《た》っていないというのと、二重の驚きだった。僕は額の汗を拭き、呼吸を整え、すぐさま次のシーンへ突入していった。

豪商家をとりまくめくるめく謎が展開されていき、鉄と雀《すずめ》は恋に落ちていく。俳優が共演女優を好きになってしまう現象が実感できた。それが登場人物の感情なのか、自分の感情なのかよくわからなくなるのだ。しかも、千都世《ちとせ》先輩の演技が魅力的すぎた。頰を染めて生娘の純真

さを演じたかと思えば、次の瞬間には謎を纏《まと》って底なし沼のような妖艶《ようえん》さを醸《かも》し出《だ》す。僕は食らいついていくのがやっとで、それがまた振り回される男の心境を擬似体験させた。

ふたりが抱きしめ合うシーンは、とにかく恥ずかしかった。リモートなので、空気を抱きしめながら愛の言葉をささやかなければならない。首筋に汗をかくのを感じた。しかし千都世《ちとせ》先輩はここでも余裕たっぷりで、少しも間抜けに見えず、最後まで美しい所作でこなした。

物語は序盤のクライマックスへと近づいていく。テンポが速まり、テンションがはちきれんばかりに高まっていく。鉄は名探偵の才能を発揮する。事件解決パートを演じていると、なにかしっくりくる感じがあった。まるで心の通じた馬を乗りこなしているかのような、確信めいた感じ……。ＰＣ画面のなかで、阿望《あもう》先輩がうなずくのがわかった。どういうわけか、こうなることが最初から彼にはわかっていたに違いなかった。

事件は見事解決されるが、犯人の謀略によって鉄と雀《すずめ》は追い詰められる。もう逃げられないと悟ったふたりは心中を決意する。来世で逢《あ》うことを約束すると、お互いの腹を短剣で貫き、青竜川に身を投げる。そして、鉄だけが生き残ってしまう。

「俺が雀《すずめ》を殺した！」打ちひしがれ泣き喚《わめ》いているところに、追手がやってくる。苦闘の末、鉄はこれを殺してしまう。

「一人殺したら、また二人三人と殺す運命だ……！」

そのとき、りん——と音が鳴った。

鈴の音——？

聞き間違いかと思い、演技を続行する。しかしまた、聞こえてくる。

りん……

りん……

不気味に鳴り続ける。

「なんの音だ……？」

ついに、阿望《あもう》先輩が言った。僕は演技を中断した。突然、須貝《すがい》がさけんだ。

「黒山《くろやま》先輩！」

悲鳴が次々にあがった。僕は慌てて、黒山《くろやま》先輩の映る画面をアップにし——戦慄《せんりつ》した。


——即身仏だった。


真紅の直綴《じきとつ》に青と黄の五条袈裟《ごじょうげさ》、金の観音帽子《かんのんぼうし》、ひからびた顔……。

紛れもない即身仏が、黒山《くろやま》先輩の背後に不気味に佇《たたず》んでいる。その右腕が動くと、りん……

と鈴の音が鳴った。僕は声も出ず、脊髄を氷で貫かれたような悪寒《おかん》が身体《からだ》中をかけめぐった。

「どうしたんだ、みんな――？」

黒山《くろやま》先輩が首をかしげる。

「先輩、後ろ――！」

須貝《すがい》がさけんだ。

「後ろ……？」

黒山《くろやま》先輩が椅子ごと振り向く――その瞬間、即身仏が動いた。

黒山《くろやま》先輩を左腕で抱きしめるような形でカメラを覆い隠す。

真っ暗になった画面に、僕の恐怖にゆがんだ顔が映った。

銃声がした。

暗闇が晴れた。

悲鳴があがった。

黒山《くろやま》先輩の胸に穴があいていた。

即身仏は、りん……とまたひとつ鈴を鳴らした。

そして背を向けると、すうっと足音もなく、背景に映るドア枠から去っていった。

阿鼻《あび》叫喚《きょうかん》のなか――僕は顔を覆い、床に膝をついた。

第二の殺人が、起こってしまった――！

23

阿望《あもう》先輩が通報し、指示があるまでこのまま待機ということになった。しばらくすると、画面に警官が現れた。

僕はマイクを切ると床に座り込んだ。何も考えられない。頭の奥が鉛のように重たかった。

どれほど時間が経《た》ったか――カリカリという音がした。

サブローがガラスをかいていた。僕はあっと声をあげ、あわてて掃き出し窓をあけた。

「どこに行ってたんだよ、お前……！」

思わず目に涙がにじむ。獣臭かったが、かまわず抱きしめた。サブローはごろごろと喉を鳴らし、しっぽを揺らした。

僕はふたたび床に座り、サブローの瞳を覗《のぞ》き込む――

ミリが、沈鬱な顔をしていた。僕はしばらく、言葉が出なかった。

「久しぶり……」言ってから、時間の流れが違うのを思い出した。「第二の犠牲者が出た」

「黒山《くろやま》さんだね。……とても残念で、悲しいね」

その口ぶりに、違和感を覚えた。すうっと冷たいものが背筋を這《は》いのぼってきた。

「……ひょっとして、黒山《くろやま》先輩が殺されること、知ってたの……？」

ミリの表情に、薄青い色が差した。ヘーゼル色の宝石のような瞳——その中心に、どこまでも深い穴が穿《うが》たれている。桜色の唇がふるえ、閉じ、また開いた。

「……知ってたよ」

一瞬、心が画用紙のように真っ白になった。そして、そこに悲しみとも怒りともつかない黒ずんだ色が叩《たた》きつけられ、どうしようもなく涙があふれ出てくる。

「どういうこと？　知ってたのに黙ってた？　黒山《くろやま》先輩を見殺しにしたってこと？」

「ごめんなさい……」表情を凍りつかせたまま言った。「黒山《くろやま》さんが殺されることは……運命だったの。すでに決定されていて、どうあがいても覆《くつがえ》せなかった」

「運命って、なんだよ……。そんなこと言われても、納得できるわけないよ。例えば、今日の練習を妨害してたら、黒山《くろやま》先輩は殺されなかったんじゃないの？」

「そんなに単純じゃないの。もしそうしたとしても、黒山《くろやま》さんは別の日に別の形で殺される。生死はよほどのことがないと覆《くつがえ》せない。……だからこそ、わたしも死んでしまう」

沈黙がおりた。サブローが切なげに鳴いた。

ミリは左耳のイヤリングにふれて、言う。

「……今のところ、飛行機事故で死ぬことになってる。飛行機に乗らなかったとしても、交通事故だとか、通り魔だとか病気だとか、別の形で死ぬことになる。運命はそういうものなの」

胸がひどく痛んだ。ミリの声には、諦観のようなものが強く滲《にじ》んでいた。

けれど、僕にはどうしても認められなかった。ひょっとしたら、ミリは嘘《うそ》をついているかもしれない。何か事情があって会えないだけで、本当は生きていて、それを秘密にしているのだ。可能性が無いとは言い切れない。いや、むしろ、大いに有り得る……。どうにかミリの嘘《うそ》を見破る方法はないだろうか？

ミリの瞳を覗くことができたら……。

ぞくり、と震えが走った。

先日、鏡に映った自分の瞳を覗《のぞ》き込み、さらにその記憶のなかで天ケ崎先輩の母親の瞳を覗《のぞ》き込んだ。同様に、サブローの瞳のなかのミリの瞳を覗き込むこともできるのではないだろうか？　そして、彼女が未来を知っている――すなわち未来に関する記憶を持っている――のなら、その記憶を覗くことで、未来を知ることができるのではないか？

――何か、危険な匂いがする。嫌な予感がする。どうにもならない最悪の結果を引き起こしてしまうような……。

けれど、それでも、僕はミリが生きているという希望を求めていた。

瞳を覗《のぞ》き込むためには、彼女を泣かせなければならない。

僕は目を閉じ、ミリが命を失うことを想像した。とても強く。とてもリアルに。するとどうしようもない悲しみが湧きあがってきた。目を開けると、涙がこぼれ落ちた。ミリが辛《つら》い目に遭うことを想像するだけで、僕は泣けた。そのまま何も言わず、ただ涙を流しつづける——

「ごめんね、よーくん……」

ミリの顔が悲しみにゆがんだ。その目から、涙がぽろぽろとこぼれ落ちる——

僕は、ミリの瞳を覗《のぞ》き込み、接続する——

脳味噌《のうみそ》をミキサーにかけたような強烈な感覚が訪れた。

現実と夢、夢と自我の境界線が無くなり、合わせ鏡の奥へと無限に落ちていく……。

ひゅー、ひゅー、ひゅー、という木のうろを風が通り抜けるような音がする。

パチパチという火の爆《は》ぜる音。焦げ臭い匂い、雨が頬を叩《たた》く感触……。

強烈なまどろみの感覚に、まぶたがあまりにも重かった。

目はかすみ、雨滴が容赦なく入り込んでくる。

暗黒の月が見えた。

闇の満月が、地獄の炎に取り巻かれて燃えていた。

何者かが、それを、まるで冥闇の背光のように冠して、こちらを見下ろしている……

腹部に鋭い痛みがあった。致死的な痛みだった。腹に穴が空いている。鼓動のたびに、そこから命が漏れ出していくのがわかった。

確信していた。

――わたしは、死ぬ。

そして、接続が切れた。

第三幕

1

いつの間にか、知らない街にいた。気がついたら土砂降りの雨に濡《ぬ》れて、狭い路地の窪《くぼ》みに身を潜めていた。手には高アルコール酎ハイの五百ミリ缶を握っている。スマホも財布も持っていないのに、どうやって酒を手に入れたのかわからなかった。体が芯まで冷えていて、かちかちと歯が鳴る。吐き気がするが、体を温めるために酒を飲んだ。

尻ポケットに、知らない文庫本が挟まっていた。フランツ・カフカの『変身』。主人公がある日、突然、虫になってしまう話だ。虫になったような気分だった。気持ち悪くて吐いた。投げ捨てようとして、ミリが本を大事にしていることを思って止《や》めた。

目頭が熱くなって、めそめそと泣いた。あれは間違いなく、未来の記憶だった。ミリは本当に死んでしまうのだ。あの暗黒の月と炎がなんなのかわからないが、とにかくミリは絶命する。お腹《なか》に穴が空いて。寒くて暗い場所で。それが悲しくてたまらなかった。黒山《くろやま》先輩のことも思った。あれは本当に運命だったのか？　僕がもっと頑張っていればなんとかなったんじゃないか——？

ぐるぐる考えているうちに、雨があがり、夜が明けた。最悪な気分なのに、ビルの谷間から見上げる朝焼けは、美しかった。

ふらふらと家路を歩く。昨日の僕はたぶん、どこまでも遠くに逃げようとしていたのに、思ったよりも近場だった。朝九時には家につき、シャワーを浴びて布団《ふとん》に入った。

2

黒山《くろやま》先輩が殺されてから五日目に、栃木の生家にて葬儀が行われた。

山水のある広い木造平家で、日本瓦の切妻《きりづま》屋根が青空に照り映えていた。鬼瓦を舞台に、キビタキがのびやかに歌っている。そのしたで僕らは沈鬱な儀式を執り行っていた。白菊に囲まれた黒山《くろやま》先輩の写真は、はにかんだように笑っている。いつもクールに煙草《たばこ》を吸っているイメージだったが、八重歯のせいか幼く傷つきやすく見えた。

何度か新聞記者と思しき人々《おおぜい》が現れては追い返された。警官が紛失した拳銃が連続殺人に使われたという情報がどこからか漏れて、連日報道される大問題になっていたのだった。『即身仏』という単語はニュースに登場していないため、そこまでの情報はまだ摑《つか》んでいないらしい。

座礼焼香の段になり、坊主《ぼうず》が現れると、ぎゃっと悲鳴があがった。蛭谷《ひるたに》先輩だった。過呼吸を起こしていた。「殺される、殺される、殺される……！」部員に付き添われ退席していった。

「袈裟《けさ》を見て、事件を思い出しちゃったんですかね」

僕は隣に座っていた梅子《うめこ》先輩に話しかけた。今日はスプレーで黒髪に染め化粧も控えめで、清楚《せいそ》な美少女といった趣である。彼女は手を口元にあてて、こっそりと、

「それが、美和子《みわこ》ちゃんはあれを即身仏の呪いだと思ってるみたいだよ」

「呪いですか？」僕は目を丸くした。「そんな馬鹿な」

「結構オカルトちゃんだからね。朝のテレビの占いで一喜一憂するし、陰謀論もわりと信じてるし。なんか、華鈴《かりん》ちゃんに呪いをかけたことがあって、それが黒山《くろやま》先輩に影響したと思ってるみたい。で、そのうち呪いが自分に返ってくるんだってさ」

「人を呪わば穴二つってやつですか……」

坊主《ぼうず》は感染対策のためだと言ってスマホで般若心経《はんにゃしんぎょう》を流し、木魚をポクポクと叩《たた》いた。色々な思考回路の人間がいるものだな、と僕は思った。

火葬場に移動し、遺体に最後の別れをする。

会場はすすり泣きの声で満ちた。順番が来ると、僕は棺《ひつぎ》を覗《のぞ》き込んだ。黒山《くろやま》先輩は安らかに眠っているように見えた。銃弾は心臓を貫いていたので、頭部はきれいなものだった。涙がこみあげてきて、慌てて順番を替わる。阿望《あもう》先輩は目を真っ赤にして、棺《ひつぎ》の前に直立不動になった。そして、小さな声で「また舞台をやろうな」と言った。

そして遺体は、火葬炉に入った。

会食場に移動し、精進落《しょうじんお》としの料理が振る舞われる。部員たちが入れ替わり立ち替わり、遺族に思い出話を聞かせた。火葬という山を越え、多少は和やかになっていた。

「まだ暗い顔してる」感染対策のアクリルパネル越しに、左隣の千都世《ちとせ》先輩が言った。喪服と真珠のネックレスがよく似合っている。「連絡したのに、どうして返事くれなかったの？」

「すみません、具合が悪くて……」

実際、僕は夏風邪をひいてずっと寝込んでいた。雨に一晩中うたれたせいだろう。連絡を取ろうと思えば取れたが、その気力が無かった。しかし、千都世《ちとせ》先輩は深読みしたようで、

「もしかして、自分の責任だと思ってる？」

「え——？」

「自分がもっと頑張って犯人を見つけられていたらって思ってるでしょ。それ、思い上がりだから。本当に名探偵になったつもりだったの？」

僕は何も言えなかった。千都世《ちとせ》先輩はいきなり僕の背中をバシンと叩《たた》いた。びっくりしていると、彼女は優しい顔をして、

「くよくよしないで、これから格好良いところ見せてよ、わたしの名探偵さん」

そう言って、席を移動した。僕は首のうしろをかいた。何か憑物《つきもの》が落ちたみたいに、身体《からだ》が軽くなっていた。女優には敵《かな》わないな、と僕は思った。

「ねえ、やっぱり、千都世《ちとせ》ちゃんと付き合ってるでしょ？」

右隣の梅子《うめこ》先輩が言った。なんとなく訊《き》いたという感じだった。

「付き合ってないですよ。梅子《うめこ》先輩のほうこそ、好きなんですか？」

彼女は、箸袋に院瀬見《いせみ》先輩の似顔絵をラクガキしていた。

「あはは、これはなんとなく描いてるだけだよー。お絵描きしてると落ち着くの。全然好きじゃない……ってかむしろキラーい。だってかっこつけじゃーん。あの高そうな腕時計とかさ、学生の分際でローンして買ってるんだよ？　実家がお金持ちなのアピールしてモテようとしてるの。服もブランドで固めてるし。ああいうの超イヤー」

「あらら……」可哀想《かわいそう》になるくらいボコボコなので、それ以上は聞かないことにした。

「いま、院瀬見《いせみ》くんと喋《しゃべ》ってるの、プロデューサーの神田川幸尚《かんだがわゆきなお》さんだよ」

プロデューサーとは、企画・進行・予算組などを担当する役割のことだ。もともと劇団を運営していた人物で、『わだちの亡霊』を見て感激し、商業界にプロデュースしてくれたらしい。彼の力添えがあって、『三界流転《さんがいるてん》』も大きい舞台でやることが決まっていたのだ。

「ああ、あの人が……。噂《うわさ》に聞いていた通り、いい人そうですね」

神田川《かんだがわ》さんは五十代後半くらいの紳士で、白い物が交じる髪を丁寧になでつけていた。黒縁の丸眼鏡と口髭《くちひげ》の組み合わせが芸術家の雰囲気を漂わせる。笑うと目元に皺《しわ》ができた。

ややあって、この神田川《かんだがわ》さんが、僕のもとへとやってきて挨拶した。

「黒山《くろやま》くんから話は聞いてるよ。いきなり『三界流転《さんがいるてん》』の主役に抜擢《ばってき》されたんだってね」

「はい……ひょんなことから。実力が足りないぶん、一生懸命やるつもりです」

神田川《かんだがわ》さんは僕の目を見たままうなずいて、

「明日、会えないかな。どうしても話がしておきたいんだ」

僕は驚いたが、約束をして連絡先を交換した。

ふと、黒山《くろやま》先輩のご両親の話が耳に入ってきた。

「コロナが治ってほっとしたと思ったら、まさかこんな……」

やはり、黒山《くろやま》先輩は空白の二週間にコロナに罹《かか》っていたのだ。しかしそれが事件とどう結びつくのか、まるでわからなかった。

しばらくして、ふたたび火葬場へと移動する。

静粛な雰囲気のなか、お骨を壺《つぼ》に納めるところを見守った。ミリの骨はいま、どこにあるのだろう、と僕はぼんやり思った。

儀式が滞りなく済むと、帰り際《かえりぎわ》、阿望《あもう》先輩が呼び止められた。黒山《くろやま》先輩のご両親は優しい顔でなにやら話をし、小さな箱を手渡した。阿望《あもう》先輩は恐縮した様子で何度も頭をさげ、やがて号泣した。泣きながら僕らのところに戻ってきて、力強く言う。

「『三界流転《さんがいるてん》』、なんとしてでも、這《は》ってでもやり遂げよう。力を貸してくれるか！」

僕らはスパルタの戦士みたいに「おおッ！」と勇ましく返事をし、泣き続ける阿望《あもう》先輩の肩を抱くようにして駅まで歩いた。

帰りの新幹線で、須貝《すがい》はビールを飲んで酔っ払い、トイレでゲロを吐いた。

3

午後三時、新宿駅近辺のカフェで待ち合わせた。

神田川《かんだがわ》さんは、水色のニットポロに細身のアンクルパンツ、サンダルというラフだが洒落《しゃれ》た服装をしていた。先に待っていた彼は立ちあがってにこやかに挨拶をした。ふたりともウインナーコーヒーを注文した。

「きみは兵庫出身か。あそこに行ったことがあるよ。なんだっけ、桜並木がきれいな……」

「〝おの桜づつみ回廊〟ですかね。桜のトンネルがどこまでも続いてる」

「ああ、それそれ、きれいだったなあ。どうも最近、言葉が出てこなくて困るよ」

神田川《かんだがわ》さんはごまかすように、くしゃっと笑った。しかし演劇の話になると色々な固有名詞がポンポン出てくる。演劇論を交えつつ、舞台や有名人などについて面白おかしく話した。

「あのイケメン俳優、そのうちボロが出るね。結局、情熱を持って真面目に仕事に取り組まない男は何をやってもダメさ。大根のくせに練習しないから、すぐにクビにしたよ」

僕はうなずいて、言った。

「今日は、僕が真面目に練習する大根かどうか見極めようとしているわけですね」

神田川《かんだがわ》さんは左眉をちょっと上げ、眼鏡をしたにずらし、裸眼で僕の目を見た。

「聞いていた通り、頭の回転が早いな……。悪く思わないでくれよ。僕だって老い先短い人生を懸けて『三界流転《さんがいるてん》』に取り組もうとしてるんだ。悪い芽は早めに摘んでおかないと」

「わかります」僕はまっすぐに見つめ返した。「潔《いさぎよ》く身を引く覚悟はあります」

神田川《かんだがわ》さんは唇を引き結び、二度、軽くうなずいた。

「きみは……悪くない。ゾンビのエチュードをビデオで見たよ。初心者であれだけできる人材は、これまでの演劇人生でも初めてだ。きみはとてもいい大根だよ」

「ありがとうございます」

僕は素直に言った。怒りは全くなかった。神田川《かんだがわ》さんは少年のようにくしゃっと笑った。

「いいね。見せたいものがあるんだ。一緒に行こう」

僕らは店を出て、十分ほど歩いた。年季の入ったタイル張りのビルに入る。

「ここ、わたしのスタジオなんだ。稽古場に、録音室、小さい舞台もある」

どの部屋も古いなりに磨き込まれている。三階南西の角部屋に入った。プロジェクターとスクリーンがあり、パイプ椅子が並べられていた。神田川《かんだがわ》さんは遮光カーテンを閉めながら、

「百聞は一見に如かず。たった一度の体験で、何よりも多くのことを学ぶ、というのは往々にしてある。阿望安尊《あもうあそん》を知っているかな？」

僕は首を横に振った。神田川《かんだがわ》さんは言う。

「志磨男《しまお》くんのお祖父《じい》さんだよ。もう三十年も前のことになるがね――彼の『吉祥天女《きつしようてんによ》』という舞台のビデオを見た。白黒で画質もすこぶる悪かったが、そんなの全く関係ない。一瞬で引き込まれ、何もかも忘れて夢中になった。その時に、僕は舞台のすべてを学んだ。まるで暗闇のなかで松明《たいまつ》を手にしたみたいに、急に色々なことがわかるようになった。こんなふうに」

神田川《かんだがわ》さんは壁のスイッチを入れた。蛍光灯が部屋を照らした。

「『吉祥天女《きつしようてんによ》』――」僕はつぶやいた。「『三界流転《さんがいるてん》』第一部のサブタイトルと同じですね」

「僕が生きているうちは、あれ以上の舞台は見られないと思っていたが、『三界流転《さんがいるてん》』なら、あるいは……。志磨男《しまお》くんは、お祖父《じい》さんを超えようとしているんだと思う。そうすることで、無念を晴らそうとしているんじゃないかな」

「無念ですか？」

「『吉祥天女《きつしようてんによ》』もまた三部作で、阿望安尊《あもうあそん》はそれに全てを懸けていた。その上演のためだけに私財を投じて、『天女館』と呼ばれる建物を作ったほどだ。――しかし、主演女優だった妻が原因不明の自殺をしたことで、すべては無に帰した。安尊《あそん》は絶望からか舞台に立つことをやめてしまった。最期《さいご》には病に倒れ、苦痛にのたうちながら、朦朧《もうろう》とする意識のなかで『天女館を燃やせ』とうわ言のように繰り返していたそうだ……」

重たい沈黙がおりた。神田川《かんだがわ》さんは上映の準備を済ませ、部屋の明かりを落とした。真っ暗闇になった。闇の奥から声がする。

「安尊《あそん》はきっと、〝呪い〟に呑《の》まれてしまったんだ」

ぞくり、とした。

「安尊《あそん》の演劇における生涯のテーマは〝呪縛〟と〝解呪〟だった。虚構と現実の境界を崩し、あの世とこの世のあいだに風穴をあけ、観客を物語に取り込み、解放する。……呪いがどこから産まれてくるか、知っているかい？」

僕は首を横に振った。神田川《かんだがわ》さんはまるで見えているかのように続ける。

「安尊《あそん》といえば〝廻《まわ》り舞台〟や〝迫《せ》り出《だ》し〟を用いた斬新な演出で有名だが、前衛芸術家としても活躍した。彼はあるとき『呪いの産道』という題の作品を作った。なんの変哲もない白い壁に、ただ穴がひとつ、空いているだけ。しかしそれを覗《のぞ》き込んだ客は、次々と悲鳴をあげた。わたしは恐るおそる、その穴を覗《のぞ》き込んだ」

「……何が、見えたんですか？」

僕は唾を飲んだ。

「背中だよ――」神田川《かんだがわ》さんは言った。「誰かが、こちらに背を向けて立っている。すると、その影がすこしずつ伸びて、背中は影に呑《の》み込まれる。そして誰もいなくなると、また別の誰かの背中が現れる。そしてまた影に喰《く》われてしまう。そしてまた背中が……。その繰り返しが、意識の底に不気味な何かを刷り込んでいく。……そして、ふと意識に空白ができた瞬間、見覚えのある背中が現れる。違和感に脳が混乱する。そして気づく——自分自身の背中だと。そして言いようのない恐怖に襲われ、アッと悲鳴をあげて壁から離れた。順番待ちをしていた人が目を丸くした。僕は作り笑いを浮かべてみせた。やれやれ、とんだ悪戯《いたずら》をくらっちゃったよ、というふうに。しかし、その夜、悪夢を見た。あのまま覗《のぞ》き込み続けていたら、どうなっていたかを……」

「……呪いにかけられた」

暗闇の奥で、うなずくのがわかった。

「呪いはそういうちょっとした穴から産まれてくる。誰かがそこを覗《のぞ》き込むことによってね。安尊《あそん》もどこかに空いた穴を覗《のぞ》き込んだ。そして、吞《の》まれてしまった……。『三界流転《さんがいるてん》』は呪いを解くための話だ。無数の呪いを積み重ねたその先、最終章の『光明遍照《こうみょうへんじょう》』では、円環の構築と解体が同時に行われ、すべての呪いが解ける——」

すさまじい沈黙がおりた。

神田川《かんだがわ》さんは咳払《せきばら》いをして、言う。

「……だいぶ話が逸《そ》れたね。僕が言いたかったのは、とにかく上手《うま》い演技を見ろということだ。三年前まで、僕の主催する劇団に、天才がいたんだ。安尊《あそん》の妻に勝るとも劣らない、凄《すさ》まじい天才がね。その凄《すご》さは、見ればわかる」

スクリーンに、舞台幕が映し出された。幕はゆっくりと上がった。

演目は、シェイクスピア四代悲劇のひとつ、『ハムレット』だった。

父王の亡霊に会い、その死の真相を知ったハムレットは狂気を演じ、復讐《ふくしゅう》の機会をうかがう。

「出たぞ、彼女が、天才だ――」

神田川《かんだがわ》さんが指さした。彼女は華美なドレスを纏《まと》い、ヒロインのオフィーリアを演じていた。

僕は――瞠目《どうもく》した。背筋を冷たいものが駆け抜け、全身に鳥肌がたった。正常な時間の流れから切り離され、画面のなかの彼女が時を刻むすべてになった。

神田川《かんだがわ》さんはうっとりと演技に見入っている。

僕はうまく呼吸ができない。震える指で彼女を差し、訊《き》いた。

「彼女は……、彼女は……、誰なんですか？　名前……、名前を教えてください……！」

「一体、どうしたんだい……？」

神田川《かんだがわ》さんは怪訝《けげん》な顔をしたが、気圧《けお》されたのか、言った。


「柚葉美里」

僕は何も考えられなくなった。ただただ、スクリーンのなかのミリを見つめた。
彼女はまさに――天才だった。千都世《ちとせ》先輩ですら凡人に思えるほどに。ただそこに存在するだけで華があり、それでいて演技は繊細そのもの、一挙手一投足が感情の綾《あや》をなし、観客の心はその瑕《きず》一つない、なめらかなシルクの襞《ひだ》の奥へと絡《から》め取られていく。狂気に落ちていく演技はまさに圧巻だった。この世に存在する一番深い闇が、その瞳のなかにあった。

「彼女は……いま、どこにいるんですか？」

僕が聞くと、神田川《かんだがわ》さんは口髭《くちひげ》をなで、目を潤ませて、言った。

「彼女は……残念ながら、飛行機事故でね……」

オフィーリアは狂気のなか、花輪とともに川に落ち、しばらくは人魚のように浮かび、祈りの歌を口ずさんでいたが、やがて――沈んだ。

4

トンネルを抜けるとそこは、雪国だった。

視界のすべてが真っ白で、僕は思わず震える。

――いや、雪国ではない。

本当にすべてが真っ白なのだ。空も、地面も、何もかもが空白――。凹凸のひとつすらない地平が、どこまでも続いている。僕はあてもなく歩き出した。足音は冬夜のように孤独だった。だんだんと距離感覚や平衡感覚が狂い、眩暈《めまい》がしてくる。果ては時間感覚すらもおかしくなり、頭のなかまで真っ白になっていく……。

正気を保つため、心臓の音を聴き始める。

ドクン……ドクン……ドクン……。

それだけが、世界を区切り、駆動する。

ドクン……ドクン……ドクン……。

どれだけ歩いたか、前方に壁があることに気がついた。やはり真っ白な、巨大な壁——。それは世界の果てといってよかった。右を見て、左を見て、首が痛くなるほど見上げても、その終わりは見えなかった。

——ふと、そこに、ぽつんと、小さな穴が空いていることに気がついた。

世界の果ての向こう側に、何があるのか、知りたかった。

僕は——覗《のぞ》き込んだ。

ただ、暗闇があるばかりだった。

ドクン……ドクン……ドクン……。

まばたきをし、目を凝らす。

やはり何も見えない。

諦めようとした。

そのとき、ぬうっと白い影が浮かび上がってきた。

僕は悲鳴をあげた。しかし、何の音も出なかった。金縛りにあったみたいに動けない。

ミ、イ、ラ、男だ――！　と、僕は戦慄《せんりつ》した。

包帯でぐるぐる巻きにされた顔が、こちらを向いてじっとしている……。

次の瞬間、ミイラ男はグッと身を乗り出し、そして――

くらやみのなかで、《目》がひらかれる……。

ミイラ男は――涙を流していた。

その瞳のなかの一段と深い闇を、僕は視《み》た――

ハッ、と僕は目を覚ました。

全身が汗びっしょりだった。

自分の部屋を見回し、ようやく、なんだ夢かと、ほっと息をついた。

5

中野ブロードウェイ付近にあるファミレスに入った。

適当に窓際《まどぎわ》の席に座ると、ドリンクバーをふたつ頼み、コーヒーを飲みながら待つ。

しばらくして、長い黒髪の女の子がやってきた。

青白い肌をしていて、ぱっちりと大きい目のしたに濃い隈《くま》があった。

「……お待たせしました。鹿紫雲澪《かしもみお》です」小さく掠《かす》れた声だった。彼女は声帯を指でぐりぐり動かしながら咳払《せきばら》いをして、「すみません、日常生活であんまり声、出さなくて」

彼女はピーチジュースをグラスに注ぐと、対面に座った。ぼんやりと窓の外を眺めて、なかなか話し出さない。僕はしびれを切らし、これまでの経緯を語った。昔、柚葉美里《ゆずのはみり》という女の子と知り合いだったが、急に連絡が取れなくなった。昨日、神田川《かんだがわ》さんのビデオのなかに偶然に彼女を見つけ、当時の知り合いに話を聞きにきた、という創作ストーリー。

「柚葉《ゆずのは》先輩は――」鹿紫雲《かしも》さんは遠い目をして言った。「最高でしたよ」

ふたりが出会ったのは、鹿紫雲《かしも》さんが十五、ミリが十七歳のときだったという。

「すごく可愛《かわい》い人だなっていうのが、第一印象だったんです。でも、演技を見て、話をすると、とても美しい人だと思いました。なんていうか……生き様が美しかった。人間の美しさは、精神の美しさなんです。あんなに美しい人は、世界のどこにもいないですよ」

鹿紫雲《かしも》さんはうっとりした表情でジュースをひとくち飲み、また言う。

「わたしは高校生になったばかりで、中学では全国大会でも優勝して、劇団ヴィルゴにも神田川《かんだがわ》さんのスカウトで入ったし、周りに敵なしって感じで調子に乗ってて、ヒロインの座もすぐに奪ってやるって感じで……。でも、柚葉《ゆずのは》先輩の演技を見て、打ちのめされました。上手《うま》いとか下手だとかそういう次元じゃないんですよ。あれは……そう、もう、怖いんです。そうとしか言えません。この人には永遠に勝てないと思って、泣いて、憎んで、演劇をやめようとして……でも、最後には、憧れました。すごく強烈に」

鹿紫雲《かしも》さんはあっという間にグラスを空にし、また汲《く》みに行ってきた。

「紙透《かみすき》さんにとっての柚葉《ゆずのは》先輩は、どんな人だったんですか？」

「ミリは、可愛《かわい》くて、優しくて、ちょっとドジで、謎めいていて……」

僕がひとしきり話すと、鹿紫雲《かしも》さんは表情を変えないまま、言った。

「それって、本当に会ったこと、ありますか？」

僕は一瞬、言葉に詰まった。そして自分でも意外なほど怒気をはらんだ声で言った。

「あるよ」

「たぶん、ないですよ」

鹿紫雲《かしも》さんはどことなく嘲笑的に言った。

「出会ったと思い込んでいるだけで、本質的にはすれ違っただけなんです。まだ〝本当に出会って〟はいないんですよ。そしてもう、永遠に出会えない。空から落ちて死んじゃいましたから。羽衣を無くした天女みたいに」——

当時の新聞記事のスクラップがあるというので、鹿紫雲《かしも》さんの家に行くことになった。

道中、僕はずっと動揺していた。まだ〝本当に出会って〟いない——その言葉が信じられないほど深く刺さっていた。

鹿紫雲《かしも》さんの家は歩いていける距離にあった。有り体に言えば、豪邸だった。幾何学的なデザインの二階建てで、よく手入れされた生垣と、美観のためのライトに取り巻かれていた。玄関の前に立つと、自動的に鍵が開いた。照明も自動で灯《とも》った。

リビングには大きなアロワナの水槽があった。餌やりもおそらく自動化されているのだろう。吹き抜けの螺旋《らせん》階段から、二階へとあがる。鹿紫雲《かしも》さんの部屋の扉を開けると、スティーヴ・ライヒの『18人の音楽家のための音楽』が流れた。

「二十四時間、流しっぱなしにしてるんです」

なにか、異様な雰囲気を感じたが、そのまま足を踏み入れる——

部屋の空気はよどんでいた。壁に、たくさんの写真が貼られている。手前の一枚に、目が留まった。ミリと鹿紫雲《かしも》さんがディズニーランドでピースしているところだった。微笑《ほほえ》ましいような、ひどく切ないような気持ちが湧きあがった。

鹿紫雲《かしも》さんは本棚から一冊の分厚いアルバムを取り出した。その最後のページを開き、手招きする。僕はおそるおそる、覗《のぞ》き込んだ。

飛行機の墜落事故の新聞記事が、スクラップされていた。三年前、東京から福岡に向かう旅客機が、岐阜県の山中に墜落した旨《むね》が書かれていた。エンジントラブルが原因で、航空会社と整備業者を相手取って裁判が開かれたという記事もある。生存者はだれひとりなかったようだ。

死亡者名簿のなかに、『柚葉美里《ゆずのはみり》』の名前があった。

「柚葉《ゆずのは》先輩がこの世からいなくなったとき、わたしも――死のうかなって」

僕は驚いて、鹿紫雲《かしも》さんを見た。彼女はアルバムのページを戻した。ミリの写真がたくさんスクラップされていた。細い指先が、ミリの頬をなでた。

「先輩は二十歳になる年の春に亡《な》くなりました。それからわたしは、生きる気力が無くなっちゃって、精神科に通いながら、つい最近までこの部屋に引きこもってました」

嫌な予感がした。僕は横から手を出し、アルバムをさらに一ページ戻した。やはり、ミリの写真があった。その前のページにも、その前にも……。

ハッと顔をあげた。背筋が凍った。部屋に飾られた写真もすべて、ミリのものだったのだ。冷たい汗が額から滲《し》み出した。アルバムの最初のページには、出会った当初だろう、ミリと並んでぎこちない笑みを浮かべる鹿紫雲《かしも》さんの写真があった。

「ええ、そうです――」鹿紫雲《かしも》さんは薄ら寒い笑みを浮かべた。「柚葉《ゆずのは》先輩を愛してます」

僕は思わず、後退《あとずさ》りした。口を開いても、うまく言葉が出てこない。

「なにか、おかしいことがありますか？」鹿紫雲《かしも》さんは表情を変えずに言った。

「おかしいよ」僕はようやく言った。「こんなふうに、他人の写真を……」

「他人」鹿紫雲《かしも》さんは言った。タ・ニ・ン――まるでその三文字が、とても扱いの難しい異物であるみたいに。「ここにあるのは全部、他人の写真ではなくて、わたしの写真です」

僕は首を横に振った。「何を言ってるんだ……？」

「自分と他人のあいだに本質的な違いなんてないんですよ。わたしはあなただし、あなたはわたし。赤ん坊でも、老人でも、聖人君子でも、殺人鬼でも……魂の奥はみんな同じ色。みんなそれがわからない子供だから、この世から争いが無くならないんです」

鹿紫雲《かしも》さんは、部屋の奥のレゴ・ブロックに触れた。舞台を象《かたど》った精巧なオブジェで、オフィーリアが川に落ちるシーンを切り取っていた。観客席には、ひとりだけ座っている。

「暗い部屋にずっといると、自分の魂がよく見えるんです。その正体を知ろうとして、余計な部品を外していったんです。たまねぎの皮を一枚一枚剝《む》くみたいに、ひとつひとつ……」

鹿紫雲《かしも》さんはレゴ・ブロックをひとつひとつ外していった。観客席が無くなり、幕が無くなり、舞台セットが無くなった。僕は圧倒されて、ただただ見入っていた。

最後には、オフィーリアと観客だけが残った。

「ほとんどすべてのものは、魂とは関係ない。地獄に落ちた人ってみんな裸でしょ？　そういうことなんです。──そして最後の最後に、こっちが消えた」

僕はぞっとした。鹿紫雲《かしも》さんは、観客の方を捨てた。

「自分自身もまた、自分の魂にとって他人なんです。わたしたちが自分だと思っているものは自分ではない。自分は自分に感情移入しているにすぎない。だからわたしにとって、柚葉《ゆずのは》先輩こそが、自分よりも自分なんです。先輩にはそういうことが完璧にわかっていたから、だからこそ、天才だったんです——」

「きみは——」僕は掠《かす》れる声で言った。「狂ってるよ」

「あなたにもわかったはずです——もしも、柚葉《ゆずのは》先輩に、〝本当に出会って〟いたなら」

僕は逃げ出した。螺旋《らせん》階段を駆《か》け降り、アロワナの水槽の横を通り、玄関から外に出た。

背後で鍵が自動的に閉まった。

6

部屋を真っ暗にして、神田川《かんだがわ》さんから借りたハムレットのビデオを観《み》た。

二回目の視聴なのに、前より夢中になるのは不思議だった。すぐに三回目を見始めたが、全く飽きない。新しい学びが常にあった。この学びを果てしなく繰り返した先に、鹿紫雲《かしも》さんの至った境地があるのかもしれない。

まだ〝本当に出会って〟いない——

その言葉が繰り返し浮かんだ。観《み》れば観《み》るほど、ミリは遠く離れていくような気がした。四周目の再生ボタンに指を置いたとき、ミリに謝らなくちゃ、と思った。

サブローを呼ぶと、キャット・ウォークから下りてきて、膝のうえに乗った。

その瞳を、覗《のぞ》き込んだ——

ミリが、悲しげに目を伏せていた。胸がズキリと痛んだ。すでに死という過酷な運命を負っている小さな背に、僕は石を投げつけたのだ。

「……ごめん、ミリ」絞り出すように言った。「取り乱して、八つ当たりしたりして。ミリが一番つらいのに、思いやる余裕がなかった。未熟な人間で、本当にごめん……」

するとミリは、首を横に振った。

「ううん、わたしこそごめんね。黒山《くろやま》さんのこと、何も教えてあげられなくて。むやみに未来を知ると、時間軸をかき乱して、かえって収拾がつかなくなってしまうから……」

「うん、結局、僕がなんにもわかってなかったんだ。……今日、鹿紫雲《かしも》さんに会ってきたよ」

ミリは目を見開いた。

「……みーちゃん、元気だった？」

「元気だったよ、おおむね。ミリは、すごい役者だったんだね。『ハムレット』の映像を見たけど、圧倒された。だから、あんなに教えるのが上手《うま》かったんだね」

ミリは口をつぐんだ。

「……飛行機事故の記事も見たよ。誰も生き残らなかったって。その飛行機に乗らなくても、ミリは助からない？」

ミリはうつむき、左耳のイヤリングに触れて、

「……うん、別な状況で死んでしまうだけ」

僕はぎゅっと手を握りしめ、唇を噛《か》んだ。——悔しい。けど、どうしようもない。

「それが運命なんだね。——わかった。僕はそれを受け入れられるよう努力するよ。未熟な人間で申し訳ないけど、どうか、これからもよろしく」

ミリは目に涙を浮かべ、笑顔になった。

「ありがとう、こちらこそよろしくね！」

僕もがんばって笑顔を作ってみせる。

その瞬間——強烈な違和感をおぼえた。

誰も生き残らなかった——

ミリの瞳に視《み》た光景を思い出す。

暗黒の月と炎、そして、ミリを見下ろす誰か……

誰も生き残らなかったのに、誰が見下ろすことができる——？

ぞぞぞぞ、と寒気が背を這《は》い上《あ》がってきた。

僕は笑顔を崩さないように気をつけつつ、思考する。

飛行機が墜落したのは、岐阜県の山中、しかも夜だったはず。乗客はほぼ即死だったに違いなく、救助者や目撃者が絶命前に駆けつけられたとは考えにくい――

笑顔のミリを見て、僕は悲しくなった。僕はこの期《ご》におよんでまだ彼女を疑っている。それがひどく辛《つら》かった。

しかし、確かめなければならない。幸い、いまミリは目に涙を浮かべている。


僕は、ミリの瞳を覗《のぞ》き込む――


前と同じように嵐と混乱が訪れ、やがてあの夜へと落ちた。

焦げ臭いにおいが鼻をつく。冷たい雨が頬を撫《な》でる。そして――暗黒の月。かすむ視界のなか、燃え盛る炎輪に縁取られた暗黒の月が、空に君臨している。命がお腹《なか》から抜け出していく。途切れそうになる記憶を、必死に繋《つな》ぎとめる。

何者かが、こちらを見下ろしている……。

お前は誰だ、顔を見せろ――！

ゆらめく炎がその頬を照らす。見覚えのあるかたちをしている。

ミリの事故現場に、僕の知人がいた――？

いや、違う、僕は知りすぎている。
見覚えがあるどころじゃない。僕は確かに、その頬をよく知っている。
それは、まるで——
その人物が、一歩前に出る。
炎がその顔を照らす。
僕の魂がさけび声をあげる。

それは——僕だった。

紛れもない僕自身が、こちらを見下ろしていた。
雨に濡《ぬ》れ、驚愕《きょうがく》と恐怖に目を見開いている。そして、かがみこんで両手で肩をゆさぶり、何事かをさけんでいる。耳鳴りのような音がするばかりで、その言葉までは聞き取れない。視界が命の抜け出しつつあるお腹《なか》のほうへと移動する。短剣が深々と突き刺さっていた。鍔《つば》に埋めこまれた赤い宝石が、禍々《まがまが》しく輝いている……

そしてミリは、また死んだ。

僕はミリの瞳のなかから戻ってきた。ミリはまだ、『こちらこそよろしくね！』と言った直後の笑顔のままだ。瞳を覗《のぞ》いてからまだ一秒も経《た》っていない。ぶわっと全身から汗がふきだしてくる。鼓膜のすぐ内側で心臓がバクバク鳴っている。ぴくりと頰が痙攣《けいれん》したが、僕は必死にそれを抑え、笑顔をキープした。その仮面の裏側で必死に思考する。

ミリの死因は、飛行機事故なんかじゃなく、あの短剣だ。そしてその現場には、僕がいた。過去に僕とミリは出会っていた――？　いいや、そんなわけない。あんなシーンは記憶にない。あんな過去は存在しない。

――だとしたら、あれは未来だとしか考えられない。

そうだ、あれは未来なんだ――！　僕は心のなかで叫んだ。

『まだ〝本当に出会って〟いない』――鹿紫雲《かしも》さんの言葉が脳裏をよぎった。

その通りだ。僕らはこれから本当に出会うのだ。

なぜなら――ミリはまだ生きている。

ふいに、昨晩の夢が脳裏によみがえった。ミイラ男――。その瞳が、ミリと同じヘーゼル色だったような気がする。あれが〝記憶の残像〟だったとしたら……？　ミリは飛行機事故で大怪我《けが》を負い、包帯でぐるぐる巻きにされながらも、奇跡的に生き延びた。その姿が、夢のなかに現れたのだ――

ミリは嘘《うそ》をついた。しかも、自分自身の死を偽装したことになる。

しかし、何のために――？　それがわからないうちは、僕が事実を知ったことを、ミリに知られないほうが良《い》いと判断した。何も知らないフリをしつつ、こっそりと動く。舞台のうえでミリの期待する名探偵の役を演じ続け、幕の内側で脚本家を捕まえるのだ。

僕とミリはまだ、最高の笑顔のまま見つめ合っている。

首のうしろを、汗がつたい落ちた。

7

直後から、すべての生活が僕の舞台になった。何事もなかったかのように毎日を過ごす。寝て起きて『三界流転《さんがいるてん》』を練習し、サブローに餌をやる。

ミリには未来が視《み》える――ゆえに、ある程度、未来を選べる。その先に〝あの死〟がある。だったらまずは、僕は、その選択の邪魔をしてみるべきだ。

しかし、そんなことが可能なのか？　未来視の能力者を相手に――？

僕はミリの言葉を思い出す。

『未来は常に振動しているの。必ず起こる事柄もあれば、ランダムに起こる事柄もある。そして無限に分岐していく。その全容を把握することは、わたしにもできない』――

つまり、近未来の予測はある程度まで正確にできるが、遠未来へ向かうにつれ分岐が爆発的に増え、予測は極めて困難になっていくということだろう。おそらく『バタフライ効果』などと類似構造のはずだ。『ブラジルの蝶《ちょう》の羽ばたきは、テキサスで竜巻を引き起こすか？』――初期状態の微小な違いが、のちのち凄《すさ》まじい差異へと発展する。

だとしたら、ミリにとって完全に予想外の未来へと行くことも可能なはずだ。

そして僕は、ミリの瞳を通して未来が視《み》える。つまり僕にもある程度、未来を選ぶことができるはず。そして、ミリはこうも言っていた。

『生死はよほどのことがないと覆《くつがえ》せない』――

裏を返せば、その〝よほどのこと〟を行えば、彼女の死も覆《くつがえ》せるのではないか？

つまり、こう結論される――

ミリの予想外の未来を選び取り、彼女の死を回避できる可能性はあるはずだ。

「おいで、サブロー――」僕はサブローを撫《な》でながら、ほくそ笑んだ。ミリを救えるかもしれない――ほんのわずかでも希望があることが、嬉《うれ》しくて仕方なかった。

と、そのとき、スマホが鳴った。千都世《ちとせ》先輩からのメッセージだった。

即身仏銃殺事件の件について話したいとのこと。二回目のデート権を行使するので拒否権はないとも書いてあった。

しかし、今はミリを救う方法を考えたい。断ろうと思って、『すみません』の『す』の文字を入力する――そのとき、ハッとなった。ここで断るのはいかにも不自然ではないか？　それ以上の優先順位のタスクが出現したことを意味し、ミリにばれる一因になりかねない。それに、他の女性になびいたと見せかけておいたほうが、油断を誘えるのではないだろうか――？『す』を消すのすら恐ろしく、焦《あせ》りから『スカイツリーでも行きますか？』と入力してしまった。……なんでスカイツリー？

頭を抱えたくなったが、涼しい顔を装《よそお》って、返事を待った。

8

どちらもカフェラテを頼んだ。ふたりで窓の外を見る。青空のした、ミニチュアのような街並みのあいだを、雨粒みたいに小さな車が行き交っている。――僕らは結局、東京スカイツリーの340フロアにあるカフェにやってきたのだった。

「怪奇小説みたいだよね。即身仏が銃殺だなんて」

「本当に。ぞっとしましたよ。犯人はなんであんな格好をしたんですかね？」

「誰かに見せたかったんじゃないかな？」

千都世《ちとせ》先輩はそう言って、チャーミングな微笑《ほほえ》みを浮かべた。そして、カップを両手で包むように持ち、口紅が落ちないよう、そっと飲んだ。白無地のカットソー、黒いキャミワンピース、ヒールというモノクロのスタイルに、赤い口紅がよく映えている。耳には金のフープピアスが揺れていた。僕はちょっとどぎまぎして、言う。

「そもそも、なぜ黒山《くろやま》先輩は殺されなくてはならなかったんでしょうか？　犯人の動機は？天ケ崎先輩との繋《つな》がりは？」

「わからない。わかっているのは、二人ともコロナにかかっていたってことだけ」

「とりあえず、情報を整理しましょうか――」

午前九時半から通し練習が始まり、事件が起こったのは序盤クライマックス直前の十時十五分。鈴の音が聞こえ、十時十八分に黒山《くろやま》先輩が銃殺された。現場は中目黒の一軒家。叔父が所有していたが、一時的な転勤のあいだ貸し出していたらしい。僕は言う。

「十時十八分に、銃声らしきものを聞いたと、近隣住民の証言があったみたいですね」

「あれっ、あの部屋って、防音室じゃなかった？」

「防音室だったはずです。声が漏れなくてちょうど良《い》いということで、もともとシアタールームだったのを部活に使うようになったと、本人が言ってました。――ですが、防音室は扉を閉めないと完全には機能しないんです。そこから音が漏れてしまうわけですから」

「そっか、あのとき確かに扉は開いてたから、銃声が聞こえてもおかしくないか」

「音といえば、あのとき、どうして黒山《くろやま》先輩は鈴の音に気がつかなかったんでしょうか？」

「たぶん、ノイズキャンセリングイヤホンのせいだと思う。前にもすぐそばでスマホが鳴ってるのに気がつかなくて、部員に指摘されたことがあったから」

「なるほど、性能がいいと本当に何も聞こえなくなりますからね」僕はうなずいた。「即身仏の衣装は、演劇部にあったやつなんですか？」

「そう。『三界流《さんがいる》転《てん》』にはもともと土台があって、即身仏の衣装は用意してあったんだよね。マスクは梅子《うめこ》ちゃんが作ってくれたの」

「土台があったから、阿望《あもう》先輩はあんなに早く物語を仕上げられたんですね。ということは、演劇部の部室に自由に出入りできた人物が犯人ということになりますね。部室の鍵は？」

「部室の鍵は、扉近くのゼラニウムの鉢に隠してあって、誰でも使えたの」

「なるほど。――第三に、即身仏はどうやって黒山《くろやま》先輩の家に侵入したのでしょうか？」

「一階のお風呂《ふろ》場の窓ガラスが割られてたみたいだよ」

「犯人はそこから侵入して、即身仏の衣装に着替え、黒山《くろやま》先輩を襲った……」

あの時の光景が脳裏をよぎり、僕は身震いした。

「そう考えると、誰にでも可能だったみたい。全員にアリバイのある演劇部員以外には……」

「そこなんですよ――」僕は言った。「犯人はそのために通し練習中を選んだように思えてならないんです。そうすれば、参加者である演劇部員は容疑者から外れるから……」

千都世《ちとせ》先輩は目を見開いた。

「窈一《よういち》くんは、つまり、演劇部員が犯人だと思ってるってこと？」

「そう考えるのが自然だと思います。なんらかのトリックを使って、練習に参加中だと見せかけて、裏で殺人を行ったんです」

「そんなことが可能なの――？」

「色々と方法はあるはず。例えば、黒山《くろやま》先輩の家の近くに部屋を借り、そこから参加して、ほんのちょっと離席した隙に殺すとか。黒山《くろやま》先輩の家に侵入し、一階の部屋から参加して、とか。その場合、即身仏の格好をしたのは、注意をそちらに向けることで、自分が離席しているのを気づかなくさせるため――マジックでいうミスディレクションです」

「すごい想像力だね。舌を巻いちゃう。――でも、わたしあのとき、とっさに画面を見て回ったんだよね。離席している人は誰もいなかったよ。それに、アクセスログが残るから、いつもと違う場所から参加するとすぐにバレちゃうの――」

千都世《ちとせ》先輩はスマホからアクセスログを確認した。全員が自宅の回線から接続していた。

「そうですか……。いや、もうひとつ簡単な方法があります。自分の姿を録画しておいて、動画として流すんです」

千都世《ちとせ》先輩は、ぽかんと口を開け、そしてちょっと笑った。

「えっ……盲点だった。そんなことできるの？」

「僕らが使っているアプリにはそういう機能がありますよ。顔出し授業とか、たまにその方法でサボってました。外目からは、録画かリアルタイムか判別できません」

「すごいね――」千都世《ちとせ》先輩は感心したようだった。「でも、授業はサボっちゃダメだよ」

「すみません……。あのとき不自然な挙動をしていた人物がいなかったか、調査してみましょうか。まあ、この程度なら警察もとっくに気づいてるとは思いますけど」

「どうだかわからないよ。とりあえず、やってみようか」

千都世《ちとせ》先輩はそう言って、にっこりと笑った。

9

富士山《ふじさん》や隅田川を見てからスカイツリーを降り、駅周辺を散策することになった。血腥《ちなまぐさ》い話題から離れ、他愛《たわい》のない話をしつつ、様々な店を物色する。

レトロな雰囲気の骨董《こっとう》品店にふらりと入った。美しい装飾の時計や、ステンドグラスのランプ、青い目の西洋人形などを見て回る。

ふいに、千都世《ちとせ》先輩は立ち止まった。壁にかけられた奇妙な絵画の前だった。キャンバスいっぱいに描かれた左目、その虹彩《こうさい》すべてが白い雲の浮かぶ青空になっていて、その中心にぽつんと、暗黒の月が浮かぶみたいに瞳孔が描かれている。

僕は何か、不気味な感じを受けて、釘付《くぎづ》けになった。

「ルネ・マグリットの《偽りの鏡》だね」

千都世《ちとせ》先輩はそう言うと、その隣のこれまた不気味な絵画に視線を移した。白い布に頭をすっぽりと覆われた男女が、布越しにキスしている。

「これもルネ・マグリット作の《恋人たち》」

「なんだか、見ていると不安になってくる、変な絵ですね……」

「まさにシュルレアリスムって感じだよね——」それがなんなのかイマイチよくわかっていなかったが、僕はうなずいた。彼女は続ける。「現実よりも現実って感じがする」

「この絵が、現実よりも現実？」

「真実より虚構の方が、現実をよく映すことがある。これが恋愛の真理なんじゃないかな」

千都世《ちとせ》先輩は切なさを帯びた声で言った。僕はその意味を理解できたとは言い難《にく》かったけれど、無粋な気がしてそれ以上は訊《き》かなかった。

「あ、複製画だけど三万円もするんだ……」彼女は値札を見て言った。

僕はなんとなく彼女を喜ばせたくなって、言う。

「よかったら、誕生日にプレゼントしますよ」

「本当——？」千都世《ちとせ》先輩は目を輝かせた。「十一月だから、覚えておいてね」

そして、楽しそうに足を進めた。僕も微笑《ほほえ》みながら、視線を移す——

ぞっ、とした。

壁に、見覚えのあるものが飾られていた。

鍔《つば》に赤い宝石の埋め込まれた、金色の柄の、短剣……。

ミリの瞳のなかに視《み》たものに間違いなかった。彼女の腹部に突き刺さり、命を奪うことになる武器だ……！　ドクドクという心臓の音が、鼓膜の内側で高まっていく。

「どうしたの？」

声をかけられてビクッとした。

「あ、いや……綺麗《きれい》だなと思って」

「本当だね。刃にも柄にも装飾紋様がある。値段も手頃だし、これ『三界流転《さんがいるてん》』の小道具にしない？　部室に一本、短剣があったはずだけど、それより良《い》いよ」

血の気が引くのがわかり、考えこむふりをして上手《うま》く顔を隠した。

「本物の刃物を使うのは危なくないですか？」

僕が言うと、千都世《ちとせ》先輩は笑った。

「本物のわけないじゃん。これ、レプリカだから大丈夫」

たしかに、模造刀と表記してあった。一瞬、混乱したが、すぐに思考が追いつく。模造刀でも材質によっては殺傷力を持ちうる。実際、模造刀で事故死が起こった例もある。

――まずい。『短剣が本物かもしれないと思った』その理由を考えるとき、『ミリの瞳を通して腹部に刺さっている未来を視《み》た』ことからの逆算だと、ミリが勘付くかもしれない。慌てて、

「あんまり精巧だから、本物かと思っちゃいました。銃刀法違反ですね」

そう言って笑ってみせた。

「よし、買っていこう――」

千都世《ちとせ》先輩が手を伸ばす――あわてて横からかっさらった。

「じゃあ、ここは僕が。後から部費として請求すればいいんですよね」

会計をしながら、必死に思考する。どうにかして、これを処分しなければならない。それも、ミリにばれないよう、ごく自然な方法で……。

名案が浮かばないまま、短剣の入った紙袋を提げて店を出る。

千都世《ちとせ》先輩の提案で、隅田川のほうへ向かうことになった。

隅田公園のベンチに座って雑談するも、頭のなかは短剣のことでいっぱいだった。うっかり燃えないゴミに出す――じゃダメだよな、などと阿呆《あほう》なことを思った。

浅草寺に行くことになり、『言問橋』を渡る。

欄干に三羽のオオルリが群れているのを見て、千都世《ちとせ》先輩が言った。

「『名にし負はば　いざ言問はむ　都鳥　わが思ふ人は　ありやなしやと』」

「なんですか？」

「在原業平《ありわらのなりひら》。〝都〟という名前を持っているからには都について詳しいだろうから、さあ尋ねよう都鳥よ、私の恋しい人は無事なのかどうか――。言問橋の名前の由来なの」

「へえ、詳しいですね」

「小学生のとき、自分の名前の由来を調べる授業があって、その時に知ったの。なんだかそれ以来、『都』っていう言葉が、ちょっぴり切なく感じる……」

千都世《ちとせ》先輩は風に揺れる左耳のピアスをおさえながら言った。まるで伝染したみたいに、僕も切なさに襲われた。僕も鳥に聞きたかった。ミリはいま無事でいるのかどうか……。

ふいに、オオルリが羽ばたいて、驚いた千都世《ちとせ》先輩がバランスを崩した。僕はとっさにその体を受け止める――。その瞬間、名案が思いついた。

僕は事故を装《よそお》って、短剣の入った紙袋を隅田川に投げ捨てた。

「あっ――！」僕はしまったというふうに声をあげ、欄干から川面《かわも》を覗《のぞ》き込んだ。わずかに波紋が立っていたが、それもすぐに消えた。

「ごめん、わたしのせいで……」

「いや、僕が焦《あせ》って落としたのが悪いんです。仕方ない、また新しいのを買いましょう」

僕はマスクのしたで、思わずほくそ笑んだ。

10

アパートに帰ると、早速サブローの瞳を覗《のぞ》き込んだ。

ミリが、いつものようにそこにいた。

「今日、千都世《ちとせ》先輩に会ってきたよ」

「二回目のデート？」

一瞬、躊躇《ちゆうちよ》して、うなずいた。

「……そっか、よーくんが楽しそうで嬉《うれ》しいよ」

ミリが切なそうな顔をするので、胸が痛んだ。

即身仏銃殺事件に関して、千都世《ちとせ》先輩と話した内容を教えた。ミリはうなずいて、

「シンプルなトリックだけど、可能性としては十分にあり得ると思う。わたしも、ふたりが聞き込みをする未来を視《み》てみるね。そうすることで大幅に作業を短縮できると思う」

――それから僕はお願いして、稽古をつけてもらうことになった。『三界流転《さんがいるてん》』序盤の山場、砂田鉄《すなだてつ》と雀《すずめ》とがお互いの腹を短剣で貫き、青竜川に身を投げて心中するシーン。

ミリが雀《すずめ》役を、僕が鉄役をやる。ミリはいつも通り、あくまで指南役として、上手《うま》いけれどそこまで感情を込めない演技をする。僕はストップをかけ、真剣な目をして、言った。

「ミリ、本気で演《や》ってほしい。ミリの本気の演技が見たいんだ」

ミリが本気で演じたのなら、必ず涙を流すはずだ。そしたら、瞳を覗《のぞ》くことができる――

彼女は台本から顔をあげ、こちらをじっと見つめた。表情こそ変わらなかったが、その瞳に何かしら、もろい光がゆらめいた気がした。

わかった、とミリは頷《うなず》いた。

彼女は息を吸い、頼りなさげに心持ち背を曲げ、雛鳥《ひなどり》を両手に包むような所作をし、その宝

石のような瞳に、青ざめた夜のこころを映した。

僕は息を呑《の》んだ。

すべての音が消えたような気がした。

ミリは、ふるえる雪のひとひらのような、せつない声で言った。


「一緒に死にましょう」


その瞬間にはもう、僕は呑《の》まれていた。

「来世でまた会おう」

砂田《すなだ》鉄《てつ》は、そう応えた。

ふたりは青竜川に沿ってそぞろに歩く。さらさらと音を立てる川面《かわも》に、砕け落ちた月がきらめいている。伽藍堂《がらんどう》のような腹に、川底の暗いうねりが寒々とひびき、ふたりはふるえる。

鉄が遅れるたび、雀《すずめ》はこちらを見返り、じっと待つ。その姿が、この世のものとは思われない。美しい胸像が、姫反《ひめぞり》のなよやかな弧を闇に流しながら、ぼうっと浮かんでいる。さながら夢幻の灯火のように。その柔和な、水のような、幽光のような、やさしい微笑《ほほえ》みを見た鉄は、しびれたように立ち止まり、ぽつりと、

「女のほんとうの恐ろしさとは……優しさなのかもしれん」

鉄が遅れ、雀《すずめ》が待つ……それを三度くり返して、ふたりはついに立ち止まった。ひしと抱きしめあい、愛の言葉をかわす。雀《すずめ》の白い首筋が、あたたかい沼のように鉄を沈めていく。

雀《すずめ》は懐《ふところ》から短剣を取り出す。

そして、その刃を鉄の腹にずぶりと刺した。


——僕は我に返った。

あまりに凄《すさ》まじいミリの演技に、完全に演技の世界に没頭してしまっていたのだった。腹部を刺された痛みすら、錯覚するくらいに。

完全に役に入り込んだミリは、涙を流している。

本来の目的を思い出し、僕はその瞳を覗《のぞ》き込んだ——


記憶の嵐のなかを、長く伸びた体感時間をかけて、くぐり抜ける。

炎と雨の匂いがし、僕はあの夜へと到着する。

燃え盛る暗黒の月を、見上げている——

「神様……」

悲しみに満ちた声で、言った。ミリの声だった。前回と状況が違う。今回、彼女は立っていて、お腹《なか》を刺されてもいない。

あの短剣を処分したことで、未来が変わったんだ！

ミリは死なない！

僕の魂は歓声をあげた。しかし、ミリの心はどす黒く染まっていた。ブラックホールのような絶望だった。暗黒の月も炎も、夜闇さえも呑《の》みこんでしまうような。

はっ、はっ、はっ、はっ、という荒い呼吸とともに、視線が下りていく——

僕は、愕然《がくぜん》とした。


僕が、地面に倒れていた。

お腹《なか》に、銀色の柄の短剣が突き刺さり、どす黒い血が溢《あふ》れだしている。顔面は蒼白《そうはく》で、唇がぶるぶると震えている。こちらに手を伸ばし、「ミリ……ミリ……」と恐怖に満ちた声で繰り返す。目はもう見えていないのか、闇のなかを探し回っている。

ミリは膝から崩れ落ち、その手を握った。そして、壊れるように泣いた。

「駄目だった……！　駄目だった……！　駄目だった……！」何度も同じ言葉をさけぶ。何か
五重塔《ごじゅうのとう》めいた緻密な建築が崩落し、うなじを叩《たた》き潰してくるような、凄《すさ》まじい悲愴《ひそう》があった。

「わたしは何のために……！　一体、何のために……！」

目の前で、僕が死んだ。

ミリの心が、魂が、無惨《むざん》に壊れ果て、あとにはただ、狂気の叫びが残された。

そして――銃声がした。

現実に戻ると、心臓が急加速した。全身から汗が吹き出し、凄《すさ》まじいめまいに一瞬、意識を失いそうになる。しかし、ぐっと踏ん張り、なんとか持ち直した。幸い、刺された人間の動きとしては不自然ではない。ミリも全く疑いを持たず、演技を続けている。

砂田《すなだ》鉄《てつ》は自分の腹から短剣を引き抜き、それを今度は雀《すずめ》の腹に突き刺す。

ミリが苦痛に顔をゆがめる。それがあまりにもリアルで、僕は思わず泣いてしまう。ぐちゃぐちゃの感情のまま、必死で考える。なぜ、未来で僕が死んでいるんだ？　それにあのミリの絶望はどういうわけだ？　一体、何が駄目だったんだ？　そして、あの銃声は……？

確かめるために、僕はもう一度、ミリの瞳を覗《のぞ》き込む――

燃え盛る暗黒の月――
頬を伝い落ちる雨――
腹から流れ出す命――

――え？


僕はまた混乱の渦に叩《たた》き落《お》とされた。

死ぬのは僕ではなく――

ミリに戻っていた。


そして、銃声がした――

11

夢のなかでまた、あの夜にいた。

目の前で僕が死に、ミリが狂気の叫びをあげる――

僕はハッと目を覚ました。全身が汗でぐっしょり濡《ぬ》れている。

シャワーを浴びながら、考える。僕が死ぬことになったと思ったら、すぐにミリが死ぬ未来へと戻った。これは何を意味しているのか――？

脳裏にミリの言葉が蘇《よみがえ》った。

『未来は常に振動しているの』――

ひとつの仮説が、できあがった。

もしそれが正しいとしたら、僕はいよいよミリを信じられなくなる。

仮説は検証されなければならない。ミリを殺すはずの短剣を処分したことで、一時的に未来が変わった。同じことを、もう一度やってみよう。瞳のなかで視《み》た銀の短剣を探し出し、それを処分する……。確か、千都世《ちとせ》先輩が骨董《こっとう》品店で『部室に一本、短剣があったはず』と言っていた。それが銀の短剣である可能性は十分にあるはずだ。

僕はシャワーを止め、勢いよく浴室から出た。

12

演劇部室前の窓辺に、ゼラニウムが黄色い花を咲かせていた。

その鉢を探る——が、鍵は見つからない。僕は首を傾《かし》げた。

そのとき扉の向こうに気配を感じた。ドアノブを回すと、鍵がかかっていなかった。

僕は恐怖をおぼえ、じっとりと湿る手で、ゆっくりと扉を開ける——

右手奥の道具置き場を、誰かが漁《あさ》っている。こちらに背を向けている……が、男性のようだ。何をやっているんだ——？　身を乗り出した拍子に扉に触れ、蝶番《ちようつがい》がキイと音を立てた。ギクリとした。男が振り返った。

――阿望《あもう》先輩だった。

ほっとしたのも束《つか》の間《ま》、その手に握られたものを見て、戦慄《せんりつ》した。瞳のなかで僕とミリを貫いていた、銀の短剣だった。阿望《あもう》先輩は低い声で言った。

「驚いたな。どうした、貴重な部活休みの日に部室なんかに来て？」

僕はからからに渇いた喉に、唾を飲みこんだ。

「……発声練習でも、と。アパートだとあまり声が張れないので」

「なるほど――」阿望《あもう》先輩は頷《うなず》いた。「きみもいよいよ虫になってきたな」

「虫――？」脳裏をフランツ・カフカの『変身』がよぎった。

「演劇の虫だ」

なるほど、と僕はうなずいた。倒置法ね。

「先輩は何をやってるんですか？」

「『三界流転《さんがいるてん》』に使える道具がないかと思ってな。コロナがまた流行《はや》りはじめて、神田川《かんだがわ》さんがいつ手を引くかわからんから、自分たちだけでもやる算段をつけておかないと」

「あれだけ熱心な人が、手を引くとは思えませんけどね」

「大人には色々としがらみがあるんだよ。時には涙をのんで、人生の仕事を手放さなきゃならないこともある。だがしかし、こういう言葉もある――〝成し遂げんとした志を、ただ一回の敗北によって捨てさるな〟」

「シェイクスピア？」

「シェイクスピア――」阿望《あもう》先輩はにやりと笑った。最高にかっこいい笑顔だった。Tシャツが『ぐりとぐら』なのも最高だった。「こっちに来て手伝ってくれ」

僕は恐るおそる近づいていった。阿望《あもう》先輩がその気になれば、一息で刺し殺せる距離。

「この短剣をどう思う……殺すのにちょうど良くないか？」

ぞっとした――直後、阿望《あもう》先輩が短剣を投げてよこし「雀《すずめ》を」と言った。最悪の倒置法だった。僕はほっと息をつき、短剣を抜いてあらためた。刃はちゃんと落としてあった。

「僕は嫌いですね」

鞘《さや》に納め、投げ返した。阿望《あもう》先輩は怪訝《けげん》な顔をしたが、まあいいというふうに肩をすくめた。

僕らはふたりして道具類を漁《あさ》りはじめた。僕は短剣を処分する隙をずっと窺《うかが》っていた。しかしそれでも、演劇部代々の積層を掘り返していると、ノスタルジックな気分になった。暗黒舞踏の写真を見つけ、思わず笑ってしまうと、阿望《あもう》先輩は大真面目な顔で「芸術だぞ」と言った。

「阿望《あもう》先輩はどうして演劇をやろうと思ったんですか？　やっぱりお祖父《じい》さんの影響で？」

作業に飽きてくると、僕は訊《き》いた。阿望《あもう》先輩は大きな段ボールを掘り返しながら、

「そうだなあ……気がついたらもう始めてたな。『風姿花伝』は読んだことあるか？」

「なんですか、それ？」

「世阿弥《ぜあみ》の書いた能の理論書だ。思えば、うちの祖父《じい》さんはあれに則《のっと》って俺を育ててくれた。

芸事は七歳頃から始め、良《い》いだの悪いだの教えず、子供の心の赴くままにさせよ……。俺は自然に演劇が好きになって──憧れたんだ」

阿望《あもう》先輩は手を止め、遠くを見るような目をして、続ける。

「祖父《じい》さんは祖母《ばあ》さんに──その演技に惚《ほ》れ込んでいてな。祖母《ばあ》さんが突然亡《な》くなってから、もう二度と舞台に立たなかった。よく言っていたよ。〝稽古一生、脚光一瞬〟と。人生も同じで、本当に意味ある時間は一瞬だけ、それを逃したら永遠に失われてもう戻らない。祖母《ばあ》さんと一緒にそれが失われたことが、祖父《じい》さんにはわかったんだ」

僕は手を止めた。言葉が胸に刺さった。

『それを逃したら永遠に失われてもう戻らない』……

「一方、まだチビっ子の俺はそんなことは露知らず、祖父《じい》さんが主催していた劇団の稽古場を元気に転がり回っていたわけだ。『吉祥天女《きつしようてんによ》』みたいな鬼気迫る舞台じゃなかったが、とにかく──楽しかった。舞台の面白さにシビれて、演じる楽しさにノックアウトされた。本当に楽しかったんだ。本当に──」

阿望《あもう》先輩はそう言って微笑《ほほえ》んだ。僕は微笑《ほほえ》み返し、また作業に戻る。

「紙透《かみすき》は──〝運命〟を信じるか？」

僕は驚いて振り返った。阿望《あもう》先輩は真《ま》っ直《す》ぐな目をしていた。

「俺は信じてる。実際に感じたんだ。九歳で初めて舞台に立ったときに。これが俺の進むべき道だとわかった。身体《からだ》と影とが切り離せないように、俺と演劇を切り離すこともできない。思うのとも知るのとも違う、ただ、わかったんだ」

僕は見つめ返した。その目は殉教者のものではあっても、狂信者のものでは決してなかった。ミリのように、自分の運命がわかっている者の目だった。

「僕も、運命を信じています」

阿望《あもう》先輩はうなずき返した。

「紙透《かみすき》、きみも、俺の運命の一部だ。わかるんだ。だから、きみを主役にした」

長い沈黙があった。

——そのとき突然、出入口の向こうに、何者かの気配を感じた。ドアを開けるでもなく、がさごそと音を立てている。阿望《あもう》先輩は目を怒らせ、声を抑えて言った。

「犯人だ！　ふん捕まえてやる！」

そして銀の短剣を手に、まさに押《お》っ取り刀でドアを開け、さけんだ。

「貴様、何をしている！」

男の野太い悲鳴が上がり、足音が逃げていった。阿望《あもう》先輩が追いかけて行く。

ドアに、筆文字の書かれた張り紙がしてあった。

『**罪人《つみびと》の首がまたひとつ括《くく》られた**』——

一体、何が起こっているんだ——⁉

五里霧中のまま、僕はとにかく、走った。

13

廊下を駆け抜け、階段を飛び降りる。阿望《あもう》先輩の背中が廊下を折れていく。僕は追う。でっぷりと太った男が、行き止まりの扉を開けようと格闘していた。残念ながら鍵がかかっている。男はこちらへ向き直ると、窮鼠《きゆうそ》猫を噛《か》む、雄叫《おたけ》びをあげながら突進してきた。

「ふんぬっ――！」阿望《あもう》先輩はなんとそれを、土俵際《どひようぎわ》の相撲取りみたいに受け止めた。両腕とふくらはぎの筋肉が彫刻のように盛りあがる。僕は呆然《ぼうぜん》として突っ立っていた。

男は猪《いのしし》のように荒い息をして『ぐりとぐら』にグリグリと顔を擦《なす》りつけたかと思うと、胸元からTシャツを引き裂いた。哀れ、またもや引き裂かれて離れ離れの『ぐりとぐら』。「ああああああっ！」阿望《あもう》先輩が顔をゆがめてさけび、胸毛があらわになった。しかし阿望《あもう》先輩も負けじと男のTシャツを真っ二つに引き裂く。「ああああああっ！」男がさけんだ。よくわからないが互角の戦いが繰り広げられている。ふたりは床に転がった。銀の短剣が僕の足元に滑ってきた。半裸の男たちがくんずほぐれつ、汗をかきかき争っている。起きあがろうとした男の首を、阿望《あもう》先輩は背中側から絞めた。バタバタともがく男の顔がゆでダコみたいに真っ赤になり、紫色にグラデーションしていく。

——ついに、男は阿望《あもう》先輩の腕をタップした。ギブアップだ。

仕上げに僕は短剣を抜いて男の喉元に突きつけ、なんとなく仕事したふうを装《よそお》った。

——さて、男が落ち着くと、僕らは問いただした。

阿望《あもう》先輩が『犯人』と言ったのは、『張り紙の犯人』という意味だったらしい。『悪魔集団』だの『神は汝《なんじ》を視《み》ている』だの変な張り紙をし続けていたのは、この男だったのだ！

「一体、なんでそんなことを……？」

阿望《あもう》先輩が複雑な表情で男を見下ろして言った。男はいまいち年齢不詳だが、僕らの倍くらいかもしれない。年上を問い詰めるのはなんとなく気が引ける。しかし男は、説教調で言った。

「お前たちが悪いんだ、馬鹿者ども！　わたしは社会の一員として正義を示したんだ！　暴力まで振るいおって！　知り合いに弁護士がいるから覚悟しておけよ！」

ブルドッグみたいに口元をゆがめている。どうやら本当に腹を立てているらしい。僕と阿望《あもう》先輩は顔を見合わせた。

男の要領を得ない話をまとめると、こういうことだった。茨城県の地元有名企業の御曹司がコロナウイルスに感染した。そこで義憤に駆られたのが、近所に住むこの男である。有名企業であるからには責任が伴うのであり、感染それすなわち責任感の欠如である。夜な夜な抗議ビラを御曹司の自宅玄関に貼りつけていたのだが、回復した御曹司は何食わぬ顔で学業に復帰。おのれけしからんと御曹司を追って常磐線《じょうばんせん》特急ひたちで東京へ行き、大学を視察したところ、なんと演劇部の活動をしているではないか！　このご時世に演劇部など言語道断、抱腹絶倒、まさに不謹慎の極み！　ここは自分が社会正義を断固実行せねばと、懐《ふところ》を痛めつつもせっせと東京に通い、抗議ビラを張り続けていたのであった。

「……これが令和の出来事とは、呆《あき》れてものが言えん。昭和に帰れ、この痴《し》れ者《もの》がァ！」

「阿望《あもう》先輩、それはすべての昭和生まれを敵に回すやつですから、抑えて抑えて……」

「痴《し》れ者《もの》ぉ!?　痴《し》れ者《もの》だとぉ!?　痴《し》れ者《もの》はどっちだこのおバカさんが！　コロナが広まったらこの世は滅ぶんだぞ！　それなのに何の役にも立たんお遊戯ごっこなど続けおって！」

「お遊戯ごっこ……」

さすがの阿望《あもう》先輩もあぜんとしてしまった。

「バカ！」男は阿望《あもう》先輩を指差して言った。

「バカ！」男は僕を指差して言った。

「この世はバカばっかりだ！　わたしはバカに正義を教えているんだ！」

「あんたのは、ただの自己満足だ」僕もさすがに腹が立って言った。

「お前らこそ自己満足だ！　舞台でバカみたいに飛んで跳ねて楽しいか？　ごっこ遊びは卒業したらどうだ？　社会はお前たちなんか必要としてない、二人も死んだのは天罰だぞ！」

「貴様に――」阿望《あもう》先輩の顔が真っ赤になった。「貴様になにがわかるッ――！」

まずい――！　僕は咄嗟《とっさ》に阿望《あもう》先輩を押さえた。あまりの力にバランスを崩す。その隙をついて男はさけびながら突進、僕らはぐちゃぐちゃに床に転がった。

男は短剣を拾い、刃を僕と阿望《あもう》先輩に交互に突きつけると、くるりと踵《きびす》を返《かえ》して一目散に逃げた。僕にはそれを追いかける気力がなかった。怒りというよりも、がっかりする感情のほうが強かった。あんな風に大事なことを何も学ばずに大人になってしまった人間を見ると、そういう気持ちになる。意図せずして短剣を処分できたのは良かったけれども。

憔悴《しょうすい》している阿望《あもう》先輩の背中にむかって、僕は言う。

「気にしちゃ駄目ですよ。ああいうのは、劣等感とか無闇な恐怖感の裏返しの攻撃性なんです。現実と妄想の区別もつかず、正義の名のもとに攻撃を正当化して欲求を満たしているだけで、そういう動物的な自分に気づいていないんです。……阿望《あもう》先輩？」

阿望《あもう》先輩は、肩をふるわせて泣いていた。僕は言葉を失った。

「俺は……俺は……」阿望《あもう》先輩はぼろぼろに泣きながら言う。「俺はただ、演劇が好きなんだ。本当に好きなんだ。俺には演劇しかないんだ……！」

そのあまりの純粋さに、胸打たれた。僕の目にもじわっと涙が滲《にじ》んでくる。床に落ちた『ぐりとぐら』のTシャツを見て、思う。身体《からだ》と影とが一緒にあるべきなのと同じように、阿望《あもう》先輩と演劇も一緒にあるべきなのだ。きっと、そういう風に生まれてきたのだ。

「阿望《あもう》先輩――」僕はTシャツを拾いあげて言う。「〝成し遂げんとした志を、ただ一回の敗北によって捨てさるな〟です。何を言われても、僕たちは舞台を諦める必要なんかない。この

『ぐりとぐら』だって、引き裂かれたように見えて——」

Ｔシャツをひろげると一枚の布になり、『ぐりとぐら』は同じ空のしたにいた。今はちょっぴり離れているが、いつかまた出会うだろう。すると、阿望《あもう》先輩はジブリアニメみたいに大粒の涙を流し、「紙透《かみすき》ぃぃぃ——！」と、思い切り抱きついてきた。

仕方がないので、僕は胸毛ごと抱きしめ返した。

14

「それで、わたしが懸命に調査してるあいだ、阿望《あもう》さんを優しく抱いてたってわけね」

「おぞましい言い方をしないでください」

家路を急ぎながら、千都世《ちとせ》先輩に電話をかけていた。一刻も早く短剣を処分した影響を確認する必要があったが、同時に銃殺事件についても調査を進めたい。僕はやや息切れしつつ、

「天ケ崎先輩は空白の二週間、コロナにかかっていた。同時期に黒山《くろやま》先輩も感染……コロナだけが、被害者たちを繋《つな》いでいる。そして今回、演劇部内に三人目の感染者が判明しました」

「コロナがきっと、事件解決の糸口になる……。わかった、その御曹司が誰なのか調べるね。大体、目星はついているけど」

「よろしくお願いします——」僕は電話を切り、アパートに入った。

あまり焦《あせ》っていると不自然なので、手洗いうがいをしてから、サブローを呼ぶ。

そして、瞳を覗《のぞ》き込む――


ミリがそこにいる。僕は興奮を隠しきれずに、捲《まく》し立《た》てる。

「進展があったんだ。さっき、部室に張り紙をしてた犯人を捕まえて――」

うなずきながら聞くミリの瞳を追う。すぐにでもその瞳を覗《のぞ》き込みたい。

「コロナが被害者を繋《つな》ぐミッシングリンクなんだね……。よかった、手がかりがちゃんと現れて。わたしも未来の枝を辿《たど》って、聞き込みの成果を確認してきたの」

「事件当時、動画でなかったことを証明できた人物？」

「そう。成果は――」ミリは少し躊躇《ちゅうちょ》して、言った。「まったくの無意味だった。全員が、誰かと会話していたり、家族が近くにいたりして、動画でないことを証明できた」

「なんだって――？」予想外の答えに、面食らった。「じゃあ、部員の誰にも、犯行は不可能だったたってこと？」

「そういうことになるね」

「頭が痛くなってきた――」僕は髪をかきむしった。「すこし、考える時間が必要だ」

考、え、な、く、て、は、な、ら、な、い。

どうしたら、またミリに涙を流させることができるんだろう？

また『三界流転《さんがいるてん》』の練習に誘導するのは、いかにも意図的で、ミリに疑心を抱かせるきっかけになってしまうような気がした。もっと別の方法が必要だ。

──きっと、僕自身が涙を流せば、ミリも共感して泣いてくれるはずだ、と思った。演技ではなく、心の底から泣けば……。自分自身を、曝《さら》け出《だ》さなくてはならない。

思考しながら会話を重ね、流れを作ってから、僕は言う。

「ミリ、聞いてほしいことがあるんだ。……ずっと、誰にも言えなかったことを」

そして僕は『死者からの手紙』を書くようになった理由を、語る。

「あれはまだ、僕が八歳の、六月。その日、学校が振替休日で、僕は街をあてどもなく探検していた。雨が降っていたけど、へっちゃらだった。元気な子供だったんだ。──ふと、目の前に、違う小学校の女の子が歩いていることに気がついた。下校途中らしく、赤いランドセルを背負い、黄色いレインコートを着て、赤い傘を差していた。そしたら、ランドセルについていたキーホルダーが落ちた。僕は、あわてて追いかけた──」

手が震え始める。目の端に涙が滲《にじ》む。繰り返し悪夢に見てきた光景……。僕にとって永遠に呪いを生み出し続ける暗い穴だった。覗《のぞ》き込めば、無傷では済まない。

「無理しなくていいよ……」ミリが心配そうに言った。

「いいや、聞いてほしい……。女の子を呼び止め、キーホルダーを渡したそのとき、突然、横から物凄《ものすご》いスピードで乗用車が突っ込んできた。運転手が突然死してしまったんだ。その子は撥《は》ね飛ばされ、車は民家の塀をグチャグチャにした。僕は無事だった。その子がとっさに、僕を突き飛ばしてくれたからだ。なんとか立ち上がって、駆け寄ったときには、その子はもう虫の息だった。僕にできることは何もなかった。ただ、失われていく記憶だけは救おうと思って、その瞳を覗《のぞ》き込んだ。そしたら——僕の顔が視えた。乗用車が突っ込んでくるにもかかわらず、恐怖で凍りついて、何もできない、情けない僕の顔が……。僕はとっさに、瞳の接続を切った。強烈な恥の感情と、迫り来る車への恐怖とに襲われて、耐えきれなかった。駆けつけた大人たちが僕をはねのけ、心臓マッサージを始めた。僕は何もできず、立ち尽くしていた……。そして、その日の夜、〝記憶の残像〟が、夢のなかに現れた。僕は女の子の人生を追体験したんだ。その子にはとても仲の良《い》い友達がいた。きっと残された友達は、ひどく悲しんでいるに違いなかった。僕は罪悪感から、その友達のために、『死者からの手紙』を初めて書いた。それ以来、ずっと続けている。ちゃんと相手を救えるように、いろんな本を読んで、文を書く練習をして……。すべては、あのとき何もできなかった、贖罪《しょくざい》の気持ちからなんだ……」

僕は泣いていた。まるで八歳の子供に戻ったみたいに。ミリもまた、僕のために涙を流してくれていた。彼女の優しさが胸に沁《し》みる——。こんな形で無理やり泣かせてしまったことが申し訳なくて、僕は余計に泣いた。

しかし僕は、ミリの瞳を覗《のぞ》き込んだ——

感覚の嵐を抜け、燃え盛る暗黒の月の夜へと降り立つ。

目の前に、腹部を刺された僕が倒れている。

突き刺さっているのは、銅の柄の短剣だった。

「ミリ……ミリ……ミリ……」

「わたしは何のために……！　一体、何のために……！」

そして、僕は死んだ。

——銃声がした。


僕は表情を変えないまま、思考する。やっぱり、未来は振動している！　凶器を喪失したことで、未来がぶれたのだ。そして、僕の仮説が正しければ——

ミリが優しい声で言う。

「……ずっと、辛《つら》かったね。でも、もう、赦《ゆる》されてもいいと思う」

「あの子は僕のことを赦《ゆる》してくれる？」

ミリは首を横に振った。

「死者には、恨むも赦《ゆる》すもないよ。よーくん自身が、自分のことを赦《ゆる》さなくちゃ」

思いがけず、心打たれた。ミリはいつだって、僕に必要な言葉をくれる。

「……そうだね。いつか、僕が僕を赦《ゆる》さなくちゃいけない……」

ミリの瞳をふたたび、覗《のぞ》き込んだ――

――やはり、そうだった。

死ぬのは僕ではなく、ミリに変わっていた。

15

ミリとの会話を終えると、すぐさま服を脱いで浴室へと駆け込んだ。

冷たいシャワーを頭からかぶる。未来を視《み》ることができるミリだが、性格上、浴室までは覗《のぞ》かないだろうとわかっていた。頭がクリアになったところで、思考する。

やはり、僕の仮説は正しかった。僕かミリのどちらかが死ぬことに決まっているのだ。そういう運命なのだ！　『**人の生き死にはよほどのことがないと覆《くつがえ》せない**』――〝よほどのこと〟とは、別の命が代わりに失われる、ということだったのではないか？

おそらくは、こういうことだ。ミリと僕は、〝どちらかが死ぬ未来〟にハマりこんでしまった。その確率はおそらく五分五分で、凶器の喪失などちょっとしたことで振動し、切り替わる。しかし、未来を視《み》ることができるミリが、〝自分が死ぬ未来〟を選択することによって、すぐさまそちらへと修正される――そう考えると辻褄《つじつま》が合う。ミリはきっと、僕をこの銃殺事件に関わらせたことに責任を感じ、そんな行動を……。

しかし新事実が明らかになればなるほど、ミリは謎めいてくる。彼女は何のために、飛行機事故での死を偽装したのだろう？　そしてなぜ、それを秘密にしているのだろう？

考えてもまるでわからない。けれど僕は、そんなミリが、やっぱり好きだった。生きていてほしいし、笑っていてほしい。

脳裏に、僕を事故から救ってくれた女の子がよぎる……。

あの日から、ずっと後悔してきた。彼女が僕を救えたということは、裏を返せば、僕が彼女を救うこともできたということだ。なのに、僕は動けなかった。いったい何度、僕が死ぬべきだったと思っただろうか。あんな思いはもう二度とごめんだ。

生きるべきか、死ぬべきか、それが問題だ。

僕かミリのどちらかが死ぬのなら、僕が死ぬ――。

……僕は死ねるか？　目を閉じて、天ケ崎先輩やミリの瞳のなかで経験した〝死の感じ〟を再生する。冷水のシャワーが生ぬるく感じるほど、恐ろしく冷たい感覚……まるで氷の柱で頭のてっぺんから尾てい骨まで貫かれたみたいに。僕は震えた。けれど、なおさら、こんなに恐ろしいものに、ミリを傷つけさせたくなかった。

しかし、未来を視《み》ることができるミリを、どうやったら出し抜くことができるだろう？　有利に立ち回るため、ミリの瞳から過去を読み取れないだろうか？

──いや、無理だ。瞳のなかの瞳を覗《のぞ》くのに、そこまでコントロールできない。しかも〝死の記憶〟が強烈すぎて、どうしてもそこに引っ張られてしまう。

ひとつ確実な方法は、ミリを見つけ出すということだ。見つけ出し、僕が死ぬまで、彼女を拘束しておく。そうすれば、いかにミリといえども、どうしようもないはずだ。

僕はシャワーを止めた。

16

服を着替え、髪を乾かすと、サブローの瞳を覗《のぞ》き込んだ──

ミリがいつものように、そこに美しいすがたでいた。

「どうしたの、暗い顔をして？」

「なんだか──」僕は力のない声で言った。「疲れたんだ。人の情念とか、過去とか、未来とか、そういうの全部に、なんだか疲れた……」

ミリは今にも泣き出しそうなくらい、心配そうな顔をして、うなずいた。

「すごく、よくわかるよ。よーくんは、他人の瞳から過去を読み取れるから、なおさらなんだと思う。きっと、より多くのことを知れるってことは、幸福であり、同時に不幸なんだろうね。

それはみんなが同じだと思う。未来のことを考えられるから将来が不安になるし、あり得たかもしれない未来を思って悲しくなる。過去のことを考えられるから今が苦しくなるし、得られなかった過去を思って悔しくなる。それは当然だよね。だって、無数の時間軸のなかで、今の自分がベストであることなんて、絶対にあり得ない……」

僕は想像した。ミリと出会わなかった時間軸のことを。そこでは自分の生死で悩まなくていいのかもしれないし、銃殺事件もなかったかもしれない。コロナが流行《はや》っていない可能性もあるのかもしれない。きっとそちらの世界のほうが、多くの人にとって良いのだろう。きっと、僕にとっても。でも、ミリに会えないというただそれだけで、どうしようもなく悲しかった。

「……ミリは、これから飛行機事故で死んでしまうんだよね？　それがずっと昔からわかってたわけでしょ？　すごく辛《つら》いことだと思う。僕だったらきっと耐えられない」

「そんなことないよ。誰にでも耐えられる。だって、人はみんな、いつか死ぬから――」ミリはやわらかく微笑《ほほえ》んだ。まるで恐ろしいことなど、この世にひとつもないというふうに。「大事なのは、未来や過去に囚《とら》われて、今を見失わないこと。深く息を吸って、ちゃんと吐くこと。そして、心の奥深くの声を聞くこと。命に対して〝否〟と言うのはわたしたちだけで、命は命に対して〝否〟とは言わない」

僕は感嘆のため息をついた。きっと苦しみ抜いてきたからこそ、真実味を持ってそういう言葉を伝えられるのだろう。――僕は、ベランダに出た。そして、青く澄んだ空にむかって、サブローを高い高いした。気持ちのいい風が吹き、サブローは気持ちよさそうに尻尾を泳がせる。

「何やってるの？」

「今を感じてる」

ミリはくすくすと笑った。「いいね、その調子」

「そっちは晴れてる？」

ミリはサブローを抱っこすると、カーテンと掃き出し窓を開けて、外に出た。ミリは僕と同じように、サブローを高い高いして、言う。

「こっちも晴れだよ。すごく気持ちいい」

『ぐりとぐら』みたいに、僕とミリも同じ空のしたにいるのだと、強く感じた。

「ミリ――」僕は心をこめて、言った。「きみに出会えて、本当に良かった」

「わたしも、よーくんに出会えて、本当に良かったよ」

僕らはひとしきり見つめ合い――接続を切った。

我ながら、よく表情を乱さなかったものだと感心した。狙い通り、ミリの部屋の窓から見える景色を知ることができた。しかも驚いたことに、その景色にはスカイツリーと隅田川が含まれていた！　その気になれば、いつでも場所を特定することができる。問題は、いかにそれをミリに悟られないようにするかだ……。

その時、千都世《ちとせ》先輩からメッセージの着信があった。

『茨城県の御曹司、やっぱり、院瀬見《いせみ》くんだった！　今から行こう、場所は――』

僕は目を見開いた。場所は墨田区――スカイツリーと隅田川のすぐ近くだった。

まるで運命のようだ、と僕は思った。

17

僕らは建物を見上げた。見るからに高級マンションといった風体だ。美しい生垣もあり、景観もいい。振り返ると、隅田川とスカイツリーが見えた。ミリの住居も、間違いなくこの付近にあるはずだった。

「立派な建物だが、俺は好かんな！　人間は地に足を着けて生きるのが良《い》いと思う！」

阿望《あもう》先輩が仁王立ちをして聞いてもいないことを言った。僕は小声で千都世《ちとせ》先輩に訊《き》く。

「――で、なんで、阿望《あもう》先輩がいるんですか？」

「だって、部員の情報を握ってるのは部長だから……」

やれやれ、勝手についてきたのが想像できる……。

「おおい、早く行こうではないか！」

阿望《あもう》先輩がマンション入口で手を振った。僕らはため息をつき、後に続いた。

――十四階の部屋のドアチャイムを押した。

『……はい』暗い声がスピーカーから聞こえた。

「俺だ！　阿望《あもう》だ！」

『カメラで見えてますよ……。突然、どうしたんですか？』

「ちょっと話があってな、入れてもらえるか!?」

『……』

院瀬見《いせみ》先輩が可哀想《かわいそう》になるくらい押しが強い。少ししてガチャリと鍵が開き、隙間から顔が覗《のぞ》いた。僕は驚いた。あまりにもどんよりしている。肌は青白く、目元には濃い隈《くま》がある。

「散らかってますよ……」

それだけ言って、引っ込んだ。僕らは顔を見合わせ、そのあとに続いた。

部屋は本当に散らかっていた。広い部屋のあちこちにまるで観光名所のごとくゴミの山ができている。あちらがエアーズ・ロック、こちらがマッターホルン。僕はデジャヴのような感覚に襲われた。自粛期間中の僕の部屋もそこそこ汚かったので、そのせいかもしれない。阿望《あもう》先輩がくしゃみをした。埃《ほこり》っぽいのか、あるいは冷房の効きすぎかもしれない。

先にくつろいでいたゴミ袋を放り投げ、白革のソファーに座る。ゴミには勿体《もったい》ない座り心地だった。院瀬見《いせみ》先輩は向かいに座り、毛布にくるまった。すこし震えているようだった。

「寒いなら冷房を切ればいいのに……」

千都世《ちとせ》先輩が言った。院瀬見《いせみ》先輩は返事をしなかった。

つけっぱなしのテレビには『プリキュア』が流れている。阿望《あもう》先輩が訊《き》く。

「引きこもって女児向けアニメを見ていたのか？」

「べつに……BGMみたいなものですよ。『プリキュア』が一番落ち着くんです……」

阿望《あもう》先輩は首をひねった。僕はうなずいて言う。

「結構、わかりますね。孤独な時間が長いと、そういうのがいちばん癒やされるんです」

頑張ってコメントしたのに、誰も反応してくれなかったのでしょんぼりした。

「僕は自粛期間中に『サザエさん』とかを流してました」

いちおう言ってみたが、やっぱり反応はなかった。千都世《ちとせ》先輩が切り出す。

「院瀬見《いせみ》くん、コロナにかかったでしょ？　実は、天ケ崎さんと、黒山《くろやま》さんも――」

そこまで言って、止まった。院瀬見《いせみ》先輩がしくしくと泣き出したからだった。

「ううっ……うっ……殺される……次は……次は……ボクが……！」

僕らは顔を見合わせた。

話をまとめると、こういうことらしい。

天ケ崎華鈴《かりん》と院瀬見港人《いせみみなと》は、付き合っていた。しかし、彼女には複数の男がいるらしかった。そのことに気づいていながらも、別れを選択しなかった。彼女を愛していたのである。そして、コロナをきっかけにその相手が黒山《くろやま》先輩だったと気づいた。

「気づいたとき、ボクは、なんとかして……ふたりを殺そうと……」

「なにっ、院瀬見《いせみ》が犯人⁉」

「ち、ちがいます、犯人の気持ちがわかるってことです！」

「つまり――」僕は言った。「犯人は天ケ崎先輩が付き合っていた男のひとりで、彼女を殺すだけでは飽き足らず、その浮気《うわき》相手をも殺そうとしていると、そう言いたいわけですね？」

院瀬見《いせみ》先輩はめそめそと泣きながらうなずいた。僕はため息をつき、ソファーに沈み込んだ。

「まったく……」阿望《あもう》先輩が言った。「ドロドロしている暇があったら演劇に打ち込まんか！」

「阿望《あもう》さんは恋とかしたことないんですか？」千都世《ちとせ》先輩が訊《き》いた。

「俺は演劇が恋人だ」大真面目な顔だった。「演劇の神は、女神なんだ。下手に浮気《うわき》すると見放される。……いや、本当に。なんだ、その顔は……」

「しかし、怨恨《えんこん》にとらわれた浮気《うわき》相手が、たまたま拳銃を拾って――というのは十分にあり得ますね。次は〝空白の二週間〟を詳しく調査しましょうか……」

喉がカラカラだった。僕は台所へ行き、戸棚からコップを出して水道水を飲む。

――ふと、フローリングに、不自然な箇所があるのに気がついた。ほんのすこしだけ色合いが違う。大きな傷に、パテを埋め込んで補修した痕だった。何をどうやったら、あんな大きな傷ができるのだろう？　まるで、刃物が突き刺さったかのような……。

そのとき、フラッシュバックした。ミリが料理を焦がし、火を消そうと慌てて、床に落ちた包丁が突き刺さった、あのときの光景が――！

僕は酷《ひど》くむせた。涙のにじむ目で部屋を見渡し、震える声で言う。

「……とりあえず、空気を入れ替えましょうか」

僕はリビングを横断し、掃き出し窓をあけた。バクバクと心臓が鳴った。ついさっきサブローの瞳を通して視《み》た光景が、目の前に広がっていた。

――間違いない、ここはミリの部屋だ！

家具が変わっているのと、ゴミのせいで気がつかなかった。最初に部屋に入ってきたときにデジャヴがあったのは、サブローの瞳を通して視たことがあったからだ！

部屋を振り返った。そこに、サブローにむかって話しかけるミリを幻視し、涙がにじんだ。

さっき、『まるで運命のようだ』と思ったが――違った。

これは計算だ。

まるで西遊記の孫悟空が釈迦《しゃか》の手のひらから出られなかったみたいに、僕もまたずっとミリの手のひらのうえで踊らされていたのだ――！

18

ずっと、心臓がうるさく鳴り続けている。暑いのに冷たい汗が止まらない。

まるで夢のなかを歩いているみたいに、覚束《おぼつか》ない足取りでアパートに戻った。サブローが足元にすり寄ってくる。僕は恐怖に近い感情で、その背中をしばらく見下ろしていた。

やがて、覚悟を決めてサブローを抱きあげ、その瞳を覗《のぞ》き込んだ——


息が止まった。


ミリは、あの部屋にいなかった。

初めて、外にいた。

見覚えのある扉——僕が〝青汁色〟と呼んでいる、変な色のドアの前に。

この部屋のドアだ——！

僕はすぐさま振り返りドアを開けた。すぐ目の前に、ミリが立っている。お互いの手がちょうどふれ合う位置に。僕はその手のぬくもりを錯覚さえした。しかし、ミリは実際にはそこにいない。体温も存在しない。僕らは時間の壁によって、絶望的に隔てられている。

胸が苦しくなった。息がうまくできない。今にもぶっ倒れそうだった。

「ミリ……」

彼女は黄昏《たそがれ》と謎を着て、この世のものとは思えないくらい、美しかった。

「よーくん……」ミリは微笑《ほほえ》んだ。「お散歩しよっか」

僕らは薄闇の街へと、一緒に歩き出した。街には不気味なくらい人気《ひとけ》がなかった。誰ともす

れ違わない。まるでこの世界にふたりだけになったみたいに。ミリがそういう未来を選んで歩いているのだとわかった。

彼女はサブローを地面におろし、両手をおしりの後ろで組んで歩いた。サブローはその後ろをてくてくとついていく。カナリーイエローのフレアスカートと、白いシャツを着た彼女は、街から浮いているように見えた。

「よーくん、わたしの瞳を通して、未来を視《み》たでしょ？　そして、わたしは、本当はまだ生きていて、わたしとよーくんのどちらかが死ぬ運命にあると、気づいた。そして、自分が死のうと、わたしを見つけ出して拘束しようとした……」

全部、ばれている……。もはや嘘《うそ》をついても無意味だと悟った。僕はうまく声が出せず、ただ、うなずいた。ミリはこちらを振り返った。

「どうして——？」

僕らは見つめ合った。時間の壁をつらぬいて、真《ま》っ直《す》ぐに。その宝石のような瞳に、夕暮れ

のひかりと、もろい人間的な感情がゆらめいていた。

今にも心臓が口から飛び出しそうだった。けれど、伝えなければいけなかった。

「ミリが……好きなんだ。本当に、心の底から……」

頬が熱くなり、涙が出そうになる。ミリの唇がふるえた。

「会ったこともないのに？」

「一緒に暮らしてたようなもんだよ」

「……そうかもね」ミリはふっと笑って、また背中を見せて歩き出す。僕はその後を追う。

「ミリは……ミリはどうして、自分が死のうとしてるの？」

ミリはしばらく黙ったまま、歩いた。やがて、ぽつりと、言った。

「わたしも、よーくんが、好きだからだよ」

「えっ――？」自分の耳を疑った。

「よーくんが好き」

ミリは振り返って、もう一度言ってくれた。そして照れたような、泣きそうな顔で笑った。お腹《なか》の底から、嬉《うれ》しさがこみあげてきた。けれどそれは、等量の切なさをふくんでいた。心臓が痛くなるくらいに。

「どうして、僕のこと好きになってくれたの？」

「それは、内緒——」ミリは唇に人差し指を立てた。「また後で、ちゃんと教えてあげるね」

僕らはそれから、荒川の土手沿いを、五色桜大橋のほうへ歩いた。こちらは夏で葉桜だが、ミリのほうは春で、桜の花がきれいに咲いている。風が吹くとひらひらと花びらが舞った。

「この世界は、きれいだね」

ミリがぽつりとつぶやいた。切なさを帯びた声だった。

「ミリ、やっぱり、僕が——」

「諦めて」ミリがきっぱりと言った。「死ぬのは、わたし。よーくんにわたしを見つけることは絶対にできない」

僕は口をつぐみ、拳を握りしめた。

「わたしのことは忘れて、幸せになって」ミリは左耳のイヤリングにふれ、切なげに言った。「桜庭《さくらば》さんと付き合うといいよ。そのまま結婚して、幸せになれる。可愛《かわい》い子が三人、女の子ふたりと男の子ひとりが生まれて、本当に幸せに暮らせるの……」

「千都世《ちとせ》先輩と……」

「そして、よーくんはすごい役者になる。阿望《あもう》さんと『三界流転《さんがいるてん》』の『吉祥天女《きっしょうてんにょ》』と『火樹銀花《かじゅぎんか》』を演じてすごく有名になって、天女館で『光明遍照《こうみょうへんじょう》』を演じて伝説になる」

「僕が……？　信じられないな……」

「本当は、よーくんにはすごく才能があるの。わたしなんかよりも、ずっと……」

あたりは夜になっていた。僕らは桜の木のしたに立ち、五色桜大橋を眺めた。ライトアップされ、暗闇にその美しい構造が浮かびあがっている。阿望《あもう》先輩の言葉を思い出した。

『**本当に意味ある時間は一瞬だけ、それを逃したら永遠に失われてもう戻らない**』――

きっと今が、その時間なのだと思った。ひどく悲しくて切ないけれど、とても幸福で、こんな瞬間は人生でもう二度と訪れないと、わかっていた。

19

その夜は、サブローと一緒にベッドに入り、瞳を覗《のぞ》き込んだ。

ミリがすぐそばに横になっている。枕元の小さなランプしか光源がないせいでよく見えないが、彼女はパジャマ姿で、優しい微笑《ほほえ》みを浮かべていた。シャワーを浴びたばかりなのだろう、頬がほのかに赤く、シャンプーの香りがした。彼女はささやくように言った。

「なんだか……照れるね」

　そして、枕に顔をうずめて半分だけ隠した。僕の鼓動は速くなった。

「ミリにふれたい。本当に」僕は素直に言った。

「……えっち」ミリの隠れていないほうの頰が赤くなり、目が笑った。「……いいよ」

　ミリはサブローの小さな手を握り、肉球をなぞった。

「ふれている感覚はある？」

「うん……猫の手だから、変な感覚だけど」

「それって、どんな感じ？」

「少なくともチョキは出せそうにない」

　ミリはくすくすと笑った。そして、サブローの首をなでた。僕はくすぐったくなった。そしてミリは、サブローを抱きしめた。彼女のやわらかい体につつまれる感じがした。

「心臓の音が聞こえる……」

「どんな音？」

「……けっこう、速い」

「やだな、恥ずかしい……」

　ミリの笑う声が、胸の内側にぼうっと反響して聞こえた。ミリはサブローの頭を優しく撫《な》でた。そうしているとすぐに、眠りが迎えにきた。温かい泥のような眠りだった。これまでの人生で一度も経験したことがないくらい、深い安らぎを感じた。

ミリはサブローの額にキスをして、ささやいた。

「おやすみ、よーくん……」

「ミリ……」僕は朦朧《もうろう》とする意識のなかで言った。「どこにも行かないでほしい」

ミリはひとつ、悲しい呼吸をした。

「ごめんね……」

そして、眠りのなかへ落ちていくとき、ミリの声が、聞こえた気がした。

「さよなら、よーくん……」

20

そしてそれ以来、サブローの瞳を覗《のぞ》いても、ミリに繋《つな》がらなくなった。

僕はひとり、しずかに泣いた。

21

ずっと、部屋のなかをうろうろして考え続けていた。

どうやったら、ミリを救えるのか……。何を言われても、諦めるつもりはなかった。最後の最後まで、あがき続けてやる――そう決心していた。

僕かミリのどちらかが死ぬ。銃殺事件の犯人と対決する過程でそうなってしまうのは、まず間違いないだろう。ならばやはり、事件解決が次に繋《つな》がってくるはずだった。

ならば、犯人のトリックを暴かなければならない――

僕は洗面所の鏡にむかった。自分の瞳を睨《にら》みつける。捜査の基本は〝現場百遍〟だ。トリックがわかるまで、何回でもあの時の記憶を視《み》てやる。

鏡に映る自分自身の瞳を、覗《のぞ》き込んだ――

僕はぶっ倒れて背中を壁にうちつけた。違和感をおぼえて鼻を手のひらで擦《こす》ると、赤黒い血がべったりとついた。呼吸が苦しく、意識が朦朧《もうろう》とする。

ぶっ続けでやりすぎた。いま、何時だ……？

僕はTシャツを脱いで洗濯機に放り込む。血と汗でぐっしょりと汚れていて重たかった。リビングに行き、時計を見た。三時だった。午前三時。十二時間以上、自分の瞳を覗《のぞ》き込んでいたのだった。鼻血と汗を垂れ流しながら洗面台にしがみついている自分を想像して、暗闇のなかで笑った。アホだ。アホすぎる。こんなの、僕がまだミリを諦めていないのがバレバレだ。演技したところで、どうせミリには筒抜けに違いないけれども……。

なにかもっと、クリティカルかつ予想外な手法を考える必要があるのだ。

そう、何か、鬼の子が笑うような手法を……。

頭にぼんやりと浮かんだのは、『こびとの靴屋』の第三部――

赤ん坊がこびとによって、鬼の子と取り替えっ子されてしまう。困った母親は、隣人にこうアドバイスされる。『鬼の子をかまどのうえにのせ、ふたつの卵の殻でお湯を沸かすんだ。すると鬼の子が笑い、おしまいになるさ』。母親が忠実に従うと、鬼の子が笑った。するとこびとがやってきて、鬼の子と交換に、子供を火のついたかまどのうえに置いた……。

冷蔵庫に、院瀬見《いせみ》先輩にもらった3本のいちごミルクのうち、まだ2本が残っていた。賞味期限も問題ない。ひとつ取って飲むと、だいぶ眩暈《めまい》がやわらぎ、思考がクリアになってきた。

自分の瞳のなかに視《み》た光景を、脳裏に描く――

即身仏が画面を暗転させた前後で、わずかな違いがあった。観葉植物のモンステラの鉢――その影が、違ったのだ。ほんのわずかだが、それが大事だ……。

確認しなければならないことが、いくつかある。僕は阿望《あもう》先輩にメッセージを送る。

『黒山《くろやま》先輩が撃たれた日、あの日は、なにか〝特別な日〟ではなかったですか？』――

既読はつかない。時間も時間だから当たり前だ。僕はシャワーを浴び、ベッドに倒れこむと、気絶するように眠りに落ちた。

翌日、目覚めたときには昼になっていた。頭が猛烈に痛かった。洗面所に行って血の塊を吐き、水を飲むとだいぶ落ち着いてきた。スマホを充電して電源を入れると、着信が一件と、メッセージが二件、届いていた。

メッセージのうち一件は、阿望《あもう》先輩からだった。『あの日は、俺の誕生日だった』と書かれていた。僕は笑った。

もう一件は千都世《ちとせ》先輩からで、僕が電話に出ないのでメッセージを送ったようだった。そこには、〝空白の二週間〟に、確実にコロナにかかっていなかった部員のリストが載っていた。

僕は、リストに載っていない部員の家族に、片っ端から電話をかける――

そして、午後二時――昼下がりのひかりのなかで、深く息をついた。

即身仏銃殺事件のトリックがわかった。そして――犯人も。

しかし、現状では憶測にすぎない。証拠がないし、推理の根拠も瞳のなかにしかない。

考えあぐねていると、阿望《あもう》先輩から〝地獄合宿〟のリマインダーが届いた。最後まで開催するか迷ったが、時世に負けず天ケ崎先輩や黒山《くろやま》先輩のためにも『三界流転《さんがいるてん》』を完成させたいと、切実な筆致で書かれていた。俺はただ演劇が好きなんだと言って泣いた姿が重なって、思わず涙ぐんでしまうほどの名文だった。

メールには続きがあった。参加予定者は、僕、阿望《あも》先輩、千都世《ちとせ》先輩、院瀬見《いせみ》先輩、梅子《うめこ》先輩、蛭谷《ひるたに》先輩、須貝《すがい》、佐村《さむら》――計八人。三日後に有明《ありあけ》から徳島港へフェリーで行き、そこからバスに乗って徳島駅、ＪＲ牟岐線《むぎせん》で牟岐駅《むぎえき》へ、さらに車で阿望《あもう》先輩の実家へ行く。ここまでで、だいたい丸一日。それから牟岐《むぎ》港からモーターボートに乗って阿望《あもう》先輩の運転で天女館のある無人島へ行き、早速稽古を始める……。字面《じづら》を眺めているだけでも疲れそうな日程である。

添付画像で、天女館の外観と見取り図を知ることができた。天女館は円形の迷路じみた建物で、中央部が丸ごと劇場になっている。劇場中心部には円形舞台があり、一般的形態の舞台と『橋』で接続されていた。それらを取り巻くように観客席が配置され、劇場周縁部には宿泊スペース等が詰め込まれていた。

これだけ気合いが入っているのに、ミリの未来視によると、台風で中止になってしまうはずだった。それを聞いたときはほっとしたのに、今となっては悲しい。たった一夏での自分の変わりように、感慨をおぼえた。

――そのとき突然、電流が走った。鬼の子がどこかで笑った。

脳内にめくるめくアイディアが一挙に展開され、震えが走る。

この天女館こそが、決戦の舞台だ――！

僕はすぐさま、電話をかけた――

22

「雨がぱらついてる……台風、大丈夫かしら？」

フェリーから徳島港に降り立つと、蛭谷《ひるたに》先輩が言った。猫背で青い顔をしている。

「まさか日本列島のほうに急カーブしてくるとはな。まあたぶん大丈夫だ、根拠はないが！」

阿望《あもう》先輩はそう言って豪快に笑った。バカンス気分なのか、アロハシャツを着ている。

須貝《すがい》が顔をしかめ、佐村《さむら》に言う。

「お前、なんだよそのスカしたグラサン……」

「かっこいいだろ、ターミネーターみたいで」

「梅子《うめこ》先輩、どう思います？」

須貝《すがい》が話を振ると、彼女は目を細めて、

「うーん、なかなか素敵だと思うよ。五点あげてもいいな」

「やった、満点だ！」佐村《さむら》はホワイトニングした無駄に白い歯でニカッと笑った。

「馬鹿、梅子《うめこ》先輩だぞ、百点満点中の五点に決まってんだろ……」須貝《すがい》は呆《あき》れたように言った。

面々が馬鹿話を繰り広げている一方で、院瀬見《いせみ》先輩はげっそりとしていた。

「大丈夫ですか――？」僕はその背中を撫《な》でた。

「船酔いをしてしまいました……」

「そういえば、何に乗っても酔うって言ってましたね」

「デパートの屋上にあるパンダさんの乗り物でもゲロ吐きました。僕が乗っても酔わないのは女の子だけです……」

「そうね、自分にも酔ってるしね」

千都世《ちとせ》先輩がグサリと言った。それが致命傷になったのか知らないが、ビニール袋に盛大に吐いた。やれやれと思いつつ置き去りにして、僕は千都世《ちとせ》先輩の隣を歩き、耳打ちする。

「結局、当初の参加予定者の八人が全員揃《そろ》いましたね」

「そうね。これから演劇三昧だわ――」

キャリーバッグを抱えてバスに乗り、三十分ほどで徳島駅に着いた。風が出てきて、大きなヤシの木が揺れていた。そこからJR牟岐線《むぎせん》で二時間ほどかけて牟岐駅《むぎえき》へ。

「なかなか風情《ふぜい》のある駅ですね」

僕はこぢんまりとした赤い瓦屋根の駅舎を振り返って言った。阿望《あもう》先輩が言う。

「懐《なつ》かしいな。小六のとき、ここで青春十八きっぷの赤券を買って、四国を一周したんだ」

「良《い》いですね。まだ毛も生《は》え揃《そろ》っていないような若き日の思い出」

「道後温泉で胸毛を洗った記憶があるな」

すぐに、迎えのハイエースが来た。阿望《あもう》先輩のお母さんが運転手だった。四十代後半くらいだろうか。ふくよかな体型で、よく日に焼けて、常ににこにこと笑っていた。握手をすると手のひらの皮が分厚かった。まゆげと、アロハシャツのセンスが阿望《あもう》先輩とよく似ている。

「えっとぶりじゃなー」

阿望《あもう》母は徳島弁と標準語が交じった言葉を話した。部員たちはそれぞれ自己紹介した。女子をべっぴんさんと褒め、佐村《さむら》を見ると「こちらのハンサムはアーノルド・シュワルツェネッガーけ？」と言って自分で大笑いした。佐村《さむら》だけ上機嫌で腹をかかえて笑った。

阿望《あもう》家は大屋敷《おおやしき》だったが、雨足が強くなってきたため、慌ただしく、腰を下ろす間もなかった。仏間の長押《なげし》に、舞台や肖像の写真が飾られていた。阿望《あもう》先輩は準備の手を止めて解説した。

「こっちが祖父《じい》さんで、こっちが祖母《ばあ》さん。美人だろう？　沖縄人だから彫りが深いんだ」

阿望安尊《あもうあそん》は、厳峻《げんしゅん》な顔つきに、芸術家の魂を感じさせた。阿望《あもう》先輩の眉毛は祖父譲りのようだ。妻の阿望幸恵《あもうゆきえ》のほうはどこか浮世離れした、謎めいた魅力を放っている。あるいは彼女の末路を知っているから、そう感じるのかもしれなかった。

準備ができるなり、僕らはレインコートを羽織ってハイエースに乗りこんだ。佐村《さむら》は見送る阿望《あもう》母にむかって親指を立て、「アイルビーバック」と言った。梅子《うめこ》先輩が「それ、死ぬやつだよ」とつっこんだ。誰も笑わなかった。

風雨で荒れる田舎道を走る――

阿望《あもう》先輩はワイパーを速め「まずいな……」とだけ言った。不穏な空気が車内に満ちた。

牟岐《むぎ》港に着くなり、僕らは走った。「急げ、急げ――！」大粒の雨が頬を叩《たた》く。すれ違った漁師と思《おぼ》しき人がさけんだ。「やめとけやめとけ、今日は誰も船は出さんよー！」

真っ黒い空が光り、空が破れるような雷の音がとどろいた。蛭谷《ひるたに》先輩が悲鳴をあげてしゃがみこんだ。灰色の波が堤に当たってはじけ、しぶきとなってふりかかる。梅子《うめこ》先輩が彼女を助け起こし、船に乗せようとする。阿望《あもう》先輩が僕を振り返って、さけぶ。

「どうする、中止にするか⁉」

「無理ですか⁉」僕はさけび返した。

「行けなくはないが……！」

そのとき僕は、遠くにちいさな人影を見つけた。黄色いレインコートを着ている。おそらく女性だった。彼女はこちらへ向かって来る。――僕は直感した。

「ミリ……！」

僕は阿望《あもう》先輩にむかってさけぶ。

「行きましょう、行けます！」

阿望《あもう》先輩は船に飛び乗ると、エンジンをかけ、出発させた。激しい揺れに、悲鳴があがる。蛭谷《ひるたに》先輩がヒステリックにさけぶ。

「やだ！　引き返しましょうよ！」

「大丈夫だ、まかせておけ！」

阿望《あもう》先輩が力強く言った。僕は港を振り返る。黄色いレインコートの人物が、防波堤にぽつんと立って、こちらを見つめていた。

僕は作戦が成功したことを悟った。

中止になるはずの〝地獄合宿〟を無理やり決行し、島に渡る――これは、僕がミリの瞳を通して未来を視《み》ることで生まれた、時間軸の新たな分岐であるはずだった。こうすることで台風が天然の障壁となり、ミリは追っては来られない。そのうえで、天女館で銃殺犯との決着をつける。つまり、ミリが銃殺犯に殺されるのは位置的・物理的に不可能となり、僕の死が確定したはずだった。ミリもそのことに気づいたが、あと一歩、間に合わなかったようだ。

この八人のなかに、銃殺犯がいる。

そして僕は、その犯人に殺される——

しかし、ただ殺されてやるつもりもなかった。最後まであがいて、運命を変えてやる。そして、ミリとふたりで生きてやる。——しかし、どうしようもない切なさに襲われて、目から涙が一滴、こぼれた。僕はミリに向かって、右手を胸の高さまであげた。

ミリもまた、右手を胸の高さまで、あげた……。

第四幕

1

船を降りるとただひたすら、天女館へと続く坂を上った。顔をあげると、その巨大な怪物めいた影が行く手に横たわっていた。雷がひらめくたび、異様な輪郭が網膜に焼きついた。

両開きの扉から天女館へと入るなり、暗闇に怒鳴り声がした。

「わたしは嫌だって言ったのに！　海に落ちてたらどう責任を取るつもりだったの⁉」

「すまない――だが、経験上、いけると思ったんだ」

シャンデリアが点灯した。千都世《ちとせ》先輩が壁のスイッチを入れたのだった。玄関ホールの中央に、フードを外して向かい合う蛭谷《ひるたに》先輩と阿望《あもう》先輩のすがたが浮かびあがった。

「お前、グラサンはどうしたんだ？」

須貝《すがい》が訊《き》くと、佐村《さむら》は情けない顔をして肩をすくめ、

「邪魔だったんで、海に捨ててやりましたよ」

「賢明な判断じゃん」

梅子《うめこ》先輩が笑った。僕はハッとして言う。

「あれっ、院瀬見《いせみ》先輩は？」

みんなで玄関ホールを見回す——

「邪魔だったんで、海に捨ててやりましたよ」

佐村《さむら》がニヤッとして白い歯を見せ、梅子《うめこ》先輩にどつかれた。

直後、扉が開き、院瀬見《いせみ》先輩が現れた。げっそりとした顔で、

「すみません、吐いてました……」

僕らはほっと胸を撫《な》で下《お》ろした。

玄関ホールには真紅の絨毯《じゆうたん》が敷き詰められていた。右手に受付があり、正面には山水と天女の描かれた巨大な水墨画が飾られている。僕らは左右——つまりは東西の廊下に分かれ、各自の部屋に向かう。僕は東側だった。廊下に点々と、濡《ぬ》れた靴の跡が残った。

「後で掃除しないとな」と、須貝《すがい》が言った。

天女館は通路が入り組んでおり、扉によっていくつもの部屋に分かれ、しかも窓がひとつもないため、歩いていると方向感覚がぐちゃぐちゃになった。僕は阿望《あもう》先輩に訊《き》く。

「しかし、なんでこんな、迷路みたいな構造になってるんですか？」

「東京ディズニーランドと一緒だよ」

「東京ディズニーランド？」

「あそこは盛土と植栽で、外の世界が見えないように作ってあるんだ。そうやって夢の世界観を守っているんだな。この迷路も外界と内界とを隔て、演劇の世界観を守っている」

なるほど、と僕はうなずいた。興が乗ったのか、阿望《あもう》先輩は続ける。

「そしてこの迷路には、呪術的な意味合いもある」

押し黙っていた蛭谷《ひるたに》先輩が、「ヒッ！」と引《ひ》き攣《つ》ったような声をあげた。

「阿望安尊《あもうあそん》は演劇を、ひとつの呪術的な過程としても見ていた。観客は劇場に入り物語を体験することで、虚が実になり、実が虚となる、虚実の境界に彷徨《さまよ》い込む。そして物語に夢中になり――呪いにかけられる。そして物語が終わりを迎えるとともに、その呪いは解かれる。迷宮に入ることは死を意味し、出ることは転生を意味する。安尊《あそん》は観客が生きたまま、その精神の輪廻《りんね》転生を目指していたわけだ」そして、今度は須貝《すがい》のほうを振り返って、「迷路には古代から魔除《まよ》けの意味合いもある。〝悪いもの〟がそこで迷い、入って来られないように――」

「なんだかゾッとしてきました……」須貝《すがい》は両腕をさすった。

――バタン！　とドアの閉まる激しい音がした。見れば、蛭谷《ひるたに》先輩の姿が無くなっていた。ちょうど、自室に辿《たど》り着《つ》いたのだった。須貝《すがい》は肩をすくめ、

「〝悪いもの〟がいなくなったな」

「蛭谷《ひるたに》先輩が天ケ崎先輩に呪いをかけていたって、本当なのかな？」僕は訊《き》いた。

「夢を壊したら申し訳ないが――」阿望《あもう》先輩は言った。「本当だ」

僕らは顔を見合わせ、各々《おのおの》の部屋へと向かった。

2

僕は自室に着くと、荷物をおろし、ほっと息をついた。

内装はさまざまな文化が混淆《こんこう》していた。例えば折上格天井《おりあげごうてんじょう》は神社仏閣の流れを汲《く》んでいるようだし、壁の模様はモスクの装飾を思わせる。しかし、ひとつの強力な美意識に貫かれ、不思議と調和していた。それは、ギリシャ悲劇や能、京劇など、さまざまな演劇様式を取り入れた阿望安尊《あもうあそん》の演劇そのものと類似構造だった。

シャワーを浴びていると、さっきの言葉がリフレインした。

『迷宮に入ることは死を意味し、出ることは転生を意味する』——

僕はすでに死のなかにいた。震えながら、転生できることを祈った。

着替えを済ませ、中央ホールへ行った。まだ、誰も来ていなかった。僕はその美しい構造に息をのんだ。それは一個の巨大な球体を思わせた。その最底辺に円形舞台があり、それを取り巻くように、観客席がすり鉢状にならんでいる。扉は東西南にあり、北側には舞台と橋があった。天井には舞い踊る巨大な天女たちの絵が描かれている。

僕は円形舞台の中央に立ち、天井を眺めた。鉄の足場と照明が中央部の景観を損ねないよう、ぐるりと円形に配置されている。中央部にはアラベスクを思わせる美しい幾何学模様が描かれ、まるで神の瞳のようだった。僕は浮遊感にも似た眩暈《めまい》をおぼえた。そこに何か、デジャヴめいたものが混じった。心臓に冷たい風が吹きつけるような感覚……。

その時、扉が開き、千都世《ちとせ》先輩が現れた。彼女は僕と目が合うと微笑《ほほえ》み、ハイヒールの音を響かせながらやってきて、隣に立った。そして、天井を眺め「綺麗《きれい》だね」と言った。

すぐに、他の部員たちもやってきて、やかましくなった。須貝《すがい》は円形舞台の中央に立ち、猿のようにさけんで、声の反響具合を確かめた。

「最高だ、演劇のためだけに作られてる！」

「ここまでよく声が届く！」

観客席の端にいた佐村《さむら》がさけんだ。須貝《すがい》の隣にいた梅子《うめこ》先輩が目を丸くする。

「あれ、佐村《さむら》っち、なんでグラサン復活してるの⁉」

佐村《さむら》は白い歯を見せ、親指を立てて、

「サブでーす！」

梅子《うめこ》先輩はやれやれというふうにため息をついた。

阿望《あもう》先輩がやってくると、演劇練習が始まった。基礎練習を終えると、すぐに『三界流転《さんがいるてん》』の稽古に入る。三時間練習して適当に夕飯を食べ、また稽古に戻る。僕らはだんだんと異様な熱気に呑《の》まれていった。阿望《あもう》先輩は何かに憑《つ》かれたかのように、厳しく指図する。

「ダメだダメだ――！」阿望《あもう》先輩は僕に言った。「〝間〟もちゃんと演じることを意識するんだ！　音楽の最高傑作が何か知っているか？」

僕は首を横に振った。阿望《あもう》先輩は言う。

「――〝無音〟だ。小説の最高傑作は〝白紙〟、映画の最高傑作は〝暗闇〟、舞台の最高傑作が〝間〟だ。空白と闇のなかにすべてがある。俺たちは時間と空間を汚して、最高傑作を台無しにしながら演じていることを忘れるな！」

ほんの数日前の僕なら、何を言っているのかまるでわからなかったはずだった。しかし、今はその言葉がすっと馴染《なじ》んだ。まるで清流にさらした麻布に、水とひかりとが染《し》み込むみたいに。それはもしかしたら、僕がすでに死んだ存在だからなのかもしれなかった。

夜の十一時になって、ようやく稽古が終わった。

「よくやった、よくやったぞ……」

阿望《あもう》先輩は僕の肩をたたき、讃《たた》えた。一瞬だが、彼の求めるレベルに追いつけたという実感があった。僕はまだまだ上手《うま》くなれる――そう思った。

もちろんそれは、生き残ることができたらの話だったが。

3

自室に戻ると、すぐにまたシャワーを浴び、パジャマに着替えてベッドに倒れこんだ。恐ろしく疲れていた。頭は鉛の棒で刺し貫かれたみたいに重く、体には濡《ぬ》れた砂が詰まっていた。肉体は眠りを求めていたが、脳は覚醒していた。嵐はますます勢いを増している。三十分も目を閉じていたが、どうしても寝られず、ベッドサイドランプをつけ、キャリーケースから抗不安薬を出した。ミリと出会ってからほとんど飲まなくなっていた薬……。

そのとき、誰かが扉をノックした。背筋が凍った。

部屋を見回し、武器になるものを探す。僕はコートハンガーの枝を回して外し、握りしめた。パン生地を伸ばす〝めん棒〟くらいの長さしかないが、何もないよりはマシだ。

もう一度、ノックされた。僕は恐るおそる、扉を開けた。

――千都世《ちとせ》先輩が、立っていた。

まだお風呂《ふろ》に入っていないのか、洋服はさっきと同じで、マスクをつけていた。

僕はほっとして、〝めん棒〟をズボンの背中側にはさんで隠しつつ、彼女を招き入れた。

「どうしたんですか？」

「……なんだか、怖くなっちゃって」

そしてじっと黙り、やがてそっと僕の手を握った。雷が鳴った。黒い瞳がゆれた。

「大丈夫ですよ」僕は戸惑いつつも、笑ってみせた。

「うん……」千都世《ちとせ》先輩はうなずいて、僕の目をじっと見つめた。そしてふっと微笑《ほほえ》むと、ふいに抱きついてきた。やわらかい感触がして、とても良《い》い匂いがした。僕は迷ったが、彼女の不安をすこしでも和らげるために、抱きしめ返した。

「わたし、窈一《よういち》くんのこと、好きだよ」

「……ありがとうございます」

「……他に、好きな女の子がいるんだね？」

僕はびっくりして体を離した。千都世《ちとせ》先輩は悲しげに微笑《ほほえ》んでいる。

「どうして、わかったんですか？」

「これでわからなかったら、わたしは女失格。……どんな子？　どうして好きなの？」

「その子は――」僕はミリを思い浮かべた。「背が小さくて、可愛《かわい》くて、ちょっとドジで、でも頭が良くて、本が好きで、演技が上手《うま》くて、謎めいていて、いつも遠くにいて……。いつの間にか好きになってました。特に、理由があるわけじゃないんです。でも、本気で好きです。そういうものだと思います」

「そっか……」千都世《ちとせ》先輩の目に、涙がたまった。「妬《や》けちゃうな」

そして彼女はふっと笑って、〝めん棒〟を差し出した。

いつの間にか、背中に隠していたのを取られていたらしい。

「……護身用に。コートを引っ掛けるやつです」

「こんな用心なんか、する必要ないでしょ」

千都世《ちとせ》先輩は笑った。僕は棒を受け取ろうとした。

――が、彼女が急に手を引っこめて、僕はバランスを崩した。

その瞬間、彼女はすっと鮮やかに、僕の懐《ふところ》にもぐりこみ――

キスをした。

僕は目を見開いた。彼女はいたずらっぽく目元で笑い、引っ掛かったね、と言った。

「ファーストキスだったんですけど……」

「大丈夫、マスク越しだからノーカン。……わたし、諦めないから」

千都世《ちとせ》先輩は扉の前でいちど振り返ると、にっこり笑って手を振り、

「デートの最後の一回、忘れないでね！」

そして、去っていった。あんな素敵な人と結婚できる未来もあったんだな……と僕は思いながら、ひとり〝めん棒〟を元の場所に戻した。まだ、甘い香りが漂っていた。

しばらく悩んだが、抗不安薬は結局ぜんぶ、ゴミ箱に捨てた。

部屋を暗くしてベッドに入ると、いよいよ、孤独と恐怖が押し寄せてきた。凍えるような寒さを感じ、震えた。サブローやミリのことを思った。そばにいてほしかった。

僕はミリのぬくもりと心音を思い出した――

4

けたたましいノックの音で目を覚ました。部屋の外で誰かがさけんでいる。

僕は飛び起きた。時刻はまだ夜中の三時――。相変わらず嵐の音がしている。扉をあけると、須貝《すがい》が立っていた。彼は真っ青な顔をして言う。

「大変だ……！　死んでる……！」

僕は目を見開いた。そして、すぐさま走り出した須貝《すがい》を追った。行き止まりに着いた。

「くそっ！　間違えた、こっちだ！」

何度か迷いながら、ようやく中央ホールに辿《たど》り着《つ》いた。僕はうめき声を漏らした。円形ステージの上方に、ロープ一本で誰かがぶら下がっている。僕はゆっくりと近づいていった。

――院瀬見《いせみ》先輩だった。

フード付きの青いレインコートを着ており、水が滴《したた》っている。ロープは首にかかっており、額から血を流していた。ロープのもう一端は、天井にぐるりと円形に配置されている照明用の鉄の足場の、落下防止用の柵に結ばれていた。僕はぽつりとつぶやいた。

「三人目の犠牲者が……」

異臭がする……。見れば、院瀬見《いせみ》先輩の真下に吐瀉《としゃ》物がひろがっており、千都世《ちとせ》先輩が膝をついてえずいていた。その背を撫《な》でていた梅子《うめこ》先輩が、指さして言う。

「院瀬見《いせみ》くんの額を見て、気持ち悪くなっちゃったみたい……」

須貝《すがい》は院瀬見《いせみ》先輩を見上げて、顔をしかめた。

「額の真ん中に、釘《くぎ》が打ち込まれてる……」

西の扉から阿望《あもう》先輩と佐村《さむら》、蛭谷《ひるたに》先輩がやってきた。蛭谷《ひるたに》先輩はヒステリックな悲鳴をあげ、フラフラと倒れこんだ。佐村《さむら》があわててその体を支えた。阿望《あもう》先輩が言う。

「外は嵐で、渡航は不可能――となれば、院瀬見《いせみ》を殺した犯人はこの中にいるということになる。しかも圏外だから助けも呼べんぞ……」

沈黙があった。僕らは目を見合わせた。緊張を破るように、須貝《すがい》が言う。

「とりあえず、院瀬見《いせみ》先輩の遺体を下ろそう」

「ダメだ――！」僕は慌てて言った。「誰も遺体に触れるな！　警察が来るまでこのままにしておくんだ。下手に触ると、重要な証拠が消えてしまう恐れがある」

「そ、そうか、そうだよな、スマン……」

他意はないというふうに、須貝《すがい》は両手を振った。佐村《さむら》が円形ステージから見上げて、

「あの足場には、どうやってのぼるんだ？」

円形の足場には、橋に沿うように、北端のステージ側から照明付きの二本の鉄の足場が渡されている。全体を見ると、古典的な〝鍵穴〟の形となっていた。

「舞台袖から階段ですのこに登り、そこからあの橋沿いの足場を渡っていくんだ」

阿望《あもう》先輩は指さしながら言った。須貝《すがい》がきく。

「あれ、阿望《あもう》先輩、左手どうしたんですか？」

「ああ、ちょっと捻《ひね》ってな」

阿望《あもう》先輩は左手首に巻いた包帯を見せて苦笑いした。僕は訊《き》く。

「すのこって何ですか？」

「いわゆる、キャット・ウォークだ。緞帳《どんちょう》やら照明やらの整備をするための足場だよ」

僕らは上手《かみて》の舞台袖に入った。様々なガラクタが雑然と積まれ、埃《ほこり》をかぶっている。何本もの太縄が垂れているスペースもあったが、僕にはそれが何かわからなかった。

すのこへと続く階段は細く、簡易な鉄製だった。観客から見える場所にはこだわったが、裏側では徹底的に倹約したのだろう。

「ここは気をつけろよ――」

ビルでの二階相当部分の踊り場に大きな穴があいていた。僕らはジャンプして飛び越えた。三～四階相当の位置までのぼり、すのこに立った。舞台装置を動かすための鉄ワイヤーと滑車が整然と設置されており、足元の隙間からは舞台上が見える。

「こっちだ――」阿望《あもう》先輩は南側のドアを開けた。先ほど下から見た足場へと続いていた。

僕らは円形ステージのほうへ、そこを渡っていった。しっかりとした作りで、手すりもついているが、金網をとおして床が見えるせいで、足がすくむ。ここの照明係は大変だっただろうな、と僕は思った。観客側からは、その苦労は見えない。六人が下から僕らを見守っていた。円形の足場までたどり着くと、下まで聞こえるように僕は言った。

「ロープは手すりに結ばれてる！」

阿望《あもう》先輩はかがみこんで、

「首に、吉川線がある。指先は血で真っ黒だ。どうやら、絞殺《こうさつ》されたらしい！」

「吉川さんって誰ですか⁉」佐村《さむら》が大声で訊《き》いた。

「吉川線だ！　よ・し・か・わ・せ・ん！　首を絞められたときに抵抗した痕《あと》だよ！」

僕らは足場から降り、北東のミーティング・ルームに場所を移した。卒倒していた蛭谷《ひるたに》先輩は目を覚まし、声をあげて泣いた。自室に行っていた千都世《ちとせ》先輩が合流すると、僕らは丸テーブルに額をつき合わせて座った。僕は切り出す。

「一度、情報を整理しましょう。昨夜、練習終了が十一時。遺体発見はいつでしたか？」

「二時五十分――」千都世《ちとせ》先輩が言った。「梅子《うめこ》ちゃんが、二時四十分ごろ部屋に来て――」

「眠れなかったの。嵐の音が怖くて。それで千都世《ちとせ》ちゃんの部屋に行ったんだよね。じゃあ、お散歩でもしようかって、ふらりと中央ホールに行ったら……」

梅子《うめこ》先輩はそう言ってぶるりと震えた。僕は訊《き》く。

「――それから？」

「それから、遺体を見て気持ち悪くなって、わたしが吐いた」千都世《ちとせ》先輩が言った。「そして、梅子《うめこ》ちゃんが人を呼びにいくと、まず須貝《すがい》くんと佐村《さむら》くんが来て、それから須貝《すがい》くんが窈一《よういち》くんを、佐村《さむら》くんが阿望《あもう》さんを呼びにいった」

「なるほど。――昨晩、十一時以降に中央ホールに入った人は？」

「俺だ――」阿望《あもう》先輩が手をあげた。「気が昂《たかぶ》ってな。十二時まで発声練習を」

「さすが、阿望《あもう》先輩、これが一流なんだな……」

佐村《さむら》がうっとりと言うと、梅子《うめこ》先輩がやれやれと首を振った。千都世《ちとせ》先輩が言う。

「……他にはいないようだから、犯行時刻は十二時から二時五十分のあいだということになる。その時間、アリバイのある人は？」

須貝《すがい》と佐村《さむら》が目を見合わせ、ふたりで手をあげた。須貝《すがい》が言う。

「十二時ごろに佐村《さむら》が部屋に来て、ふたりで映画とかAV女優の話とかしてたんだ」

「AV女優……？」梅子《うめこ》先輩が顔をしかめた。「疲れてるのに普通そんな話する？」

「男子は合宿で好きな女子とAV女優を告白しないと寝られない決まりになってるんだ」

須貝《すがい》が大真面目に言い、佐村《さむら》が深くうなずいた。

「うわっ、キモッ……」梅子《うめこ》先輩は身震いした。

「わたし……」蛭谷《ひるたに》先輩が手を小さくあげ、涙声で言った。「わたしは、一時から二時まで、阿望《あもう》くんと一緒にいた……。抗議してたの。腹が立って眠れなくて……。あんな嵐のなかで船を出したのは危険だったたって」

「しつこいな」佐村《さむら》がボソリと言い、阿望《あもう》先輩に咎《とが》められた。

「わたしと窈一《よういち》くんは、十二時から十二時十分ごろまで一緒だった」千歳《ちとせ》先輩が言った。

「えっ——!?」梅子《うめこ》先輩が目を丸くした。「そんな時間に何してたの!?」

「キスしてたの」千都世《ちとせ》先輩は平然と言った。

全員がぽかんとして僕らを交互に見た。蛭谷《ひるたに》先輩すら一時的に泣き止《な》《や》んでいた。僕はなぜか、苦し紛れに「ノーカンです」と言ってしまって、首まで真っ赤になるのを感じた。

オホン、と阿望《あもう》先輩が咳払《せきばら》いした。

「現状では犯人を絞りこむには至らないな。よし、一度、二人一組になって捜査をしよう」

「二人一組——!」蛭谷《ひるたに》先輩が悲鳴をあげた。「犯人と一緒になったらどうするのよ!」

「その時は——よく見張るんだ」

阿望《あもう》先輩が平然と言うと、蛭谷《ひるたに》先輩は口をぱくぱくさせた。くじ引きをして、僕と須貝《すがい》、千《ち》都世《とせ》先輩と蛭谷《ひるたに》先輩と阿望《あもう》先輩、梅子《うめこ》先輩と佐村《さむら》のペアになった。

——一時間ほど捜査をして、ふたたび中央ホールに集った。

梅子《うめこ》先輩・佐村《さむら》ペアが、倉庫から四十メートルほどの鉄ワイヤーを見つけてきた。

すると突然、梅子《うめこ》先輩が、さけんだ。

「犯人がわかった——!」

5

それから、推理合戦が始まった。


「犯人がどうやって院瀬見《いせみ》くんを吊《つ》るしたのか考えれば、真実がわかる」

梅子《うめこ》先輩はそう言った。全員が、彼女に注目していた。

「犯人は、遺体をあの高さまで引っ張り上げた。つまり、力のある男子じゃないと不可能」

「たしかにそうだ。人ひとり引っ張り上げるのは大変だぞ」須貝《すがい》が相槌《あいづち》を打った。

「異議あり！」佐村《さむら》がさけんだ。「犯人は、すのこを経由して上の足場まで遺体を運び、首に縄をかけておろしたんだ！　それなら大変だけど女性の力でもできる！」

「いや、それは不可能だ――」阿望《あもう》先輩が言った。「すのこに至る階段は、途中で穴があいている。遺体を運んであそこを越えるのは、ここにいるメンバーの筋力じゃ誰にもできない」

「やっぱり、遺体は下から引っ張り上げるしかない……」千都世《ちとせ》先輩は言った。「院瀬見《いせみ》くんは体重何キロかな？」

「た、たぶん、六十キロはありそう……」蛭谷《ひるたに》先輩が言った。

「六十キロの男子を引っ張り上げられるのは、やっぱり男子しかいないと思う」梅子《うめこ》先輩は言った。「犯人は、まず足場にのぼって、このワイヤーを足場下部の鉄パイプに通して床まで垂らし、一方を遺体の胴体に巻き付けた。そして、足場から下りると、垂らした方を全力で引っ張った！　遺体が持ち上がったら、この円形舞台下の鉄骨に巻き付けて固定。そして、また足場に戻って、ロープの輪を遺体の首にかけ、ワイヤーを回収……。須貝《すがい》っちと佐村《さむら》っちにはアリバイがあるから、残るは阿望《あもう》先輩か紙透《かみすき》っち。そして、阿望《あもう》先輩には犯行は不可能だった」

梅子《うめこ》先輩は阿望《あもう》先輩を見た。彼は、左手首にきつく巻かれていた包帯を解いた。

「うわっ、めちゃくちゃ腫れてるし、色もやべぇ……」須貝《すがい》が言った。

「船を運転しているとき、高波の衝撃でな……。練習が終わったあたりから急に腫れ出して、梅子《うめこ》くんに包帯を巻いてもらったんだ」

「なるほど、その手首じゃ無理ですね……」

佐村《さむら》が言うと、僕に注目が集まった。冷や汗が滲《にじ》んできた。

「つまり、僕が犯人だと、梅子《うめこ》先輩は言いたいわけですか？」

梅子《うめこ》先輩は気まずそうにうなずいた。すると、千都世《ちとせ》先輩がさけんだ。

「そんな、窈一《よういち》くんが犯人だなんてあり得ない！　あまりにも短絡的すぎる！」

「じゃあ、どうやったら女子に遺体が引っ張り上げられるの？」

千都世《ちとせ》先輩はしばし、かたちのいい眉をひそめ、沈思黙考した。そして、パッと顔をあげ、

「ついて来て」と言った。

僕らは舞台袖の、縄がたくさんぶら下がっている場所に移動した。

「なんですか、この縄は？」僕は訊《き》いた。

「ここは〝綱場《つなば》〟っていう、照明や緞帳《どんちょう》を吊《つ》っている〝バトン〟を昇降するための場所」

阿望《あもう》先輩が実際に縄を引っ張ってみせると、緞帳《どんちょう》がおりてきた。千都世《ちとせ》先輩は言う。

「緞帳《どんちょう》って、すごく重たいの。たぶんこれだと六百から八百キロくらいあるんじゃないかな。そんなに重たいものをどうして人の手で動かせるかというと、〝カウンターウェイト〟といって、重りで釣合をとっているからなの」

彼女は積み重ねられた鉄製のブロックを指差した。

「何が言いたいかというと、力学を応用すれば、いくらでも方法はある。例えば、鉄ワイヤーの遺体とは反対側に自分の体を結びつけて飛び降りるとか、動滑車の原理を使うとか……」

「なるほど……」須貝《すがい》はうなった。「そうだ、舞台で人が宙に浮くやつありますよね？」

「〝宙乗り〟だな」佐村《さむら》は指を鳴らした。「あれ、天女館ができた時代にもあったんですか？」

「最初は江戸時代、元禄《げんろく》十三年だと言われている」阿望《あもう》先輩は即答した。「森田座の歌舞伎『大日本鉄界仙人』で、曾我《そが》五郎役を演じた初代市川団十郎が飛んだ。勉強不足だぞ」

「すみません……」佐村《さむら》は舌を巻いた。

「ここにも電動の〝宙乗り〟機構があったと思うが、ワイヤーが遺体の位置までは到底届かんから、今回は関係ないだろうな」

「話が脇道に逸《そ》れたけれど、女性にも犯行は可能だったということでいい？」

千都世《ちとせ》先輩が言うと、梅子《うめこ》先輩はしぶしぶ頷《うなず》いた。

6

「さて、そろそろ俺たちがした重要な発見について話してもいいか？」

阿望《あもう》先輩が言うと、梅子《うめこ》先輩が首をかしげた。

「重要な発見――？」

「院瀬見《いせみ》の正確な死亡時刻がわかったんだ」

「なんですって――!?」佐村《さむら》が目を丸くした。「阿望《あもう》先輩は検死までできるんですか!?」

「できるわけないだろう……」阿望《あもう》先輩は呆《あき》れたように言うと、院瀬見《いせみ》先輩を指差し「あれを見てくれ。左手首に高そうな時計が巻かれているだろう。スマートウォッチというやつで、心拍数の計測機能がついていて、スマホに連動して記録される」

そして、ポケットから院瀬見《いせみ》先輩のスマートフォンを出した。

「おお！」佐村《さむら》が歓声をあげた。「どこにあったんですか？」

「院瀬見《いせみ》の部屋だ。仕方なく鍵を壊して入った。スマホのロックは、顔認証で突破した。スマホを糸で垂らしたんだ。額に釘《くぎ》が打ちこまれていても問題なく動作した」

阿望《あもう》先輩が差し出した画面を、みんなで覗《のぞ》き込む。

「心拍の異常が、一時二十一分に検知されてる。１１９番に自動的に通報したようだが、残念ながら圏外だった。五分後の一時二十六分、心臓が完全に停止した」

「じゃっ、じゃあ、その時間に会ってたわたしと阿望《あもう》くんにはアリバイがあるってことね！」

蛭谷《ひるたに》先輩が顔を輝かせた。

7

「それは、おかしいですね――」

僕が言うと、蛭谷《ひるたに》先輩が振り返り、キッと睨《にら》みつけてきた。

「何がおかしいって言うの!?」

「このままだと、誰にも犯罪が不可能だったことになってしまう……」

「どういうこと?」

「ついてきてください。僕らが発見した事実を見せます」

僕らは西側ドアから出て、いくつもの部屋を経由して、玄関ホールへ向かう。最短ルートは南側ドアかと思いきや、西側ドアなのである。僕は訊《き》く。

「ところで、院瀬見《いせみ》先輩が殺されたのは、どこなのでしょう?」

「建物の外でしょうね。犯人に呼び出されレインコートを着て外に出て、絞殺《こうさつ》された」

千都世《ちとせ》先輩が言うと、他の面々もうなずいた。

「なるほど、それが共通見解ですね――」

そのときちょうど、目的地に着いた。阿望《あもう》先輩が辺りを見回す。

「ここに何があるんだ――？」

「床を見てください」

「床――？　何もないぞ？」

「そう。あるはずのものがないんです。この玄関ホールの絨毯《じゅうたん》は、水分を吸収しやすく、しかも乾くのが遅い。昨晩、僕らが到着した時の足跡がまだ見えるくらいです。――だから、ないとおかしいんですよ。院瀬見《いせみ》先輩が外で絞殺《こうさつ》されたのなら、彼の遺体を運搬した痕跡が！」

「ああっ！」阿望《あもう》先輩は驚きの声をあげた。「なるほど、たしかに！　つまり、院瀬見《いせみ》が殺されたのは、外ではないということになる。だとしたら、なぜ遺体は濡《ぬ》れていたんだ？」

「なぜ濡《ぬ》れていたか考えるより、どこで濡《ぬ》れたのかを考えましょう」僕は言った。「天女館には窓がない。つまり、この玄関ドアを通らない限り、雨で濡《ぬ》れることはあり得ない。だとしたら、水道で濡《ぬ》れるしかありません。各部屋にあるシャワーです。犯人はわざわざそこで遺体を濡《ぬ》らし、中央ホールに運搬して吊《つ》り下《さ》げたんです。これを見てください――」

僕は天女館の見取り図をひろげた。

「この斜線で囲った位置が、床が絨毯《じゅうたん》になっている箇所です。これらもすべて、簡単には乾かない材質でできているため、普通に運搬したら必ず痕跡が残ります。遺体を運搬してから水筒などで運んだ水をかけるだとか、シートなどで絨毯《じゅうたん》を覆ってから運搬するだとか、抜け道はいろいろとありますが、玄関ホールに細工し忘れたことを考えると、犯人は絨毯《じゅうたん》を意識していなかったと考えるのが妥当です。裏の裏までは考えなくていいでしょう。さて、運搬にあたって、たった二人だけこの斜線部を通らないことが可能な人物がいます。――佐村《さむら》と、蛭谷《ひるたに》先輩です」

ふたりに注目が集まった。佐村《さむら》はごくりと唾を飲み、蛭谷《ひるたに》先輩は顔を引《ひ》き攣《つ》らせた。

「しかし――」僕は続ける。「十二時から遺体発見まで須貝《すがい》と一緒にいた佐村《さむら》には、犯行は絶対に不可能。残るは、蛭谷《ひるたに》先輩しかいないということになります」

「わたしにも不可能よ！」蛭谷《ひるたに》先輩はさけんだ。「院瀬《いせ》見《み》くんの心臓が止まったとき、わたしは阿望《あもう》くんといたんだもの！　そうでしょう！」

彼女は助けを求めるように見回した。どの顔も困惑している。

「不可能ではありません――」僕は言った。「あなたは院瀬見《いせみ》先輩がスマートウォッチを着けていることを知っていて、利用したんです。トリックを使って、死亡時刻を操作することによって……。それを今から実演します！」

8

中央ホールに移動すると、僕は言った。

「あなたは自室に院瀬見《いせみ》先輩を呼び出すと、背後から襲い、首を絞めました。その際、首に吉川線が残りました。しかしこの時点では命を絶たず、気絶させるに止《とど》めたのです。そして、院《い》瀬見《せみ》先輩が外で殺されたと見せかけるため、レインコートを着せて風呂《ふろ》場で全身を濡《ぬ》らしました。そして、中央ホールまで運搬し、額に釘《くぎ》を打ち込んだ。ただし、この釘《くぎ》は致命傷にならないようにします。おそらく、死亡タイミングの誤認を狙ったものでしょう。そして、鉄ワイヤーとロープを連結し、ロープの輪を院瀬見《いせみ》先輩の首にかけ、頭上の足場の鉄パイプを経由して、もう一方は円形舞台下の鉄骨に結びます」

下手の舞台袖から持って来たマネキンを院瀬見《いせみ》先輩に見立て、その首にロープの輪をかけた。

「これで時限装置の完成です。あとは簡単な操作をするだけです。ついて来てください——」

僕らは南側ドアから出て、階段をあがり、部屋に入った。大きな窓がある部屋で、舞台全体を見渡せる。ツマミやレバーのついたいくつもの操作盤があった。

「この〝調整室〟から、舞台の照明や音響などの操作ができます。だいぶ、ガタが来ていますが、まだ生きている機構もある。阿望安尊《あもうあそん》は〝廻《まわ》り舞台〟や〝迫《せ》り出《だ》し〟を用いた効果的な演出を多用しました。それを思い出して調べたら、案の定――あの円形舞台は、回、転、します、」

僕は操作盤のツマミを回した。

――ああっ！　と声があがった。

音を立てて円形舞台が回りだしたのだ。僕は回転速度をあげた。鉄ワイヤーが円形舞台によって巻き取られ、マネキンが上昇し、吊《つ》りさがった。

「蛭谷《ひるたに》先輩は速度調整を済ませると、阿望《あもう》先輩に会いに行きます。その間、ゆっくりとワイヤーが巻き取られ、ついには院瀬見《いせみ》先輩が宙吊《ちゅうづ》りになり――命を落とした。蛭谷《ひるたに》先輩は頃合いを見計らって中央ホールに戻り、発見時の状況を作り上げたのです」

蛭谷《ひるたに》先輩はぶるぶると震えていた。真っ青な顔で、汗を流しながら。

「憶測よ……」彼女はぽつりと言い、次の瞬間には凄《すさ》まじい表情でさけんだ。「憶測だわ！　こんなの、確たる証拠にはならない！　わたしは捕まらない！」

僕は適切な間をおいて、冷静に言う。

「ここで、犯人が〝なぜ遺体を濡《ぬ》らしたのか？〟という問題に戻りましょう。犯人は院瀬見《いせみ》先輩が外で殺されたと見せかける必要があった。なぜか？　それはおそらく、部屋に、決定的な証拠が残ってしまっており、その処分ができていないから――」

僕らは顔を見合わせ、蛭谷《ひるたに》先輩の部屋にむかって歩き出した。

蛭谷《ひるたに》先輩が狂ったようにさけぶ。

「無駄よ！　ないわ！　何もないわよ！」

部屋の扉はロックされていた。阿望《あもう》先輩が言う。

「──鍵を！」

蛭谷《ひるたに》先輩は首を横に振った。その瞬間、阿望《あもう》先輩が思い切り扉を蹴った。

「やめて！　ない！　ない！　ない！　ないったら！」

蛭谷《ひるたに》先輩が泣き叫ぶ。

渾身《こんしん》の蹴りが、扉をぶち破った。

僕らは息をのんだ。

正面の壁に、藁《わら》人形がいくつも釘《くぎ》で打ちつけられていた。阿望《あもう》先輩はごくりと唾をのむと、突進していき、藁《わら》人形を壁から外し始めた。そして──

「あったぞ！　爪痕がここに！　血もついてる！　動かぬ証拠だ！」


「動かないで──！」

振り返ると、蛭谷《ひるたに》先輩が銃口をこちらに向けていた。佐村《さむら》が目をむいた。

「『M360J SAKURA』──！」

彼は銃口をむけられると、ヒッと悲鳴をあげた。千都世《ちとせ》先輩が、銃底で殴りつけられ倒れる。

「千都世《ちとせ》先輩――！」僕はさけんだ。

「院瀬見《いせみ》くんが悪いのよ！」蛭谷《ひるたに》先輩がヒステリックにさけんだ。「他に女がいるくせに、わたしをもてあそんで、病気まで感染《うつ》して！　殺されて当然よ！　死ね！　みんな死ね！　死ね！　死ね！　死ね！　死ね！　死ね――！」

死ねと言うたび、ひとりひとりに順番に銃口をむけていく――

僕は銃口を覗《のぞ》くと、自分の顔から血の気が引くのがわかった。

蛭谷《ひるたに》先輩は狂気のさけびをあげると、部屋から出ていった。僕らはしばらく、両手をあげた姿勢のまま、固まっていた。僕は千都世《ちとせ》先輩のそばにかがみこんだ。

「……大丈夫ですか？」

「ええ……」千都世《ちとせ》先輩は右目をおさえて言った。

「とんでもないサイコだな……」須貝《すがい》がぽつりと言った。「これからどうします？」

「しばらく動かない方がいい。様子を見よう……」

阿望《あもう》先輩はまだ両手をあげたまま言った。

9

しばらくして、須貝《すがい》が言った。

「なんか、焦げ臭くないか……？」

「たしかに、臭いかも……」梅子《うめこ》先輩がくんくんと鼻を鳴らした。

するとと、天井部に灰色の煙が這《は》い、部屋のなかへと入りこんできた。「ああっ！」阿望《あもう》先輩が声をあげた。僕らは廊下に走り出た。右手側で、炎が燃え盛っていた。床は火の海で、壁も燃え、天井に達しようとしている。炎のむこうに、髪をかきみだした蛭谷《ひるたに》先輩が立っていた。

怖気《おぞけ》の立つような声でさけぶ。

「死ね！　死ね！　みんな死ね――――！」

「このクソ女――――！」

須貝《すがい》が怒鳴り、飛びかからんばかりに前に出たが、炎に阻《はば》まれた。

「アハハハハハ――――！」

蛭谷《ひるたに》先輩は体をグニャリと反らし、狂笑しながら曲がり角に消えた。

「まずいぞ、玄関ホールを燃やされたら脱出不能だ！」

阿望《あもう》先輩が額に汗を浮かべてさけんだ。「こっちだ――――！」

僕らは走った。阿望《あもう》先輩が扉を開ける。炎が猛烈な勢いで噴き出し、慌ててまた閉めた。

「まわり道するしかない！」

僕らはまた走った。そうしてようやく玄関ホールにたどり着いたが、立ちすくんだ。真紅の絨毯《じゅうたん》は火の海に変わっていた。炎がごうごうと音を立てて全てを呑《の》みこもうとしている。天女の巨大な絵はさながら八万劫中大苦悩《はちまんこうちゅうだいくのう》、阿鼻焦熱地獄《あびしょうねつじごく》にて魂を焼かれる罪人だった。

「戻れ、戻れーッ！」身を翻《ひるがえ》した阿望《あもう》先輩の背を、炎が舐《な》めた。

「他に脱出口は——!?」僕はさけんだ。

「ない……！」阿望《あもう》先輩はさけび返した。「どこにもないんだ！　火を消すしかない！」

そして走り出した。僕らはその後を追う。すでに天女館は灼熱《しゃくねつ》地獄と化していた。

「煙を吸い込むな——！」佐村《さむら》がさけんだ。

岐路に差し掛かると、阿望《あもう》先輩が言う。

「女子は中央ホールに避難しててくれ！　男子で消火器をとってくる！」

女子ふたりはうなずいて、中央ホールへと走った。男子は北東のほうを目指して走る——。

また岐路にさしかかったとき、佐村《さむら》がさけんだ。

「あっちの部屋にも、確か消火器がありました！　自分が取って来ます！」

「やめろ佐村《さむら》、危険だ！」阿望《あもう》先輩がさけんだ。

「消火器は一本でも多い方がいい！」佐村《さむら》はポケットからサングラスを取り出してかけ、親指を立て、「アイルビーバック！」そして炎のなかへと飛び込んでいった。

「佐村《さむら》ーッ！　あのバカ！」

「急ぎましょう！」僕は阿望《あもう》先輩の背を押した。

備品室に着くと、鉄の扉をあけた。「こっちだ！」コンクリートの部屋の奥へと進む。資材の陰に20型の消火器が三本あった。「よし!」須貝《すがい》がガッツポーズした。

そのとき、バタン! と音を立てて、扉が閉まった。

「しまった——!」阿望《あもう》先輩が扉に飛びついた。「閉じ込められた!」

ドアノブをガチャガチャ回し、体当たりするが、一向に開かない。

「どいてください——!」須貝《すがい》が消火器の底で扉をガンガン叩《たた》いた。僕も一緒になってガンガン叩《たた》くが、扉はびくともしない。「クソがッ!」須貝《すがい》は消火器を扉に投げつけた。鼻息荒く、目に涙をためている。「このままここで蒸し焼きだ!」

「煙が入ってきた!」僕はさけんだ。

「これで隙間をふさげ!」阿望《あもう》先輩はTシャツを脱いで半裸になると、それを扉上部の隙間に押し当てた。須貝《すがい》がそれを手伝い、その姿勢のままゲホゲホと咳《せ》き込み、さけんだ。

「だれか助けてくれーッ!」

そのとき急に扉が開き、ふたりは前のめりに倒れた。

佐村《さむら》が消火器を抱えて立っていた。

「待たせたな、ベイビー」

佐村《さむら》はにやりと笑って言った。須貝《すがい》はなんとも複雑な表情で、「サンキュー、ターミネーター」と言った。僕らはすぐさま立ち上がり、消火器を抱えて走る。そして、須貝《すがい》の部屋のあたりまで来て、立ち止まった。

——何かが、燃えていた。

人のかたちをした何か……。

須貝《すがい》はすぐそばに落ちていた黒い塊を拾いあげ、言った。

「本物の拳銃だ……。これが、サイコ女の末路か……」

「俺たちも同じ道を辿《たど》ることになるぞ！」阿望《あもう》先輩が言って、Tシャツを須貝《すがい》に投げ渡した。

「部屋で濡《ぬ》らしてきてくれ！　防煙マスクにする！」

須貝《すがい》はうなずき、部屋の鍵を開けて入っていった。

残った僕らはお互いに目くばせし、走った。

——中央ホールに入ると、千都世《ちとせ》先輩が心配そうに駆け寄ってきた。

「大丈夫だった？」

「はい、全部うまく行きました」

「やれやれ、胸毛どころかへそ毛まで焦げてしまったぞ……」阿望《あもう》先輩が言った。

モニターを見ていた梅子《うめこ》先輩が立ち上がり、全身でガッツポーズをした。

「よーっし！　釣れた！　録画もバッチリ！」

「作戦成功だーっ！」

阿望《あもう》先輩もガッツポーズしてさけんだ。僕らは歓声をあげ、手を叩《たた》いた。

僕は天井をあおいだ。そこにはすでに、何もぶら下がってはいない。僕は言う。

「お疲れさまでした、院瀬見《いせみ》先輩──」

院瀬見《いせみ》先輩は青い顔をして、ペットボトルの水を飲みながら、右手をあげた。

「まさか、吊《つ》り下《さ》げられても酔うとは……」千都世《ちとせ》先輩が言った。「おかげでヒヤッとした」

「やっぱりあれ、院瀬見《いせみ》先輩のゲロだったんですか？」僕は訊《き》いた。

「そう。とっさにごまかしたの」

「心臓が止まるかと思いましたよ」院瀬見《いせみ》先輩は額にくっついていた釘《くぎ》を取り、指で弾いた。

「蛭谷《ひるたに》先輩の演技、凄《すご》かったですね。銃口を向けられて、わかっていてもひやっとしました」

「ふふふ、どうもありがとう。久しぶりに夢中になっちゃった」

僕が褒めると、蛭谷《ひるたに》先輩は可愛《かわい》らしく笑った。

その時、東側の扉が開いた──

「やばい！　みんな、逃げよう！」必死で走ってくる姿を見て、僕は悲しくなった。須貝《すがい》は中央近くまで来てもまだ異常に気がつかなかった。「何してる⁉　急がないと！」

そして、蛭谷《ひるたに》先輩のすがたを見てギャッと悲鳴をあげ、ようやく周りが見えてきた。院瀬見《いせみ》先輩のすがたを見て目を見開き、口をぽかんと開けた。

「なんだこれ……。どういうことだよ、おい……！」

そして円形ステージに駆け上がると、頭を抱えながらぐるりを見渡した。

「何なんだ……！　一体なんだよこれ……！」

僕は円形ステージに上がり、須貝《すがい》と対峙《たいじ》した。須貝《すがい》はさけぶ。

「炎に取り巻かれてるんだぞ、すぐに逃げないと！」

「阿望安尊《あもうあそん》は、『吉祥天女《きつしようてんによ》』のためだけに、この天女館を建てた——」阿望《あもう》先輩がよく通る声で言った。「そのラストシーンは、中天の太陽光を館内に取り入れ、その無限の光でもって、天女による光明遍照《こうみようへんじよう》——救済の再現だった」

そして右手をあげて合図すると、頭上で重たい音が鳴った。震動とともに、アラベスク模様の天井が六つに割れ、ついには夜天が真円に切り取られて現れた。

すでに嵐は峠を越え、風は止《や》んでいた。冷たい雨が僕と須貝《すがい》を濡《ぬ》らした。

「これでしばらくは大丈夫だ」と、阿望《あもう》先輩は言った。

僕は息を深く吸って——吐いた。そして、言った。

「話をしよう」

10

天女館が決戦の舞台だ——！

〝地獄合宿〟を嵐のなか決行することで、そうすることができると気がついた僕は、すぐさま阿望《あもう》先輩に電話をかけ、会う約束を取りつけた。作戦には彼の協力が不可欠だった。

天狗《てんぐ》の面と、スター・ウォーズのポスターと、『克己心』とかかれた書画が同居するいかれたインテリアの阿望《あもう》先輩の部屋へ行き、僕は推理を話した。

「最初は、犯人が自分の動画を流して自宅にいるフリをし、その間に黒山《くろやま》先輩を殺すことでアリバイを作ったのだと思いました。しかしあのとき、動画だった部員は誰もいなかったとわかり、その線は消えました。――そして僕は、思い出したんです。即身仏がカメラを隠した前後で、違和感があったことを。あのとき、モンステラの鉢の影のかたちが変わっていました。つまり、窓から差し込む光の角度が変わっていたんです。つまり、画面暗転の前後で、撮影時間が違った。――そう、動画だったのは、黒山《くろやま》先輩の方だったんです」

本当は百遍も瞳の記憶を視《み》てようやく気づいた事実だったが、そういうことにしておいた。

「――時系列を整理しましょう。黒山《くろやま》先輩と犯人は、暗転前までの動画を殺害当日までに撮影してあった。そしてあの日、通し練習中に、犯人は自分の画面を動画に切り替え、黒山《くろやま》先輩の家に向かった。みんなの目は演者に集中しているので、誰にも気づかれない。犯人が家に着くと、黒山先輩もまた、自分の画面を動画に切り替えた」

阿望《あもう》先輩は目を見開いた。僕は続ける。

「犯人は即身仏の衣装に着替え、黒山《くろやま》先輩を殺害――。このとき防音室の扉は閉めておく。すると銃声は近隣住民に聞こえません。そして、暗転後の映像を撮影すると、暗転前の映像と繋《つな》げて一本の動画にし、これを黒山《くろやま》先輩の画面に流す。しばらくは椅子に座る黒山《くろやま》先輩が映り、やがて即身仏が現れ……という動画です。このとき、あの部屋にあったオーディオ機器から銃声が再生されるようにしておきます。あとは防音室の扉を開けたまま自宅に戻り、動画に合わせて演技すれば、アリバイが偽造できる。近隣住民が聞いた銃声は、録音だったんです――」

「ちょっと待ってくれ。どういうことなんだ？　黒山《くろやま》がなぜ犯人に協力するような動きを？」

「あの日、阿望《あもう》先輩は誕生日だったそうですね」

阿望《あもう》先輩はぽかんとした。僕は続ける。

「おそらく、黒山《くろやま》先輩はサプライズを仕掛けるつもりだったんです。即身仏が現れて大騒ぎ、画面が暗転したと思ったら、黒山《くろやま》先輩の姿がパッと消える。そして、阿望《あもう》先輩の家のチャイムが鳴る。扉を開けると、そこには花束とプレゼントを持った黒山《くろやま》先輩が立っている。……そんな筋書きだったんじゃないでしょうか」

「黒山《くろやま》……」阿望《あもう》先輩の瞳がうるんだ。「そうだ、あれはひょっとしたら！」

阿望《あもう》先輩は、引き出しからきれいにラッピングされた小箱を取り出した。葬儀のときに、黒《くろ》山《やま》先輩の両親から手渡されていたものだった。

「なんだか、開けられずにいたんだが……」

丁寧にリボンとラッピングを解くと、震える手で蓋をあけた。そこには、手紙と立派な桐《きり》の箱が入っていた。阿望《あもう》先輩は手紙を読んだ。

「誕生日おめでとう！　『三界流転《さんがいるてん》』が世に出ることを心から嬉《うれ》しく思う。俺も陰ながら全力を尽くすよ。有名になったときのために、こいつでサインの練習をしておけ。特注だぞ！」

桐《きり》の箱には、美しい天女の蒔絵《まきえ》が入った筆ペンがおさまっていた。阿望《あもう》先輩は涙を流した。

「……黒山《くろやま》先輩はあのとき動画だったはずですが、須貝《すがい》が『先輩、後ろ——！』とさけんだのを受けて後ろを振り返ったように見えた。これは、須貝《すがい》が動画に合わせて演技していたと考えるのが自然です。——また、例の〝空白の二週間〟に、確実にコロナにかかっていなかった人物のリストを手に入れ、僕はそれ以外の部員の実家に、保健所のフリをして片っ端から電話をかけました。すると、須貝《すがい》が、あのときコロナにかかっていたことがわかりました」

「須貝《すがい》——」阿望《あもう》先輩はつぶやいた。「黒山《くろやま》がサプライズを頼むとしたらやつだろうな」

「そして、SNSで高校時代の同級生を見つけ、連絡を取り、須貝《すがい》と天ケ崎先輩が高校時代に付き合っていたことを確認しました。天ケ崎先輩が大学生になっても付き合いは続いていたんでしょう。そして、天ケ崎先輩に三股をかけられていることに気づき、恨みを抱いた。そして、新宿駅で拳銃を拾ったことをきっかけに、犯行におよんだ……」

思えば、最初の殺人のときに僕とチャットしていたのも、アリバイ作りのつもりだったのかもしれない。しかも隣人である僕の行動を把握することもでき、一石二鳥だ。

「犯人はほぼ間違いなく、須貝《すがい》だろうな。しかし、証拠がない。黒山《くろやま》のパソコンに動画データが残っているかと思ったが、自動削除するくらい簡単だろうしな……」

「その通り、証拠がない。だから、これから作るんです――」僕は拡大した天女館の見取り図をひろげた。「犯人はわざわざ『一人殺したら、また二人三人と殺す運命だ』という台詞《せりふ》の直後に、殺害シーンが流れるよう狙った。阿望《あもう》先輩の演劇はノーツでテンポが厳密に管理されているため、タイミングを合わせることが可能だったんです。これは連続殺人を暗示するもので、次の被害者は院瀬見《いせみ》先輩になるはず。ですから、我々が先に院瀬見先輩を殺すんです――」

啞然《あぜん》とする阿望《あもう》先輩に、僕はプランを説明した。

「なるほど、標的が先に別人によって殺された場合、次は〝拳銃をどう処分するか〟という方に意識が向くんだな。そこで、格好の処分タイミングを作ってやり、その瞬間を録画し、拳銃を回収する。決定的な証拠だ。――しかし、きみのプランにはひとつ、致命的な問題点がある。須貝《すがい》が確実に天女館に拳銃を持ち込むという保証がない」

あっ――と思った。僕はミリの瞳のなかの未来で銃声を聞いたから、天女館にあらかじめ拳銃が持ち込まれることを知っている。しかし、たしかに、それ以外には保証がないのだった。

迷った末、僕の能力と、ミリの存在について打ち明けた。たっぷり一時間を説明に費やすと、阿《あ》望《もう》先輩は頭を抱えた。

「にわかには信じられん……。だが、嘘《うそ》にしては突飛すぎるし緻密すぎる……。そうだ、俺の瞳を覗《のぞ》いて、阿望安尊《あもうあそん》の今際《いまわ》の言葉を当ててみろ。俺しか知らん事実がある」

「わかりました」僕はうなずいた。「その時のことを、強くイメージしてください——」

阿望《あもう》先輩はうなずくと、目を閉じた。まぶたがぴくりと痙攣《けいれん》した。そして、目を開けた。その両目から涙が流れ落ちた。

僕は、阿望《あもう》先輩の瞳を覗《のぞ》き込んだ。——そして、言った。

「『天女館を燃やせ』——これは一般にも伝わっている言葉ですね。ここまで聞いて、お父さんは医者を呼びに行った。しかし、続きを、まだ子供だった阿望《あもう》先輩だけが聞いた。すなわち——『幸恵とあの世で吉祥天女《きつしようてんによ》を演《や》る』」

阿望《あもう》先輩はぶるりと震え、言った。

「その通りだ！　その前半の一言だけが伝わったせいで、祖父《じい》さんは絶望に負けたと思われている。だが、本当は違う。沖縄にある〝ウチカビ〟という冥銭の文化を知っているか？　銭形模様のついた紙を燃やして煙にすることで、あの世に届けることができる。祖母《ばあ》さんは沖縄出身だったからな。天女館を燃やして、あっちで『吉祥天女《きつしようてんによ》』を上演しようとしたんだ。それくらい、祖母《ばあ》さんと演劇を心底愛してたんだよ。祖母《ばあ》さんが自殺したのも、実は声帯ポリープのせいで演劇がもうできなくなったからだし、お似合いのふたりさ」

「なるほど、そうだったんですね……」

事実というのは曲解されて伝わるものだ。そして、阿望《あもう》先輩は言った。

「これで、きみの話は信じた。今から脚本を書くぞ！」

そして、ふたりでああでもないこうでもないと夢中で作戦を立てた。阿望志磨男《あもうしまお》という才能と一緒に作品を描く――それは鳥肌の立つような体験だった。

まず、院瀬見《いせみ》先輩の首吊《つ》り死体が発見される。もちろん生きているが、梅子《うめこ》先輩のメイクによって死体らしくされる。首の縄にはワイヤーが仕込まれていて、〝宙乗り〟用のハーネスに接続されているため、首に体重はかからない。

「夏場ですよ？　半袖半ズボンじゃハーネスが目立つんじゃないですか？」

「じゃあ、レインコートを着せよう。辻褄《つじつま》は後で合わせる」

そして、アリバイ確認と推理合戦が行われる。

「俺は左手首を捻挫していて、遺体が吊《つ》り上《あ》げられない。これも梅子《うめこ》くんの特殊メイク」

ノリノリでアリバイ工作やら機械トリックやらも組みこまれた。スマートウォッチを使った死亡時刻の特定案は僕が出した。編集ソフトで数字だけ変えた画像を見せればいい。

「ラスト、追いこまれた蛭谷《ひるたに》くんがモデルガンを振り回し、火をつける！　ここで須貝《すがい》はこう考える。『狂人が偽物《にせもの》を振り回しているぞ。みんなはあれを本物だと思っているみたいだ』」

阿望《あもう》先輩は見取り図に線を書き込みながら、

「扉の開閉で火勢をコントロールし須貝《すがい》を誘導、玄関ホールの鎮火のため消火器を探しに行く！　途中で男女に分かれ、女子は中央ホールで院瀬見《いせみ》を下ろす。男子は途中で佐村《さむら》が単独行動、消火器を取りに行ったと見せかけ、コッソリ戻ってきて俺たちを閉じ込める！」

ものすごい勢いでペンが走る――

「部屋から出ると、狂女蛭谷《ひるたに》が燃えている！　もちろんこれはマネキンだ。近くにはモデルガンが落ちている。もしかしたら須貝《すがい》が拳銃を部屋に置いてきているかもしれないから、取りにいく時間をやる。そして、俺たちがいなくなると、須貝《すがい》はこう考える。『やった、チャンスだ！　いま本物と偽物《にせもの》を交換すれば、今までの殺人もこの狂人がやったことになるぞ！』そしてその瞬間を俺たちが録画し、拳銃を回収する――」

大筋が決まると、あとは細部を詰めるだけだった。

「完璧ですね……」

「完璧だな……」

僕たちは完成した筋書きをうっとりと眺めた。

「佐村《さむら》あたりが変なアドリブを入れそうで怖いですが。しかし、本当にいいんですか、天女館を燃やしてしまって」

「いいんだ。元々、取り壊す予定だったんだ。維持費が馬鹿にならないからな。登録有形文化財もいま、管理費負担に耐えかねて次々と取り壊されているんだよ。本当はもっと早く燃やしてやるべきだった。もともと祖父《じい》さんが建てた夢だ。壊す権利も祖父《じい》さんにあるだろう。冥土のみやげに、ひとつ、俺たちで面白い劇を演じてやろうじゃないか――」

僕はうなずいた。あとは何人が、この危険な賭けに乗ってくれるかだった。

11

「全員――！　全員が演技をして、俺を騙《だま》してたってのか⁉」

しとどに濡《ぬ》れた須貝《すがい》がぐるりを見渡してさけんだ。口から雨の滴が飛んだ。

「全員が、即答で参加を表明してくれた。それだけ仲間を大事に思ってたんだ」僕は呼びかける。「須貝《すがい》、自首しろ。心から罪を悔いて、生き直せ！」

「クソが！　クソッ！　クソッ！　クソッ……！」須貝《すがい》は涙を流した。「やっぱ、恋愛になんかリスクしかねえよ。クソ女に惚《ほ》れたばっかりに……。クソ……なんで俺は……」

「須貝《すがい》……」

「なあ、〝花梨《かりん》〟って花があるだろ？　昔、華鈴《かりん》にプレゼントしたんだよ。あれの花言葉、知ってるか？『唯一の恋』だよ。とんだ皮肉だよなァ……。いや、逆にぴったりか。あいつは徹頭徹尾、自分自身に恋してたんだ……」

須貝《すがい》はこれ以上ないほど悲しげに言った。

いつの間にか炎はすさまじいまでに燃えひろがっていた。阿望《あもう》先輩がさけぶ。

「火の回りが早い！　そろそろタイム・リミットだ！」

「お前も気をつけろ、窈一《よういち》――」須貝《すがい》は言った。「女はみんな、生まれながらの女優だぞ」

そのときいきなり照明が落ちた。悲鳴があがった。闇の奥から須貝《すがい》の声が聞こえた。

「まあ、関係ねェか、もう死ぬんだから……」

炎の明かりのなかに、いきなり短剣の切先と、殺意のこもった須貝《すがい》の顔が現れた。走馬灯のように過去が脳裏を駆け巡った。しまった、と思った。ここまで来たのに、こんなところで、僕は死ぬのか——？

その瞬間、影がサッと動き、僕の前に立ち塞がった。

影が倒れた。

炎がその顔を照らし出した。

僕は凍りついた。喉から掠《かす》れた声が漏れた。

「なんで……どうして……」

それは——千都世《ちとせ》先輩だった。

彼女の腹部に、深々と銅の柄の短剣が突き刺さっていた。

僕は天を仰いだ。ぞっとした。夢に見た光景が、現前していた。

——暗黒の月が、燃えていた。

それは実際の月ではなく、延焼した天井部が、夜空を丸く切りとっていたのだった。

僕は屈《かが》み込み、千都世《ちとせ》先輩に呼びかけた。彼女はすでに死にかけていた。

その右眼《みぎめ》の色が違うことに、気がついた。ヘーゼル色の、宝石のような瞳。黒のカラーコンタクトが、銃底で殴られたときに外れたのだとわかった。その瞳には、見覚えがあった。

そして、聞き覚えのある声が、千都世《ちとせ》先輩の喉から出た。

「よーくん、ごめんね……」

グニャリ——と世界がゆがんだ。

愕然《がくぜん》として、何も考えられなくなった。わからない。理解できない。

ただひとつ、絶対的な事実が目の前に横たわっていた。

「ミリ……？」

彼女の目から、涙が流れ落ちる。

僕は、その瞳を覗《のぞ》き込んだ——


くらやみのなかで、《目》がひらかれる……。

ミ、ミ、ミイラ男が、目の前に立っていた。
包帯で頭部がぐるぐる巻きにされている。

それは、鏡に映った、自分自身の姿だった。

包帯の隙間から、ヘーゼル色の瞳が覗《のぞ》いている。

その両目から涙がこぼれ落ち、ミリの声が言う……。

「絶対に助ける」

記憶が急速に崩壊しつつある。遠くから嵐のような音が迫りつつある。

時間が足りない――!

僕はさらに、その瞳を覗《のぞ》き込んだ。

感覚の嵐を抜け、時間が引き延ばされる――


『あなたは自分の顔を失うことになる。本当にいいんですね?』

『……はい、覚悟しています』

目の前に、強烈な光が灯《とも》った。瞼《まぶた》に半分以上をふさがれ、ぼんやりと曇る視界のなかを、人影が動く――。すべての感覚が遠い。ミリは意識を失っているのかもしれない。ただ、眼球だけが、この光景を記憶している。

人影が顔を覗《のぞ》き込むようにして、銀色のものを動かし始める……。

手術だ――と、ようやくわかった。目の前の強烈な光は、無影灯《むえいとう》なのだ。

麻酔でグニャグニャになった時間のなかで、オペは進む――。

メスが、皮膚を切り裂いていく……。

ドリルが、骨をゴリゴリと削る……。

『……終わりました。数ヶ月のダウンタイムのあと、あなたは生まれ変わっています』

『ありがとうございます、先生……』

――僕は、瞳のなかの瞳から、戻った。

震える手が、頭部の包帯に、かけられた。
ミリが、すこしずつ、解《ほど》いてゆく……。
肌がしだいに明らかになってゆく……。
その顔は、もう、千都世《ちとせ》先輩のものになっていた。
彼女は恐るおそる鼻の先に触れ、首をうしろに反らし、顎のラインを撫《な》でる……。
その目からまた、しずかに涙がこぼれ落ちた。
「絶対に助ける」
彼女はまた言った。
「絶対に、絶対に、絶対に……！」
決意の籠もった眼差《まなざ》しで、自分自身の瞳を見つめた。
そして、鏡の向こうからやってきた嵐が一瞬にしてすべてを呑《の》み込み――消し去った。
瞳のなかから弾《はじ》き出《だ》された僕は、呆然《ぼうぜん》となった。

千都世《ちとせ》先輩は、ミリだった。

そして——ミリは死んだ。

僕は脈の失《う》せたその手を握りしめ、グチャグチャに叫んだ。

千都世《ちとせ》先輩のお腹《なか》から、短剣が引き抜かれた。

須貝《すがい》はそれを逆手に持ち、切っ先を僕に向け、振り下ろす——

——銃声がした。

すべてがスローモーションに見えた。一瞬、須貝《すがい》が姿勢を崩したが、また立ち直った。阿望《あもう》先輩が須貝《すがい》を後ろから羽交い締めにした。須貝《すがい》はそれを力ずくで振《ふ》り解《ほど》き、振り返って短剣の柄で顎を一撃、阿望《あもう》先輩はグニャリと倒れる。

ふたたび須貝《すがい》が短剣を振りかざす——

そのとき、ガクン、と舞台が揺れ、須貝《すがい》がバランスを崩した。舞台が高速で回り、姿勢を低くしていないと吹っ飛びそうだった。さっき調整室で天井を開けた佐村《さむら》がまだそこにいて、舞台を動かして助けてくれたのだとわかった。景色がギュンギュンと線の束になってループする。

「紙透《かみすき》くん——!」

蛭谷《ひるたに》先輩が何事かをさけび続けているが、ドップラー効果でグワングワンして聞き取れない。

ふいに、舞台の回転が止まった。僕は慣性で転げまわった。須貝《すがい》も転げまわり、なんとか立ち上がろうとするも、ふらついていた。中心部付近にいたため、目が回ったのだ。

「須貝《すがい》ーッ！」院瀬見《いせみ》先輩がさけんだ。手には回収してきた拳銃。「よくも華鈴《かりん》をーッ！」

まずい、院瀬見《いせみ》先輩は殺す気だ！

そのとき、ガコン――！　と音を立て、ふたたび高速回転が始まった。須貝《すがい》は倒れた。

ほっとする間もなく、院瀬見《いせみ》先輩が転げまわりながら、回転する舞台によじのぼってきた。目は血走り、狂気の光を帯びている。僕はゾッとした。わざわざ須貝《すがい》を殺しに来た！　回転する舞台上の須貝《すがい》に狙いをつけるのが難しいため、自分も同じ舞台に乗り込んできたのだ。走り抜ける車の運転手の脳天を道路上から撃ち抜くのは難しいが、その車の助手席からなら簡単にできる。それと同じことだ。

院瀬見《いせみ》先輩はふらつきながら、内股でバランスを取り、すこしずつ立ち上がっていく。両手でガッシリと拳銃を握っている。銃口がすこしずつ上がっていく――

僕のなかに、邪念がきざした。須貝《すがい》なんて、このまま殺されてしまえばいい。ミリの命を奪った報いだ……！　しかし僕は、爪が食い込むほど拳を強く握り、唇を嚙《か》んで、さけんだ。

「佐村《さむら》アーッ！」

ガコン！　と舞台が急停止した。僕は転げまわった。頬を強打して血の味がした。顔を上げると、揺れ動く視界のなかで、須貝《すがい》が立ちあがろうとしていた。

短剣と、拳銃――

そのふたつが、舞台上に転がっていた。どちらも須貝《すがい》からほぼ等距離にあった。僕はとっさに飛び出そうとしたが、膝に力が入らない。須貝《すがい》はゾンビめいた奇怪な動きを繰り返して死に物狂いで前進し、拳銃のほうにむしゃぶりついた。

「ころっ、ハァ、殺す！　全員、ぶっ殺《ころ》ッ◯＄％□※！」

意味不明の言葉を喚《わめ》き散らしながら、須貝《すがい》は立ち上がり、拳銃を構える——。僕はゾッとしたが、次の瞬間にはどうしてか、恐怖がさあっと引いていった。

無様だ——と思った。

僕の目には須貝《すがい》が悲しいほど情けなく映った。拳銃は武器というよりは、杖《つえ》に見えた。須貝《すがい》は杖《つえ》にしがみついて、かろうじて立っている……。そんなふうに見えたのだった。

「須貝《すがい》……」僕は語りかけるように言った。「弾丸、あと一発で、どうやって全員殺すんだ？」

須貝《すがい》はハッとした様子で、拳銃を見ると、今度は短剣に飛びつこうとする——

そこに、背後から忍び寄りつつあった院瀬見《いせみ》先輩がタックルをかました。須貝《すがい》は倒れ込み、大きな隙が生まれた。

「紙透《かみすき》くん！」「紙透《かみすき》っち！」

蛭谷《ひるたに》先輩と梅子《うめこ》先輩が同時にさけび、力を合わせて消火器を投げ渡してくる。

僕はすぐさま安全栓を引き抜き、思い切り噴射した。須貝《すがい》が煙につつまれた。僕は煙のなかに突進する——須貝《すがい》が目を見開いた。拳銃を突き出してくる。僕は反射的に頭を射線からずらす。バン——！　最後の銃弾は左耳を掠《かす》った。消火器で思い切り須貝《すがい》の顎を殴った。須貝《すがい》は白目をむき、グラリと前のめりに倒れた。

横たわる須貝《すがい》を見て、息を吐いた。

拳銃と短剣の二択――。拳銃を選んでしまうのが、こいつの弱さだ、と僕は思った。

ひょっとしたら、拳銃を拾わなかったら、殺人を犯すこともなかったのかもしれない……。

そのとき、天井部の円形の足場が直線部で折れ曲がり、ものすごい音を立てて落ちかかってきた。僕らはとっさに身を伏せた。けたたましい音とともに地面が揺れる――

幸い、僕らは無傷だった。僕はさけぶ。

「脱出――！　脱出だ！」

僕らは舞台にぽっかりと口をあけた〝迫《せ》り出《だ》し〟に次々と飛びこんでいく。下にはマットが敷いてあった。佐村《さむら》が阿望《あもう》先輩を補助し、僕が須貝《すがい》を背負っていた。

僕は一度、振り返った。ミリの遺体が、落ちてきた足場に挟まれていた。須貝《すがい》を捨てて、戻りたい欲求に駆られた――が、唇を噛《か》んで、その考えを振り払った。

……置いていくしかない。泣きながら、みんなの後を追った。

コンクリートでできた通路を駆け抜ける――。島の裏側に設けられた船着場に出た。大きな楽器など重量物は、ここから迫《せ》り出《だ》しを経由して館内に搬入していたのだろう。雨はすでに止《や》んでいた。僕らは島の斜面をのぼった。

天女館が遠くで燃えていた。僕らは黙って、それを見つめていた。

やがて、東の空が赤く染まった。凄《すご》いほど美しい暁光《ぎょうこう》だった。

そして、事件は終わった。

終幕

1

連続銃殺事件の幕切れが、伝説の劇作家が建てた天女館を舞台としたことは、世間の耳目を集め、様々な憶測や妄想を生んだ。しかし、演劇部の誰もが口を固く閉ざしたため、話題は急速にしぼみ、ニュースは再びコロナ関連で埋め尽くされた。遺体が土によって埋葬されるように、情報は情報によって埋葬された。

須貝《すがい》は逮捕され裁判を待っていたが、僕はその詳細を知りたくなかった。桜庭千都世《さくらばちとせ》の死体が他人であることには誰も気づかなかった。彼女には身寄りがなかったせいだった。

事件は終わり、再び日常が戻った。

そのはずだったが、僕は戻れなかった。部屋から出られなくなった。エアコンは壊れ、トンネルは掘られなくなった。サブローもどこかへ行ってしまった。いつの間にか秋になっていた。常温で無音の部屋で、僕はひとりで過ごした。演劇部の練習にも参加しなかった。

真夜中に悪夢を見て飛び起きると、鹿紫雲《かしも》さんの言葉が蘇《よみがえ》った。

「暗い部屋にずっといると、自分の魂がよく見えるんです。その正体を知ろうとして、余計な部品を外していったんです。たまねぎの皮を一枚一枚剝《む》くみたいに、ひとつひとつ……」

それから三日間、水だけを飲んで生きた。そうして、自分の魂を覗《のぞ》き込んだ。

そこには——舞台があった。

悲しみと同じ色の青いライトと、懐《なつ》かしさと同じ色の黄金のライトが、ステージを淡く照らしている。そこに僕はいなかった。ミリだけがいた。彼女だけが永遠に、たったひとりの女優だった。僕も鹿紫雲《かしも》さんと同類だった。

そんな折、阿望《あもう》先輩が訪れた。

「元気か——？」彼は優しかった。

お茶を飲みながら世間話をしていった。演劇の話題が出ると、僕の胸は痛んだ。蛭谷《ひるたに》先輩の呪いの話になり、その流れで阿望安尊《あもうあそん》夫妻の名前が出た。

「考えてみれば、あのふたりの関係も、一種の呪いだった。祖母《ばあ》さんは祖父《じい》さんに呪い殺されて、祖父《じい》さんは祖母《ばあ》さんに呪い殺された。きっと、『吉祥天女《きつしようてんによ》』だけが、その呪いを解くことができた。祖母《ばあ》さんの喉にできたちっちゃいポリープのせいで、その機会は永遠に失われたわけだ……。ここまで来るともう、人の業《ごう》だな。そして俺もまた、呪いにかけられている……」

そして、阿望《あもう》先輩は『わだちの亡霊』のＤＶＤを置いていった。帰り際《かえりぎわ》に、彼は言った。

「きみを待ってるぞ。きみだけをずっと待ってる。きみだけが俺の呪いを解ける——」

しかし僕は、なかなか観《み》られなかった。DVDは部屋の隅に放置され、心を苛《さいな》みつづけた。

十月の終わりに、荷物が届いた。まったく憶《おぼ》えがなく、訝《いぶか》しみながら梱包《こんぽう》を解いた。

息を呑《の》んだ。

ルネ・マグリットの《恋人たち》のレプリカだった。

ようやく思い出した。院瀬見《いせみ》先輩の家に行く直前、例の骨董《こっとう》品店に寄って購入し、千都世《ちとせ》先輩の誕生日前に届くようにしたのだった。それがミリの目を騙《だま》すことになると信じて……。

絵画の恋人たちは、白い布を頭からすっぽりと被《かぶ》り、盲目のまま、布越しに口づけを交わしている。マスク越しにした千都世《ちとせ》先輩との――ミリとのキスが蘇《よみがえ》り、痛いほど切なくなった。

それから僕はようやく『わだちの亡霊』の映像を見た。

千都世《ちとせ》先輩の演技がひどく胸を打った。ミリは秘密がバレないようにわざと下手に演じていたのだろうが、それでも凄《すさ》まじく上手《うま》かった。

『おお、人の運命とはかくなるものか。拠《よ》って立つにはあまりに脆《もろ》く、打って壊すにはあまりに剛《つよ》い……』

デオンの死《し》に際《ぎわ》のラストシーンが、すでに死んだふたりによって演じられる。そこはまさに彼岸の世界だった。この世にはない美しさが画面に満ちていた。

『それで、結局、その人は、何者だったの？』

『何者だったのでしょうね。ほんとうに……何者だったのでしょうね……』

千都世《ちとせ》先輩のシュヴァリエ・デオンがぽろぽろと泣く。そのすがたが本当に悲しくて、胸を締めつけられた。

ミリは何者だったのだろう？

どうして自分の命を賭《と》してまで僕を救ってくれたのだろう？

ミリと千都世《ちとせ》先輩のどちらが本当の彼女だったのだろう——？

天ケ崎先輩のエリザヴェータが言う。

『でも、わたしは、その人が好きよ』

僕はぽろぽろと泣いた。

彼女が何者だったとしても、僕はミリが好きだった。

2

ある日、なんの前触れもなく、鹿紫雲《かしも》さんがやってきた。僕には一瞬、彼女がミリに見えた。

「お久しぶりですね。三回目の邂逅《かいこう》です」

「三回目——？」僕は首をかしげたが、あっと声をあげた。「あの日、黄色いレインコートを着て、ミリのふりをして港に来たのは、きみだったのか！」

鹿紫雲《かしも》さんはうなずいた。

「柚葉《ゆずのは》先輩の指示でした。先輩には未来が視《み》えると、わたしも知っていたんです。あなたのことも、あなたと先輩のあいだに起こることも……」

彼女は遠い目をした。切なさと諦観のまじったような、複雑な表情を浮かべて。そして、一枚の水色の封筒を差し出した。

「柚葉《ゆずのは》先輩からの、手紙です」

「ミリからの手紙——？」

「それでは、わたしはこれで。これからよろしくお願いします」

「これから——？」

鹿紫雲《かしも》さんは謎の言葉を残して、あっという間に去ってしまった。

僕は部屋に戻り、封筒を眺めた。裏に、『死者からの手紙』と書かれていた。心臓が激しく鳴っていた。眩暈《めまい》がしてくる。どうにか息を整えると、震える指で封筒を開いた。

よーくんへ

ごめんなさい、と最初に謝らせてください。

あなたに嘘《うそ》をつき続けていたこと。あなたの代わりに勝手に死んでしまったこと。本当に申し訳なく思っています。ふたりで荒川の土手沿いを、五色桜大橋のほうへ歩いた日のことを憶《おぼ》えていますか？　あのときの約束を、いま果たそうと思います。わたしがなぜあなたを好きになったのか。わたしが何を行ったのか、すべて包み隠さずお話しします。

わたしは孤児として、兵庫県内のとある養護施設で育ちました。

最初、わたしの未来視の能力は脆弱《ぜいじゃく》なものでした。なんとなく保母さんが帰ってきそうだなと思っていたら実際に帰ってきたり、なんとなく明日、植木鉢が割れそうだなと思っていたら実際に割れたり、その程度のものでした。しかし成長するにつれ能力はどんどん高まり、わたしは神に近い視点を手に入れていきました。わたしはあなたを騙《だま》すため、未来視の能力を低く見積らせるよう誘導しましたが、本当はもっと万能な力があるのです。

同じ養護施設内に、とある親友の女の子がいました。劣悪な環境のなか、彼女だけがわたしの心の支えでした。半身のような、と言ってもいいかもしれません。

八歳のある日、その女の子が死んでしまう未来を、わたしは視《み》てしまいました。そして、運命の性質を知りました。死の運命はそう簡単には変えられない。変えられるとしたら、それは他の命を身代わりにしなければならない。

しかし、その女の子が死んでしまう確率は、五割でした。その場に出くわした見知らぬ男の子が、勇敢にも自分の命と引き換えに、彼女を助けてくれる確率が、残りの五割。あるいは、わたしが代わりに死ぬしか、彼女を救う方法はありませんでした。

まだ幼く弱かったわたしは、どの決断をも下せませんでした。施設の押し入れのなかで毛布に隠れて、ただ震えながら神さまのコイントスを待っていました。

そして、あの子は冷たい雨のなか、痛みと孤独のうちに死んでいきました。

その瞬間から、わたしの地獄は始まりました。

わたしはいわば、万能の引換券を手にしてしまった子供でした。わたしという命を差し出せば、他の命が救えるのです。そして救える命はたったひとつだけ。残りはすべて見殺しにしなければならない。そんな謂《いわ》れのない、重たすぎる罪に、わたしは苦しみました。それは想像を絶する苦しみでした。ほんの数日で人格がねじ曲がってしまうくらいに。告白します。わたしは殺人者にすらなろうと思いました。人を殺しても平気な人間になれば、そんな罪悪感からも自由になれるからです。

そんなある日、養護施設に一枚の手紙が投函《とうかん》されました。ひとりの男の子が、自分の手でポストに入れたのを、わたしは窓から見ていました。わたしはその手紙をひろげて、驚きました。

『シシャカラノテガミ』——

そうです。あなたの書いてくれた手紙です。その女の子の死《し》に際《ぎわ》に出くわしたあなたは、その優しさと使命感から、わたしのために手紙を書いてくれたのです。まだとても下手っぴな字で、けれどとても一生懸命に、わたしが少しでも悲しみから救われるように。そして、あの日、女の子がわたしに買ってくれる予定だった桜の花飾りのついたヘアピンを封筒に入れてくれました。急いであなたの未来を視《み》ると、牛さんのかたちをした貯金箱の割れた残骸を片付けていました。あなたはお小遣いのほとんどをはたいてくれたのです。わたしは嬉《うれ》しくて、本当に救われました。大人っぽくてまだ似合わないそのヘアピンを、それから毎日つけました。

わたしは、わたしを救ってくれた男の子に、どうしても会いたかった。

わたしはあなたと出会う未来を、探し出しました。未来で、あなたとわたしは恋人同士になっていました。未来のわたしが恋するあなたに、わたしも恋をしました。あなたと愛《いと》しい時間をすごすわたしを、わたしは過去からうっとりと眺めつづけました。まるでディズニープリンセスの素敵な恋物語に夢中になるみたいに。

けれど、そんな時間も長くは続きませんでした。あなたの死を視《み》てしまったのです。わたしが最初に視《み》た死は、単なる交通事故でした。乗用車に轢《ひ》かれそうな女の子を助けようとして、死んでしまう。しかも、驚くべきことに、その確率は百パーセントでした。子供の頃、あの子を救えなかったことをあなたはずっと悔いていて、驚くべき意志力で女の子を救うのです。その未来を視《み》たわたしが、そもそも事故が起こらないようにすると、女の子は何事もなく元気で過ごし、あなたは別の原因で死ぬことになりました。

あなたとわたしと、女の子ふたりに、男の子ひとり――そんな幸せな家庭を築くことを夢見ていましたが、それはもはや叶《かな》わないと知り、泣き明かしました。

そして、わたしは引換券で、あなたを救うことを決意しました。それは簡単にいくと思っていました。まるで予防接種みたいに、痛みに耐えれば、すぐに終わるものだと。

しかし、あなたを救うことは、容易ではありませんでした。あなたはわたしの瞳から未来を視《み》ることで、わたしを救おうとしてしまうからです。そして、あなたがそれをしない未来はひとつとして存在しませんでした。あなたが未来を視《み》ることが特異点となって、時間軸が爆発的に時間枝を増やす――それは宇宙にとってある種の転生であり、運命で、誰にも変えられないものでした。

わたしはあなたを確実に救う道を探し続けました。それにつれ、時間枝は分岐を増やし続け、未来のわたしの行動は巧妙《こうみよう》化の一途をたどり、あなたの死も複雑化していきました。それはまるで百本足の蜘蛛《くも》みたいに、グロテスクな様相を呈しました。連続殺人はもともと起こる運命にありましたが、あなたは本来そこに関わりありませんでした。さまざまな可能性を手探りで模索するうち、自然とそうなっていったのです。

しかしわたしは、ようやく突破口を見つけました。

あなたを確実に救うためには、わたしはあなたと出会ってはいけなかったのです。

それはあまりに多くの犠牲をともなう道で、わたしは怯《おび》え、ためらいました。

しかし、そうして救ったあなたの未来の先に、わたしは一条の光を視《み》たのです。わたしはその光にむかって歩き出しました。

わたしはとっくに、現実を生きた時間よりも、未来を視《み》た体感時間のほうが長くなっていました。まだ存在しない未来は、夢と同じです。ちょっとした拍子に、泡沫《うたかた》のように消えてしまう。わたしは現実よりも、夢のなかに生きていました。夢のなかであなたに出逢《であ》い、夢のなかであなたを愛しました。

でも、夢と現実の境目なんて、いったいどこにあるのでしょう？

いったい誰が、夢を笑うことができるのでしょう？

わたしはあなたを騙《だま》すために演技力を身につけ、飛行機事故で死を装《よそお》いました。そして、別人に、桜庭千都世《さくらばちとせ》になるために、体にメスを入れ、歯を矯正し、顔を変えました。身長をごまかし、一度だけあなたに不意打ちでキスさせてもらうために、ハイヒールを履きました。悲しいことに、それなしではわたしの身長は低すぎて、高確率であなたに躱《かわ》されてしまうのです。

あとは、あなたの知っている通りです。

あなたが混乱しないよう過去形で書きましたが、実はまだ、わたしはあなたに会っていません。この手紙を書き終え、アボカドを切り、失敗して指をちょっと怪我《けが》してしまって、すこし泣いてから、あなたに会いにいく。すごくドキドキして、ワクワクしています。

こっちは春で、満開の桜がとてもきれいです。

ごめんなさいで始めてしまったので、ありがとうで結びたいと思います。

わたしにこんな心をくれて。わたしを好きになってくれて。

本当にありがとう。愛しています。

ミリより

封筒には、桜の花飾りのヘアピンが入っていた。

僕はすべてを思い出し、床にうずくまって、泣いた。

3

冬になり、雪がちらつき始めた。

僕はまだ、暗闇のなかにいた。まるで長い長いトンネルを掘削している鉄門海上人《てつもんかいしょうにん》みたいに。どうしても、ミリの代わりに自分が死にたかったという思いが消えなかった。

エアコンが壊れたまま放置しているので、部屋は極寒だった。僕は常に毛布にくるまって、飯もろくに食わずにぼーっとして、そうして胸の痛みに耐えていた。

僕はなぜ、ミリに負けたのだろう？　きっと一番の敗因は、〝時間〟について知らなかったことだろう。こびとの世界と人間の世界では時間の流れが違う。ミリには多くの時間があった。そして、ひとりの人間がじっくりと粘り強く時間をかけ思いを育てることで、どれだけ巨大なことを成せるのか、僕はわかっていなかったのだ。

あやうく即身仏になりかけて、僕はカロリーを求めて冷蔵庫を探した。院瀬見《いせみ》先輩がくれたいちごミルクの三本のうち一本がまだしぶとく残っていた。僕はその桜色のパッケージを見て、千都世《ちとせ》先輩の言葉を思い出した。

『わたしと三回デートしてくれるなら、協力してあげる』――

『デートの最後の一回、忘れないでね！』――

結局、二回しかデートしなかったな、と僕は思った。僕を騙《だま》すために、一回多く設定したのだろうか？　それとも、ミリと一度だけした散歩がカウントされている？　どうも釈然としない。何か、大事なことを忘れているような――

そのとき、カリカリと音が聞こえた。僕はあっとさけび、掃き出し窓のほうへと走った。サブローが、窓をひっかいていた。僕は慌てて窓を開け、その体をあたためるように撫《な》でた。

「どこに行ってたんだよ、こんなに痩せて……！」

僕はいちごミルクをサブローと半分こして飲んだ。膝のうえで丸くなったサブローを、毛布で包んであたためてやる。心地よさそうにうとうとするのを見て、じんわりと涙がにじんだ。

「もう、どこにも行くなよ。お前は僕の家族なんだから……」

そして、初めて会ったときみたいに汚れてるな、風呂《ふろ》に入れてやらないと、と思った。

そのとき、全身に電流が走った。

初めて会ったときに――。

僕はミリと最初に会話したときのことを思い出した。

「よーくんにとっては初めましてだね。わたしは柚葉《ゆずのは》美里《みり》。字は、柚《ゆず》の葉っぱに、美しい里」

『よーくん？』

『未来の窈一《よういち》くんが、そう呼んでいいって許してくれたんだよ。わたしが、満開の桜のしたで、初めて窈一《よういち》くんと出会ったときに』――

僕はまだミリに〝よーくん〟と呼んでいいと許していない。鹿紫雲《かしも》さんの言葉が蘇《よみがえ》る。

『出会ったと思っているだけで、本当はすれ違っただけなんです。まだ〝本当に出会って〟はいないんですよ』――

そうだ、まだ僕らは出会っていない。

僕らはこれから出会うのだ。

「ミリに会いに行こう、サブロー」

4

僕らは東京駅から東海道・山陽新幹線に乗り、新大阪駅で東海道・山陽本線に乗り換えた。

六甲トンネルを抜けると、僕はほっと息を吐き、つぶやいた。

「国境の長いトンネルを抜けるとそこは雪国であった……」

兵庫には雪が降り積もっていた。

加古川駅で加古川線に乗り換え、粟生駅《あおえき》でおりた。

サブローをケースから出してやると、もの珍しそうに雪を踏み、肉球のはんこを押して満足げにしっぽをゆらした。僕はサブローを抱っこして雪のなかを歩いた。踏切《ふみきり》を渡り、住宅街のあいだを抜け、加古川に沿って歩く。雪がひらひらと鈍色の川面《かわも》に落ちては消えていく。

ふいに、サブローが腕のなかから飛び出した。

「サブロー、待って！」

サブローは思い切り川沿いを走り抜け、粟田橋《あわた》を渡っていく。僕は必死にそれを追いかける。待って。いなくならないでくれ。僕を置いていかないでくれ。空気が冷たい。息が苦しい。心臓がバクバク鳴っている。涙がにじんでくる。

対岸の川沿いで、サブローは足を止めた。こちらを振り向き、しっぽをゆらして待っている。

僕はあっと思った。

ここはもう、〝おの桜づつみ回廊〟だった。

道の両脇に桜が立ち並び、いまは雪をかぶっている。全長四キロ、約六百五十本の桜並木――。僕とミリの故郷、兵庫で桜といったらここだった。

僕は深く息を吸って、吐いた。

サブローを抱きあげ、その瞳を覗《のぞ》き込む――

ミリが、立っていた。

瞳のなかにひろがる満開の桜のしたに。カナリヤ色のスカートと、白いシャツと、どこまでも連なる桜のトンネルと、春のひかりと、そして、子供のころには似合わなかった桜のヘアピンと——すべてを着こなして、美しくそこに立っていた。

「初めまして」

ミリが、そう言った。僕の目に涙があふれだした。僕は言う。

「初めまして」

ミリは、はにかんで、嬉《うれ》しそうに、そして切なそうにした。僕は言った。

「そのヘアピン、すごく似合ってるよ」

「ありがとう」ミリは頬を赤く染め、ヘアピンにふれた。「ずっとずっと大事にしてたの」

「お小遣いをはたいた甲斐《かい》があったなあ」

僕は泣き笑いのように言った。ミリも泣き笑いした。

「その手——」僕は言った。「アボカドを切っていて、怪我《けが》したの？」

「うん、痛かった——」

ミリは左手の人差し指の絆創膏《ばんそうこう》を手でつつみ、言った。こんな小さな傷でも泣いてしまうミリが、これから体にメスを入れて顔を変え、終《しま》いには短剣で貫かれるのだと思うと、胸が痛くて耐えられなかった。

「ミリ——」

僕を助けなくていい。

僕と出会わなくてもいい。

あたたかくて美しい場所で幸せになってほしい。

そう言いたかった。

しかしミリは、そう言わせなかった。

「窈一《よういち》くん。窈一《よういち》くんに、見てもらいたいものがあるの。わたしの瞳を覗《のぞ》いてほしい。そして、わたしが目指している〝光〟を、視《み》てほしい」

僕はためらった。

どうしてか、その〝光〟を見たら、すべてが変わってしまうような気がした。

「……わかった」

僕はついに、うなずいて、ミリの瞳を覗《のぞ》き込んだ。

——そして、一瞬にして、すべてを体験した。

それは、『三界流転《さんがいるてん》』三部作の最終部だった。僕が主役を演じ、鹿紫雲《かしも》さんがヒロインを演じていた。阿望《あもう》先輩によって建て直された、新しい『天女館』の円形舞台のうえで——

運命の舞台だった。

音楽の最高傑作は〝無音〟、
小説の最高傑作は〝白紙〟、
映画の最高傑作は〝暗闇〟、
舞台の最高傑作が〝間〟——。
阿望《あもう》先輩の言ったように、無のなかに全があり、全のなかに無がある。
未来の僕は、観客席の暗闇のなかにミリの瞳があることを感じている。過去の僕の瞳がある
ことを感じている。阿望《あもう》先輩、神田川《かんだがわ》さん、阿望安尊《あもうあそん》、阿望《あもう》幸恵、黒山《くろやま》先輩、天ケ崎先輩……
あらゆる生者と死者の瞳がそこにあることを感じている。
鉄門海上人《てつもんかいしようにん》や雀《すずめ》、雲雀《ひばり》——何世にも亘《わた》って紡《つむ》がれてきた物語が、業《ごう》が、天女の降臨によっ
て救済される。天女がふわりと宙に浮くと天井がひらき、中天の太陽から無限の光が降り注ぐ。
〝光明遍照《こうみようへんじよう》〟——
すべての暗闇は隅々まで払われ、光のなかに空っぽの観客席が浮かびあがる。
光は過去までまっすぐに届き、その道を照らし出し、ミリの瞳までも届いて、その魂にすべ
てを覚悟させる。
僕はすべてを悟った。
ミリの心を変えることは不可能なのだと。もうすでにそれは運命の一部なのだと。そして僕
はこれから、あの光によって照らされた道を間断なく歩み続けることになるのだと。あらゆる

犠牲を払い、血の滲《にじ》むような努力を繰り返し、そのキャット・ウォークの果てに辿《たど》り着《つ》いた舞台で、ミリに〝光〟を視《み》せる。

そしてそのとき、すべての呪いが解ける――

強い風が吹いた。

風は時間を自在に越えて雪を舞わせ、桜吹雪を舞わせた。

僕はぶるりと震えた。

ミリは髪を直し、微笑《ほほえ》むと、訊《き》いた。

「窈一《よういち》くんのこと、よーくんって呼んでも、いいかな?」

僕は目を閉じ、また開き、微笑《ほほえ》み返して、言った。

「もちろん――いいよ」

〈了〉

◉四季大雅著作リスト

「ミリは猫の瞳のなかに住んでいる」（電撃文庫）

本書に対するご意見、ご感想をお寄せください。

ファンレターあて先
〒102-8177　東京都千代田区富士見2-13-3
電撃文庫編集部
「四季大雅先生」係
「一色先生」係

本書は第29回電撃小説大賞で《金賞》を受賞した『ミリは猫の瞳のなかに住んでいる』に加筆・修正したものです。

電撃文庫

ミリは猫《ねこ》の瞳《ひとみ》のなかに住《す》んでいる

四季大雅《しきたいが》

2023年3月10日　初版発行

発行者　山下直久
発行　株式会社KADOKAWA
〒102-8177　東京都千代田区富士見2-13-3
0570-002-301（ナビダイヤル）
装丁者　荻窪裕司（META＋MANIERA）
印刷　株式会社暁印刷
製本　株式会社暁印刷

●お問い合わせ
https://www.kadokawa.co.jp/（「お問い合わせ」へお進みください）
※内容によっては、お答えできない場合があります。
※サポートは日本国内のみとさせていただきます。
※ Japanese text only
※定価はカバーに表示してあります。

ISBN978-4-04-914876-3　C0193　Printed in Japan

電撃文庫　https://dengekibunko.jp/

電撃文庫創刊に際して

文庫は、我が国にとどまらず、世界の書籍の流れのなかで〝小さな巨人〟としての地位を築いてきた。古今東西の名著を、廉価で手に入りやすい形で提供してきたからこそ、人は文庫を自分の師として、また青春の想い出として、語りついできたのである。

その源を、文化的にはドイツのレクラム文庫に求めるにせよ、規模の上でイギリスのペンギンブックスに求めるにせよ、いま文庫は知識人の層の多様化に従って、ますますその意義を大きくしていると言ってよい。

文庫出版の意味するものは、激動の現代のみならず将来にわたって、大きくなることはあっても、小さくなることはないだろう。

「電撃文庫」は、そのように多様化した対象に応え、歴史に耐えうる作品を収録するのはもちろん、新しい世紀を迎えるにあたって、既成の枠をこえる新鮮で強烈なアイ・オープナーたりたい。

その特異さ故に、この存在は、かつて文庫がはじめて出版世界に登場したときと、同じ戸惑いを読書人に与えるかもしれない。

しかし、〈Changing Times,Changing Publishing〉時代は変わって、出版も変わる。時を重ねるなかで、精神の糧として、心の一隅を占めるものとして、次なる文化の担い手の若者たちに確かな評価を得られると信じて、ここに「電撃文庫」を出版する。

1993年6月10日
角川歴彦

電撃文庫DIGEST　3月の新刊

発売日2023年3月10日

第29回電撃小説大賞《金賞》受賞作

新作

ミリは猫の瞳のなかに住んでいる

著／四季大雅　イラスト／一色

猫の瞳を通じて出会った少女・ミリから告げられた未来は探偵になって『運命』を変えること。演劇部で起こる連続殺人、死者からの手紙、ミリの言葉の真相——そして嘘。過去と未来と現在が猫の瞳を通じて交錯する！

七つの魔剣が支配するXI

著／宇野朴人　イラスト／ミユキルリア

四年生への進級を控えた長期休暇、オリバーたちは故郷への帰省旅行へと出発した。船旅で旅情を味わい、絆を深め、その傍らで誰もが思う。これがキンバリーの外で穏やかに過ごす最後の時間になるかもしれないと——。

七つの魔剣が支配する Side of Fire 煉獄の記

著／宇野朴人　イラスト／ミユキルリア

オリバーたちが入学する五年前——実家で落ちこぼれと蔑まれた少年ゴッドフレイは、ダメ元で受験した名門魔法学校に思いがけず合格する。訳も分からぬまま、彼は「魔法使いの地獄」キンバリーへと足を踏み入れる——。

新作

とある暗部の少女共棲《アイテム》

著／鎌池和馬
キャラクターデザイン・イラスト／ニリツ
キャラクターデザイン／はいむらきよたか

学園都市の『暗部』に生きる四人の少女、麦野沈利、滝壺理后、フレンダ＝セイヴェルン、絹旗最愛。彼女たちがどのようにして『アイテム』となったのか、新たな『とある』シリーズが幕を開ける。

ソードアート・オンライン　オルタナティブ

ガンゲイル・オンラインXIII —フィフス・スクワッド・ジャム〈下〉—

著／時雨沢恵一　イラスト／黒星紅白　原案・監修／川原 礫

1億クレジットの賞金がレンに懸けられた第五回スクワッド・ジャム。ついに仲間と合流したレンだったが、シャーリーの凶弾によりピトフーイが命を落とす。そして最後の特殊ルールが試合にさらなる波乱を巻き起こす。

恋は双子で割り切れない5

著／髙村資本　イラスト／あるみっく

ようやく自分の割り切れない気持ちに答えを出した純。琉実と那織とのダブルデートの中でその想いを伝えた時、一つの初恋が終わり、一つの初恋が結ばれる。幼馴染として育った三人が迷いながらも選び取った関係は？

怪物中毒2

著／三河ごーすと　イラスト／美和野らぐ

《官製スラム》に解き放たれた理外の《怪物サプリ》。吸血鬼の零士と人狼の月はその行方を追う——その先に最悪の悲劇が待っていることを、彼らはまだ知らない。過剰摂取禁物のダークヒーロー譚、第二夜！

友達の後ろで君とこっそり手を繋ぐ。誰にも言えない恋をする。3

著／真代屋秀晃　イラスト／みすみ

罪悪感に苛まれながらも、純也と秘密の恋愛関係を結んでしまった夜瑠。友情と恋心が交錯し、疑心暗鬼になる新太郎と青嵐と火乃子。すべてが破局に向かおうとする中、ただ一人純也だけは元の関係に戻ろうと抗うが……

新作

わたしの百合も、営業だと思った？

著／アサクラネル　イラスト／千種みのり

最推しアイドル・かりんの「卒業」を半年も引きずる声優・すずね。そんな彼女の事務所に新人声優として現れたのは、かりん、その人だった！　売れっ子先輩声優×元アイドル後輩声優によるガールズラブコメ開幕!!

新作

魔王城、空き部屋あります！

著／仁木克人　イラスト／堀部健和

魔王と勇者と魔王城、時空の歪みによって飛ばされた先は——現代・豊洲のど真ん中！　元の世界に戻る作戦は「魔王城のマンション経営」!?　住民の豊かな暮らしのため（？）魔王が奮闘する不動産コメディ開幕！

新作

魔女のふろーらいふ

著／天乃聖樹　イラスト／今井翔太（Hellarts）
原案／岩野弘明（アカツキゲームス）

温泉が大好きな少女ゆのかが出会ったのは、記憶を失くした異世界の魔女？　記憶の手がかりを探しながら、温泉を巡りほのぼの異世界交流。これはマイペースなゆのかと、異世界の魔女サピによる、お風呂と癒しの物語。

第29回
電撃小説大賞
金賞
受賞作
夢の中で「勇者」と称えられた少年少女は、
美しき女神の言うがまま魔物を倒していた。
――その魔物が〝人間〟だとも知らず。
勇者症候群
Hero Syndrome
[著] 彩月レイ
[イラスト] りいちゅ
[クリーチャーデザイン] 劇団イヌカレー（泥犬）
少年は《勇者》を倒すため、
少女は《勇者》を救うため。
電撃大賞が贈る出会いと再生の物語。
電撃文庫

クセつよ異種族で行列ができる結婚相談所
~看板ネコ娘はカワイイだけじゃ務まらない~
五月雨きょうすけ ill. 猫屋敷ぷしお
見習い秘書係のネコ娘、今日も頑張っています!
第29回 電撃小説大賞受賞作
電撃文庫
特設サイトをcheck!!
STORY
訪れるのはワケあり相談者ばかり?
異種族同士の婚活って大変なんです!
ドタバタ婚活ファンタジー、はじまります!!
電撃文庫

怪物中毒
MONSTER HOLIC
PICK UP!
超人気作家
三河ごーすと
が贈る原点回帰にして
最新の
ダークファンタジー！
AUTHOR
三河ごーすと
ILLUST
美和野らぐ
怪物以上人間未満の
少年少女たちが
《官製スラム》の夜を駆ける――！
MONSTER HOLIC
電撃文庫